R.J. Palacio

La lección de August
(Wonder)

Mientras R.J. Palacio se dedicaba a diseñar preciosas
cubiertas para cientos de autores, soñaba con escribir algún día una novela. Sin embargo, le parecía que
nunca llegaba el momento hasta que se dio cuenta
de que lo único que tenía que hacer era empezar a
escribir. *La lección de August* es su primera novela y,
después de los elogios unánimes que ha despertado en
todo el mundo, seguro que no será la última.

La lección de August
(Wonder)

La lección de August
(Wonder)

R.J. Palacio

Traducción de
Diego de los Santos Domingo

Vintage Español
Una división de Random House LLC
Nueva York

PRIMERA EDICIÓN VINTAGE ESPAÑOL, ABRIL 2014

Copyright de la traducción © 2012 por Diego de los Santos Domingo

Para Russell, Caleb y Joseph

Han venido médicos de ciudades lejanas
solo para verme
y agacharse sobre mi cama
sin creer lo que veían.

Dicen que debo de ser una de las maravillas
de la creación de Dios,
pero son incapaces de ofrecer
una explicación.

NATALIE MERCHANT
«Wonder»

Primera parte

AUGUST

El destino sonrió y la fortuna se rió
cuando se acercó a mi cuna...

<small>NATALIE MERCHANT, «Wonder»</small>

Normal

Sé que no soy un niño de diez años normal. Bueno, hago cosas normales: tomo helado, monto en bici, juego al béisbol, tengo una XBox... Supongo que esas cosas hacen que sea normal. Por dentro, yo me siento normal. Pero sé que los niños normales no hacen que otros niños normales se vayan corriendo y gritando de los columpios. Sé que la gente no se queda mirando a los niños normales en todas partes.

Si me encontrase una lámpara maravillosa y solo le pudiese pedir un deseo, le pediría tener una cara normal en la que no se fijase nadie. Pediría poder ir por la calle sin que la gente apartase la mirada al verme. Creo que la única razón por la que no soy normal es porque nadie me ve como alguien normal.

Pero ya estoy más o menos acostumbrado a mi cara. Sé fingir que no veo las caras que pone la gente. A todos se nos da bastante bien: a mí, a mamá, a papá, a Via. No, eso no es verdad: a Via no se le da nada bien. Puede llegar a enfadarse mucho si alguien hace alguna grosería. Como una vez que, en los columpios, unos chicos mayores se pusieron a hacer unos ruidos raros. Ni siquiera sé qué ruidos eran, porque no los oí, pero Via sí, y se puso a gritarles. Así es ella. Yo no soy así.

Via no me ve como alguien normal. Ella dice que sí, pero si fuera normal no me protegería tanto. Mis padres tampoco me ven como alguien normal. Para ellos soy alguien extraordinario. Creo que yo soy la única persona en el mundo que se da cuenta de lo normal que soy.

Por cierto, me llamo August. No voy a describir cómo es mi cara. No sé cómo os la estaréis imaginando, pero seguro que es mucho peor.

Por qué antes no iba al colegio

La semana que viene empiezo quinto en el cole. Como nunca he ido a un colegio de verdad, estoy requetemuerto de miedo. La gente piensa que si no he ido al colegio es por culpa de mi cara, pero no es verdad. Es por todas las operaciones que han tenido que hacerme. Veintisiete desde que nací. Las más importantes me las hicieron antes de cumplir los cuatro años, así que de estas no me acuerdo, pero desde entonces me han operado dos o tres veces al año (unas más largas que otras). Como soy bajito para mi edad y tengo otros misterios que los médicos nunca han sabido resolver, antes siempre estaba enfermo. Por eso mis padres decidieron que era mejor que no fuese al colegio. Pero ahora me encuentro mucho mejor. La última vez que me operaron fue hace ocho meses, y es probable que no tengan que volver a hacerlo hasta dentro de un par de años.

Mi madre me da clase en casa. Antes era ilustradora de libros para niños. Dibuja unas hadas y unas sirenas chulísimas, pero cuando se pone a dibujar cosas de chico ya no mola tanto. Una vez intentó dibujarme un Darth Vader, pero le salió una cosa que parecía un robot con forma de champiñón. Hace mucho tiempo que no la veo dibujar nada. Creo que está demasiado ocupada cuidando de Via y de mí.

No puedo decir que siempre haya querido ir al colegio, porque no sería verdad del todo. Quería ir al colegio, pero solo para poder hacer lo mismo que los otros niños: tener un montón de amigos, quedar después de clase y esas cosas.

Tengo algunos buenos amigos. El mejor es Christopher, y luego están Zachary y Alex. Nos conocemos desde que éramos unos bebés y, como siempre me han conocido tal como soy, no les importa. Cuando éramos pequeños siempre jugábamos juntos, pero entonces Christopher se fue a vivir a Bridgeport, en Connecticut. Eso está a más de una hora de donde yo vivo en North River Heights, en el norte de Manhattan. Luego, Zachary y Alex empezaron a ir al colegio. Es curioso: aunque Christopher se fue a vivir lejos, lo veo más que a Zachary y a Alex. Ahora todos tienen amigos nuevos, pero, si nos vemos por la calle, aún se portan bien conmigo. Siempre me saludan.

Tengo otros amigos, pero no tan buenos como Christopher, Zack y Alex. Cuando éramos pequeños, Zack y Alex siempre me invitaban a sus fiestas de cumpleaños. Joel, Eamonn y Gabe, no. Emma me invitó una vez, pero hace mucho tiempo que no la veo. Al cumpleaños de Christopher sigo yendo todos los años, claro. A lo mejor lo que pasa es que doy demasiada importancia a las fiestas de cumpleaños.

Cómo nací

Me gusta que mamá cuente esta historia porque siempre me hace reír un montón. Seguramente no tiene tanta gracia como un chiste, pero, cuando la cuenta ella, Via y yo nos tronchamos de risa.

Cuando yo estaba en la barriga de mi madre, nadie tenía ni idea de que yo iba a nacer con esta pinta. Via había nacido cuatro años antes y, como todo había sido «coser y cantar» (la expresión es de mamá), no había motivo para hacer ninguna prueba especial. Unos dos meses antes de nacer, los médicos se dieron cuenta de que a mi cara le pasaba algo raro, pero no pensaron que fuese nada grave. Les dijeron a mis padres que tenía el paladar hendido y alguna cosa más. «Pequeñas anomalías», las llamaban.

La noche que nací había dos enfermeras en el paritorio. Una era muy dulce y simpática. La otra, según mamá, no parecía ni dulce ni simpática. Tenía unos brazos enormes y (esto es lo más gracioso) no paraba de tirarse pedos. Le llevaba a mi madre unos cubitos de hielo y se tiraba un pedo. Le tomaba la tensión y se tiraba un pedo. Mamá dice que aquello era increíble, porque la enfermera no le pidió perdón ni una sola vez. Además, su médico no estaba de guardia esa noche, así que le tocó un médico joven y maniático al que papá puso el mote de Doogie, creo que por alguna serie antigua de televisión (aunque no se lo llamaron a la cara). Mamá dice que, aunque todos estaban de mal humor, mi padre se pasó la noche haciéndola reír.

Cuando salí de la barriga de mi madre, todos se quedaron mudos. Mamá no llegó a verme, porque la enfermera simpática me sacó corriendo de la habitación. Papá se dio tanta prisa en seguirla que se le cayó la cámara de vídeo y se rompió en mil pedazos. Mamá se enfadó mucho e intentó levantarse para ver adónde iban, pero la enfermera pedorra le puso sus enormes brazos encima para impedir que se levantase de la cama. Casi se pelearon, porque mamá estaba histérica y la enfermera pedorra le gritaba para que se calmase. Luego, las dos se pusieron a llamar al médico a gritos. Pero ¿sabéis qué? ¡El médico se había desmayado y estaba tirado en el suelo! Cuando la enfermera pedorra vio que se había desmayado, se puso a empujarle con el pie para despertarlo mientras le gritaba: «¿Qué clase de médico es usted? ¿Qué clase de médico es usted? ¡Levántese! ¡Levántese!». Y de pronto se tiró el pedo más grande, ruidoso y apestoso de la historia de los pedos. Mamá cree que fue el pedo lo que despertó al médico. El caso es que cuando la historia la cuenta ella, hace todos los papeles —hasta imita el ruido de los pedos— y es divertidísimo.

Mamá dice que, al final, la enfermera pedorra se portó muy bien con ella. Le hizo compañía todo el rato y no se separó de ella hasta que volvió mi padre y los médicos les dijeron que yo estaba muy enfermo. Mamá recuerda exactamente lo que la enfermera le susurró al oído cuando el médico le dijo que era probable que muriera esa misma noche: «Todo aquel nacido de Dios vence al mundo». Y al día siguiente, como había sobrevivido, la enfermera le dio la mano a mi madre cuando me llevaron para que me viese por primera vez.

Pero entonces ya se lo habían contado todo y ella ya se había preparado para verme. Dice que cuando vio mi carita deforme por primera vez, solo se fijó en lo bonitos que tenía los ojos.

Por cierto, mamá es preciosa. Y papá es muy guapo. Via también, por si alguien lo dudaba.

En casa de Christopher

Lo pasé muy mal cuando Christopher se mudó de casa hace tres años. Los dos teníamos unos siete años. Nos pasábamos las horas jugando con nuestros muñequitos de *La guerra de las galaxias* y peleando con nuestros sables de luz. Eso lo echo de menos.

La primavera pasada fuimos a casa de Christopher en Bridgeport. Christopher y yo estábamos buscando algo de comer en la cocina, y entonces oí a mamá contándole a Lisa, la madre de Christopher, que en otoño iría al colegio. Era la primera vez en toda mi vida que la oía hablar del colegio.

—¿De qué habláis? —pregunté.

Mamá parecía sorprendida, como si no hubiese querido que oyese lo que acababa de decir.

—Deberías decirle lo que has estado pensando, Isabel —dijo papá, que estaba en la otra punta del salón hablando con el padre de Christopher.

—Ya lo hablaremos luego —dijo mamá.

—No, quiero saber de qué estabais hablando —repuse.

—¿No crees que podrías ir al colegio, Auggie? —preguntó mamá.

—No —contesté.

—Yo tampoco —añadió papá.

—Pues no hay más que hablar —dije, encogiéndome de hombros, y me senté en el regazo de mi madre, como un bebé.

—Creo que necesitas aprender más de lo que yo puedo enseñarte —replicó mamá—. A ver, Auggie, ya sabes lo mal que se me dan las fracciones.

—¿Qué colegio? —pregunté, a punto de echarme a llorar.

—El colegio de secundaria Beecher. Nos pilla cerca de casa.

—Vaya, es un colegio estupendo, Auggie —dijo Lisa, dándome una palmadita en la rodilla.

—¿Y por qué no al colegio de Via? —repuse.

—Es demasiado grande —contestó mamá—. No creo que fuese una buena elección.

—No quiero ir —dije. Lo reconozco: hice que mi voz sonase un poco infantil.

—No tienes por qué hacer nada que no quieras hacer —respondió papá. Se acercó, me levantó del regazo de mamá y me sentó sobre sus rodillas en la otra punta del sofá—. No vamos a obligarte a hacer nada que no quieras hacer.

—Pero le vendría bien, Nate —dijo mamá.

—Si él no quiere, no —contestó papá, mirándome—. Si él no quiere, no.

Mamá miró a Lisa, que estiró el brazo y le apretó la mano.

—Seguro que al final encontráis una solución —le dijo a mamá—. Siempre la encontráis.

—Ya lo hablaremos luego —comentó mamá.

Se notaba que papá y ella iban a discutir. Yo quería que ganase papá, aunque en parte sabía que mamá tenía razón. Y la verdad era que las fracciones se le daban fatal.

En el coche

El camino de vuelta a casa era largo. Me quedé dormido en el asiento de atrás, como siempre, con la cabeza sobre el regazo de Via, como si fuese mi almohada, y con el cinturón de seguridad envuelto en una toalla para no llenar a mi hermana de babas. Via también se quedó dormida, y mamá y papá se pusieron a hablar en voz baja de cosas de adultos que para mí no tenían importancia.

No sé cuánto rato estuve dormido, pero al despertarme ya era de noche y por la ventanilla del coche se veía la luna llena. El cielo tenía un color morado e íbamos por una carretera llena de coches. Entonces oí a mis padres hablando de mí.

—No podemos seguir protegiéndolo —le susurró mamá a papá, que era quien conducía—. No podemos hacer como si mañana fuera a despertarse y su realidad fuera otra, porque sí lo es, Nate, y tenemos que ayudarle a aprender a hacerle frente. No podemos seguir evitando situaciones que...

—Y enviarlo al colegio de secundaria como un cordero al matadero... —contestó papá enfadado, pero no llegó a acabar la frase porque vio por el retrovisor que tenía los ojos abiertos.

—¿Qué es un cordero al matadero? —pregunté medio dormido.

—Vuelve a dormirte, Auggie —dijo papá en voz baja.

—En el colegio todos se quedarán mirándome —repuse, y me eché a llorar.

—Cielo —dijo mamá. Se dio la vuelta en el asiento del copiloto y me puso la mano sobre la mía—. Ya sabes que si no quieres, no irás. Pero le hemos hablado de ti al director y tiene muchas ganas de conocerte.

—¿Qué le habéis contado de mí?

—Que eres muy divertido, bueno e inteligente. Cuando le dije que a los seis años ya habías leído *El jinete del dragón*, exclamó: «¡Caray, tengo que conocerlo!».

—¿Qué más le contaste? —pregunté.

Mamá me sonrió. Su sonrisa me envolvió como un abrazo.

—Le hablé de tus operaciones y de lo valiente que eres.

—¿Y sabe la pinta que tengo?

—Le llevamos fotos del verano pasado en Montauk —dijo papá—. Le enseñamos fotos de toda la familia. ¡Y esa foto estupenda en la que sostienes un lenguado en la barca!

—¿Tú también estabas? —Tengo que reconocer que me llevé una desilusión al saber que papá también había participado en aquello.

—Pues sí, los dos estuvimos hablando con él —contestó papá—. Es un hombre muy simpático.

—Te caería bien —añadió mamá.

De pronto me pareció que los dos estaban en el mismo bando.

—Un momento. ¿Cuándo os reunisteis con él? —pregunté.

—Nos enseñó el colegio el año pasado —dijo mamá.

—¿El año pasado? —exclamé—. Entonces, ¿lleváis un año pensándolo y no me habíais dicho nada?

—No sabíamos si podrías entrar, Auggie —contestó mamá—. Es muy difícil entrar en ese colegio. La solicitud tiene que pasar por un proceso de admisión. Pensé que no era necesario contártelo y que te preocupases innecesariamente.

—Pero tienes razón, Auggie, deberíamos habértelo dicho el mes pasado, cuando supimos que te habían admitido —añadió papá.

—Visto ahora, supongo que sí —reconoció mamá, y soltó un suspiro.

—¿Y la señora que vino a casa aquella vez tenía algo que ver con esto? —dije—. La que me hizo hacer aquel test.

—Sí —reconoció mamá, con aire de culpabilidad—. La verdad es que sí.

—Me dijiste que era un test de inteligencia —repuse.

—Ya lo sé. Fue una mentira piadosa —contestó—. Necesitabas hacer la prueba para entrar en el colegio. Te salió muy bien, por cierto.

—Entonces, me mentiste —repliqué.

—Fue una mentira piadosa, pero sí. Lo siento —dijo, intentando sonreír, pero, como no le devolví la sonrisa, se dio media vuelta en el asiento y se puso a mirar hacia delante.

—¿Qué es un cordero al matadero? —pregunté.

Mamá suspiró y le lanzó a papá una mirada asesina.

—No debería haberlo dicho —respondió papá, mirándome por el retrovisor—. No es verdad. Verás: mamá y yo te queremos tanto que intentamos protegerte todo lo que podemos. Lo que pasa es que a veces queremos hacerlo cada uno a nuestra manera.

—No quiero ir al colegio —les contesté, cruzándome de brazos.

—Te vendría bien, Auggie —repuso mamá.

—A lo mejor, el año que viene —dije, mirando por la ventana.

—Este año sería mejor, Auggie —replicó mamá—. ¿Sabes por qué? Porque entrarás en quinto, que es el primer curso que imparten en un colegio de secundaria. Y es así para todo el mundo. No serás el único alumno nuevo.

—Seré el único alumno con esta pinta —repuse.

—No voy a decir que no será un gran reto para ti, porque eso ya lo sabes —dijo—. Pero te sentará bien, Auggie. Harás un montón de amigos. Y aprenderás cosas que nunca aprenderías conmigo. —Se dio media vuelta en el asiento y me miró—. Cuando nos enseñaron el colegio, ¿sabes qué tenían en el laboratorio de ciencias? Un pollito que estaba saliendo del cascarón. ¡Era precioso! Auggie, me recordó a ti cuando eras un bebé… con esos ojazos marrones que tienes…

Normalmente me gusta que hablen de cuando era un bebé. A veces me apetece acurrucarme contra ellos y dejar que me abracen y me den besos por todas partes. Echo de menos ser un bebé y no saber ciertas cosas, pero en aquel momento no me apetecía.

—No quiero ir —dije.

—A ver qué te parece esto: ¿puedes al menos ir a hablar con el señor Traseronian antes de tomar una decisión? —preguntó mamá.

—¿El señor Traseronian? —repuse.

—Es el director —contestó mamá.

—¿El señor *Trasero*nian? —repetí.

—Ya, ya lo sé —dijo papá, sonriendo y mirándome por el retrovisor—. ¿Qué te parece el apellido que tiene, Auggie? ¿Quién podría querer tener un apellido como Traseronian?

Sonreí, aunque no quería que me viesen sonreír. Papá era la única persona en todo el mundo capaz de hacerme reír aunque yo no quisiese. Papá siempre hacía reír a todo el mundo.

—¡Auggie, deberías ir a ese colegio solo para oír cómo dicen su apellido por megafonía! —exclamó papá emocionado—. ¿A que sería gracioso? Probando, probando. ¡Por favor, señor Traseronian! —dijo imitando una voz aguda de mujer mayor—. ¡Hola, señor Traseronian! ¡Veo que hoy va de *culo*! ¿Han vuelto a darle un golpe a su coche *por detrás*? ¡Acuda al patio *trasero*!

Me eché a reír, pero no porque pensase que fuera tan gracioso, sino porque no me apetecía seguir enfadado.

—¡Aunque podría ser peor! —prosiguió papá con su voz normal—. Nosotros teníamos una profesora en la universidad que se llamaba Pompish.

Mamá también se echó a reír.

—¿De verdad? —pregunté.

—Roberta Pompish —contestó mamá, levantando la mano como si fuese a jurarlo por algo—. Bobbie Pompish.

—Tenía unos cachetes enormes —dijo papá.

—¡Nate! —exclamó mamá.

—¿Qué? Lo único que he dicho es que tenía unos cachetes enormes.

Mamá se reía y negaba con la cabeza al mismo tiempo.

—¡Se me ocurre una cosa! —dijo papá emocionado—. ¡Vamos a organizarles una cita a ciegas! ¿Os lo imagináis? Señorita Pompish, le presento al señor Traseronian. Señor Traseronian, le presento a la señorita Pompish. Podrían casarse y tener unos cuantos culetes.

—Pobre señor Traseronian —contestó mamá, negando con la cabeza—. ¡Auggie ni siquiera lo ha conocido todavía, Nate!

—¿Quién es el señor Traseronian? —preguntó Via medio adormilada. Acababa de despertarse.

—El director de mi nuevo colegio —respondí.

Hola, señor Traseronian

Habría estado más nervioso si hubiese sabido que, además de al señor Traseronian, también iba a conocer a algunos chicos del nuevo colegio. Pero, como no lo sabía, no podía evitar que me entrase la risa tonta al acordarme de todas las bromas que había hecho papá con el apellido del señor Traseronian. Por eso, cuando mamá y yo llegamos al colegio de secundaria Beecher unas cuantas semanas antes del comienzo del curso y vi al señor Traseronian allí plantado, esperándonos en la entrada, me entró la risa tonta. No se parecía en nada a como me lo había imaginado. Pensaba que tendría un culo enorme, pero no. De hecho, era un tipo bastante normal. Alto, delgado, mayor, pero no viejo. Parecía simpático. Primero le dio la mano a mamá.

—Hola, señor Traseronian. Me alegro de volver a verle —dijo mamá—. Le presento a mi hijo August.

El señor Traseronian me miró sonriente y asintió con la cabeza. Me ofreció la mano para que se la estrechase.

—Hola, August —dijo en un tono de lo más normal—. Encantado de conocerte.

—Hola —farfullé, dándole la mano mientras le miraba los pies. Llevaba unas Adidas rojas.

—Bueno… —dijo, arrodillándose delante de mí para que no pudiese mirarle a las zapatillas y tuviese que mirarlo a la cara—. Tus padres me han hablado mucho de ti.

—¿Y qué le han contado? —pregunté.

—¿Cómo dices?

—Cielo, tienes que hablar más alto —dijo mamá.

—¿Qué le han contado? —pregunté, intentando no hablar entre dientes. Reconozco que tengo la mala costumbre de hablar entre dientes.

—Pues que te gusta leer —me contestó el señor Traseronian—. Y que eres un gran artista. —Tenía los ojos azules y las pestañas blancas—. Y que te gustan las ciencias, ¿no?

—Ajá —respondí.

—Tenemos un par de optativas de ciencias en Beecher —dijo—. A lo mejor te apetece coger una.

—Ajá —contesté, aunque no tenía ni idea de qué era una optativa.

—¿Estás listo para visitar el centro?

—¿Ahora? —dije.

—¿Pensabas que íbamos a ir al cine? —preguntó sonriente mientras se levantaba.

—No me habías dicho que íbamos a visitar el colegio —le dije a mamá en tono acusatorio.

—Auggie… —comenzó a decir.

—Todo irá bien, August —dijo el señor Traseronian, tendiéndome la mano—. Te lo prometo.

Creo que quería que le diese la mano, pero preferí dársela a mamá. Él me sonrió y echó a andar hacia la entrada.

Mamá me dio un apretón en la mano, aunque no sé si era un apretón de «Te quiero» o un apretón de «Lo siento». Seguramente una mezcla de las dos cosas.

El único colegio que había visto en mi vida era el de Via, cuando iba con mamá y papá a verle cantar en los conciertos de primavera y cosas así. Aquel colegio era muy diferente. Era más pequeño y olía a hospital.

La amable señora García

Seguimos al señor Traseronian por unos cuantos pasillos. No había mucha gente, y la poca que había no se fijó en mí, aunque a lo mejor fue porque no me vieron. Mientras caminábamos, iba escondido detrás de mamá. Ya sé que puede parecer infantil, pero en esos momentos no me sentía demasiado valiente.

Llegamos a una pequeña habitación. En la puerta había escrito DESPACHO DEL DIRECTOR DE SECUNDARIA. Dentro había una mesa y, sentada detrás, una señora que parecía simpática.

—Le presento a la señora García —dijo el señor Traseronian. La señora le sonrió a mamá, se quitó las gafas y se levantó de la silla.

—Isabel Pullman. Encantada de conocerla —repuso mi madre, dándole la mano.

—Y este es August —dijo el señor Traseronian.

Mamá se hizo a un lado para dejarme pasar. Entonces pasó lo que ya me había pasado un millón de veces antes. Cuando la miré a la cara, la señora García bajó la vista durante un segundo. Fue algo tan rápido que nadie aparte de mí se habría dado cuenta, ya que el resto de su cara se quedó exactamente igual que estaba. Tenía una sonrisa de oreja a oreja.

—Encantada de conocerte, August —dijo, ofreciéndome la mano para que se la estrechase.

—Hola —contesté en voz baja, dándole la mano, pero, como no quería mirarla a la cara, me concentré en sus gafas, que le colgaban de una cadena al cuello.

—¡Vaya, menudo apretón! —dijo la señora García. Tenía la mano caliente.

—El chico da unos apretones de manos tremendos —concluyó el señor Traseronian, y todos se echaron a reír.

—Puedes llamarme señora G —dijo la señora García. Creo que se dirigía a mí, pero yo estaba mirando todas las cosas que tenía sobre la mesa—. Así me llaman todos. «Señora G, se me ha olvidado la combinación de la taquilla». «Señora G, necesito un justificante». «Señora G, quiero cambiar de optativa».

—La señora G es la que dirige de verdad el colegio —dijo el señor Traseronian, y todos los adultos volvieron a reírse.

—Llego todas las mañanas a las siete y media —prosiguió la señora García, que seguía mirándome mientras yo observaba fijamente sus sandalias marrones con florecitas moradas en las hebillas—. Si alguna vez necesitas algo, August, pídemelo a mí. Y puedes pedirme lo que sea.

—Vale —farfullé.

—Ay, qué bebé tan precioso —dijo mamá, señalando una de las fotografías que había en el tablón de anuncios de la señora García—. ¿Es suyo?

—¡No, válgame Dios! —exclamó la señora García, con una gran sonrisa que era totalmente diferente de su sonrisa de oreja a oreja—. Acaba de alegrarme el día. Es mi nieto.

—¡Qué preciosidad! —dijo mamá, sacudiendo la cabeza—. ¿Cuánto tiempo tiene?

—En esa foto tenía cinco meses, creo. Pero ahora ya es mayor. ¡Tiene casi ocho años!

—¡Vaya! —exclamó mamá, sin dejar de sonreír—. Pues es una monada.

—Gracias —contestó la señora García, con un gesto afirmativo como si estuviera a punto de decir algo más sobre su nieto. Pero de repente dejó de sonreír tanto—. Aquí todos vamos a cuidar muy bien de August —le dijo a mamá, y vi que le daba un ligero apretón en la mano. Miré a mamá a la cara, y entonces me di cuenta de que estaba tan nerviosa como yo. Supongo que la señora García me cayó bien… cuando no sonreía de oreja a oreja.

Jack Will, Julian y Charlotte

Seguimos al señor Traseronian a una pequeña habitación que estaba nada más pasar la mesa de la señora García. Él iba hablando mientras cerraba la puerta de su despacho y se sentaba tras su enorme mesa, aunque, la verdad, yo no prestaba demasiada atención a lo que decía. Estaba mirando las cosas que tenía sobre la mesa. Había cosas chulas, como un globo terráqueo que flotaba en el aire y una especie de cubo de Rubik hecho de espejitos. Me gustó mucho su despacho. Me gustaba que tuviese colgados en las paredes dibujos y pinturas de los alumnos, enmarcados como si fuesen importantes.

Mamá se sentó en una silla frente a la mesa del señor Traseronian y, aunque había otra silla junto a la suya, decidí quedarme de pie a su lado.

—¿Por qué usted tiene habitación propia y la señora G no? —pregunté.

—Supongo que querrás decir que por qué tengo despacho propio —repuso el señor Traseronian.

—Antes ha dicho que es ella la que dirige el colegio.

—Bueno, estaba bromeando. La señora G es mi ayudante.

—El señor Traseronian es el director del colegio —explicó mamá.

—¿Y lo llaman señor T? —pregunté, y eso le hizo sonreír.

—¿Señor T? ¿Como Mr. T? ¿Sabes quién es Mr. T? —contestó—. «¡Pobre desgraciado!» —dijo poniendo una voz de tío duro, como si estuviera imitando a alguien.

No tenía ni idea de qué me estaba hablando.

—En fin, la verdad es que no —dijo el señor Traseronian, negando con la cabeza—. Nadie me llama señor T, aunque algo me dice que se refieren a mí por otros nombres que desconozco. Hay que asumirlo, no es fácil vivir con un apellido como el mío, no sé si me entiendes.

Reconozco que en ese momento me eché a reír, porque sabía exactamente lo que quería decir.

—Pues mis padres tuvieron una profesora que se llamaba Pompish —dije.

—¡Auggie! —exclamó mamá, pero el señor Traseronian se echó a reír.

—Eso sí que es grave —dijo el señor Traseronian, negando con la cabeza—. Supongo que no debería quejarme. Oye, August, he pensado que hoy podríamos…

—¿Es una calabaza? —pregunté, señalando una pintura enmarcada detrás de la mesa del señor Traseronian.

—Auggie, cielo, no interrumpas a la gente —dijo mamá.

—¿Te gusta? —preguntó el señor Traseronian. Se giró y se quedó mirando la pintura—. A mí también. Y yo también pensaba que era una calabaza, hasta que el alumno que me lo regaló me explicó que no es una calabaza, sino… agárrate… ¡un retrato mío! Dime, August: ¿de verdad parezco una calabaza?

—¡No! —contesté, aunque estaba pensando que sí. Cuando sonreía, los cachetes se le hinchaban y eso le hacía parecer una calabaza de Halloween. Mientras lo pensaba, me di cuenta de que tenía gracia: cachetes, el señor Traseronian... y se me escapó una risilla. Negué con la cabeza y me tapé la boca con la mano.

El señor Traseronian sonrió, como si pudiese leerme el pensamiento.

Fui a decir algo, pero de pronto oí voces al otro lado de la puerta del despacho: eran voces de niño. No exagero si digo que casi se me para el corazón, como si acabase de correr en la carrera más larga del mundo. Se me quitaron las ganas de reírme.

El caso es que cuando era pequeño no me importaba conocer a otros niños, porque todos los niños que conocía eran pequeños, como yo. Lo guay de los niños pequeños es que no dicen cosas para intentar hacerte daño, aunque a veces digan cosas que te hacen daño. Pero no saben lo que dicen. Los niños mayores... esos sí que saben lo que dicen. Y eso no me hace ninguna gracia. Uno de los motivos por los que me dejé crecer el pelo el año pasado era porque me gusta que el flequillo me cubra los ojos: eso me ayuda a tapar las cosas que no quiero ver.

La señora García llamó a la puerta y asomó la cabeza.

—Ya están aquí, señor Traseronian —dijo.

—¿Quiénes? —pregunté.

—Gracias —le dijo el señor Traseronian a la señora García—. August, he pensado que sería buena idea que conocieses a algunos alumnos que estarán en tu clase este curso. Podrían enseñarte el colegio. Lo que se dice reconocer el terreno.

—No quiero conocer a nadie —le dije a mamá.

El señor Traseronian se me puso delante y apoyó las manos en mis hombros. Se agachó y me dijo al oído:

—Tranquilo, August. Son buenos chicos, te lo prometo.

—No te va a pasar nada, Auggie —susurró mamá con todas sus fuerzas.

Antes de que pudiese decir nada más, el señor Traseronian abrió la puerta del despacho.

—Pasad, chicos —dijo, y entraron dos niños y una niña.

Ninguno nos miró ni a mamá ni a mí. Se quedaron junto a la puerta mirando fijamente al señor Traseronian como si sus vidas dependiesen de ello.

—Muchas gracias por venir, chicos. Sobre todo, teniendo en cuenta que el curso no empieza hasta el mes que viene —añadió el señor Traseronian—. ¿Lo habéis pasado bien en verano?

Todos asintieron, pero nadie dijo nada.

—Bien, bien —dijo el señor Traseronian—. Chicos, quería presentaros a August, que va a estudiar aquí este curso. August, estos chicos llevan estudiando en Beecher desde preescolar, aunque antes estaban en el edificio de infantil, pero todos se conocen al dedillo los planes de estudio de secundaria. Y como vais a estar todos en la misma clase, he pensado que estaría bien que os conocieseis un poco antes de que empezase el curso. Bueno, chicos, os presento a August. August, este es Jack Will.

Jack Will me miró y extendió la mano.

—Hola —dijo esbozando una sonrisa cuando se la estreché, y bajó la vista rápidamente.

—Este es Julian —continuó el señor Traseronian.

—Hola —contestó Julian, e hizo exactamente lo mismo que Jack Will: me dio la mano, esbozó una sonrisa forzada y bajó la vista enseguida.

—Y Charlotte —dijo el señor Traseronian.

Charlotte tenía el pelo más rubio que había visto en mi vida. No me dio la mano, pero me saludó tímidamente y sonrió.

—Hola, August. Encantada de conocerte.

—Hola —contesté, mirando al suelo. Llevaba puestas unas Crocs de color verde intenso.

—Bien —dijo el señor Traseronian, juntando las manos como si fuese a aplaudir a cámara lenta—. He pensado que podríais enseñarle el colegio a August. Quizá podríais empezar por la tercera planta. Allí es donde va a estar vuestra aula de tutoría: en el aula 301. Creo. Señora G, ¿cuál…?

—¡Aula 301! —gritó la señora García desde la otra habitación.

—Aula 301 —repitió el señor Traseronian mientras asentía—. Después podéis enseñarle los laboratorios de ciencias y la sala de informática. Y luego podéis bajar a ver la biblioteca y el salón de actos en la segunda planta. Y llevadlo a la cafetería, claro.

—¿Lo llevamos a la sala de música? —preguntó Julian.

—Buena idea, sí —contestó el señor Traseronian—. August, ¿sabes tocar algún instrumento?

—No —respondí. No era mi tema de conversación favorito, sobre todo porque no tengo orejas. Bueno, sí tengo, pero no se parecen a las típicas orejas que tiene todo el mundo.

—Bueno, pero quizá te guste ver la sala de música de todos modos —dijo el señor Traseronian—. Tenemos una magnífica selección de instrumentos de percusión.

—August, tú siempre has querido aprender a tocar la batería —añadió mamá, intentando hacer que la mirase, pero el flequillo me tapaba los ojos mientras miraba fijamente un trozo de chicle pegado en la parte de abajo de la mesa del señor Traseronian.

—¡Estupendo! —dijo el señor Traseronian—. ¿Qué os parece si volvéis dentro de… —Miró a mamá— ¿media hora?

Creo que mamá asintió.

—¿Te parece bien, August? —me preguntó el director.

No contesté.

—¿Te parece bien, August? —repitió mamá.

La miré. Quería que viese lo enfadado que estaba con ella, pero, cuando la miré a la cara, dije que sí con la cabeza. Parecía más asustada que yo.

Los otros chicos ya habían echado a andar hacia la puerta, así que los seguí.

—Hasta luego —dijo mamá en un tono de voz algo más agudo de lo normal.

No le contesté.

La visita

Jack Will, Julian, Charlotte y yo recorrimos un enorme pasillo hasta llegar a unas amplias escaleras. Nadie dijo nada mientras subíamos hasta la tercera planta.

Cuando llegamos a lo alto de las escaleras, recorrimos un pequeño pasillo lleno de puertas. Julian abrió la que tenía un letrero que ponía 301.

—Esta es nuestra aula de tutoría —dijo, plantándose ante la puerta entreabierta—. Tenemos a la señora Petosa. Dicen que no está mal, al menos pone pocos deberes. Dicen que si te toca en mates es muy estricta.

—No es verdad —repuso Charlotte—. Mi hermana la tuvo el año pasado y dice que es buena.

—No es lo que he oído yo —contestó Julian—. Pero qué más da. —Cerró la puerta y siguió andando por el pasillo.

—Este es el laboratorio de ciencias —dijo al llegar a la siguiente puerta. Igual que había hecho dos segundos antes, se quedó plantado frente a la puerta entreabierta y se puso a hablar. Mientras hablaba no me miró ni una vez; no me importó, porque yo tampoco lo estaba mirando—. Hasta el primer día de clase no sabrás a quién te toca en ciencias, pero más te vale que sea el señor Haller. Antes estaba en primaria y a veces tocaba su enorme tuba en clase.

—Era un bombardino barítono —replicó Charlotte.

—¡Era una tuba! —contestó Julian cerrando la puerta.

—Tío, déjale entrar para que pueda verlo —dijo Jack Will, que le dio un empujón a Julian y abrió la puerta.

—Entra si quieres —respondió Julian mirándome por primera vez.

Me encogí de hombros y me acerqué a la puerta. Julian se apartó rápidamente, como si temiera que pudiese tocarlo sin querer al pasar a su lado.

—No hay mucho que ver —dijo Julian, entrando detrás de mí. Se puso a señalar unas cuantas cosas que había en la clase—. Eso de ahí es la incubadora. Eso grande y negro es la pizarra. Esas son las mesas. Y esas son las sillas. Eso de ahí son mecheros Bunsen. Esto es un póster de ciencias asqueroso. Esto es tiza. Y este es el borrador.

—Seguro que ya sabe lo que es un borrador —repuso Charlotte en un tono que me recordó a Via.

—¿Y cómo quieres que sepa lo que sabe y lo que no? —contestó Julian—. El señor Traseronian dice que nunca ha ido a clase.

—Sabes lo que es un borrador, ¿verdad? —me preguntó Charlotte.

Confieso que estaba tan nervioso que no sabía qué decir ni qué hacer aparte de mirar el suelo.

—¿Sabes hablar? —preguntó Jack Will.

—Sí —contesté asintiendo. Seguía sin atreverme a mirarlos a la cara.

—Sabes lo que es un borrador, ¿verdad? —preguntó Jack Will.

—¡Pues claro! —farfullé.

—Ya te he dicho que aquí no había nada que ver —comentó Julian, encogiéndose de hombros.

—Tengo una duda —dije, intentando que no me temblase la voz—. Eh... ¿Qué es exactamente un aula de tutoría? ¿Es una asignatura?

—No, es tu grupo —explicó Charlotte, haciendo como que no había visto la sonrisilla de Julian—. Es el aula a la que acudes cuando vienes al colegio por la mañana y donde tu tutor pasa lista y esas cosas. Es como tu clase principal, aunque no sea una clase de verdad. Bueno, sí es una clase, pero...

—Creo que ya lo ha pillado, Charlotte —dijo Jack Will.

—¿Lo has pillado? —me preguntó Charlotte.

—Sí —contesté asintiendo de nuevo.

—Vámonos de aquí —propuso Jack Will, saliendo del aula.

—Espera, Jack. Se supone que tenemos que resolverle las dudas —dijo Charlotte.

Jack Will puso los ojos en blanco mientras se daba media vuelta.

—¿Tienes alguna duda más? —preguntó.

—Eh... No —respondí—. Bueno, la verdad es que sí. ¿Cómo te llamas, Jack o Jack Will?

—Me llamo Jack. Will es mi apellido.

—Ah. Como el señor Traseronian te ha presentado como Jack Will, he pensado...

—¡Ja! ¿Pensabas que se llamaba Jackwill? —preguntó Julian riéndose.

—Sí, hay gente que me llama por el nombre y el apellido —contestó Jack, encogiéndose de hombros—. No sé por qué. ¿Podemos irnos ya?

—Vamos ahora al salón de actos —intervino Charlotte, saliendo la primera del aula de ciencias—. Es muy chulo. Te va a gustar, August.

El salón de actos

Charlotte no paró de hablar mientras bajábamos hasta la segunda planta. Se puso a describir *Oliver*, la obra que habían representado el curso anterior. Ella había interpretado a Oliver, aunque era una chica. Mientras lo decía, abrió de un empujón la puerta doble que daba a un enorme auditorio. En la otra punta de la sala había un escenario.

Charlotte se puso a corretear dando saltitos hacia el escenario. Julian echó a correr tras ella por el pasillo y, a mitad de camino, se giró.

—¡Vamos! —gritó, haciéndome una señal para que lo siguiese, le hice caso.

—Aquella noche había cientos de espectadores —dijo Charlotte, y tardé un par de segundos en darme cuenta de que seguía hablando de *Oliver*—. Estaba supernerviosa. Mi papel tenía mucho diálogo y un montón de canciones para cantar. ¡Era súper, súper, superdifícil! —Aunque me estaba hablando a mí, no me miraba mucho—. La noche del estreno, mis padres estaban al fondo del auditorio, más o menos donde ahora está Jack, pero, cuando se apagan las luces, no se puede ver lo que hay tan atrás. Yo no paraba de pensar: «¿Dónde están mis padres? ¿Dónde están mis padres?». Entonces, el señor Resnick, nuestro profesor de arte dramático del curso pasado, me dijo: «¡Charlotte, deja de comportarte como una diva!». «¡Vale!», contesté. Entonces vi a mis padres y se me pasaron todos los males. No se me olvidó ni una frase de diálogo.

Mientras hablaba, vi que Julian me miraba con el rabillo del ojo. Es algo que la gente hace mucho conmigo. Se piensan que no me doy cuenta de que me están mirando, pero lo sé por la inclinación de sus cabezas. Me di media vuelta para ver adónde había ido Jack. Se había quedado al fondo del auditorio, como si estuviese aburrido.

—Cada curso representamos una obra —dijo Charlotte.

—No creo que quiera participar en la obra del colegio, Charlotte —comentó Julian en tono sarcástico.

—Puedes participar en la obra sin salir en la obra —contestó Charlotte mirándome—. Puedes ocuparte de la iluminación o puedes pintar los decorados.

—¡Yupi! —exclamó Julian, girando el dedo en el aire.

—Pero si no quieres, no tienes por qué elegir la optativa de arte dramático —dijo Charlotte, encogiéndose de hombros—. También están danza, coro o música. Y liderazgo.

—Solo los memos eligen liderazgo —la interrumpió Julian.

—¡Julian, estás siendo de lo más repelente! —contestó Charlotte, y Julian se echó a reír al oír su comentario.

—Voy a elegir la optativa de ciencias —dije.

—¡Guay! —repuso Charlotte.

—*Suponiblemente*, la optativa de ciencias es la optativa más difícil de todas —dijo Julian mirándome a la cara—. No te ofendas, pero si nunca has estado en un colegio, ¿por qué crees que de repente vas a ser lo bastante listo para elegir la optativa de ciencias? ¿Has estudiado ciencias alguna vez? Ciencia de verdad, no la de los juegos de química.

—Sí —contesté.

—¡Lo han educado en casa, Julian! —dijo Charlotte.

—¿Y los maestros iban a su casa? —preguntó Julian, perplejo.

—¡No, le daba clase su madre! —contestó Charlotte.

—¿Es maestra? —repuso Julian.

—¿Tu madre es maestra? —me preguntó Charlotte.

—No —respondí.

—¡Entonces, no es maestra de verdad! —dijo Julian, como si eso ya le diera la razón—. A eso me refiero. ¿Cómo puede enseñar ciencias alguien que no es un maestro de verdad?

—Seguro que te va bien —repuso Charlotte mirándome.

—Vamos a la biblioteca —gritó Jack, que parecía muy aburrido.

—¿Por qué llevas el pelo tan largo? —me preguntó Julian. Parecía molesto.

No supe qué decir, así que me limité a encogerme de hombros.

—¿Puedo hacerte una pregunta? —dijo.

Volví a encogerme de hombros. ¿No acababa de hacerme una pregunta?

—¿Qué le pasa a tu cara? ¿Te la quemaste en un incendio o algo así?

—¡Julian, no seas grosero! —exclamó Charlotte.

—¡No soy grosero! —contestó Julian—. Solo le estoy haciendo una pregunta. El señor Traseronian dijo que podíamos hacerle preguntas si queríamos.

—Pero no preguntas groseras como esa —repuso Charlotte—. Además, nació así. Lo dijo el señor Traseronian, lo que pasa es que no estabas prestando atención.

—¡Claro que sí! —replicó Julian—. Pero pensaba que a lo mejor también se lo había hecho en un incendio.

—Anda ya, Julian —dijo Jack—. Cállate.

—¡Cállate tú! —gritó Julian.

—Vamos, August —dijo Jack—. Vamos a ver la biblioteca.

Eché a andar hacia Jack y salí del auditorio tras él. Me abrió la puerta doble y, mientras pasaba, me miró a la cara, como desafiándome a que le devolviese la mirada, y así lo hice. Entonces le sonreí. No sé. A veces, cuando tengo la sensación de que estoy a punto de echarme a llorar, acabo echándome a reír. Y eso debió de ser lo que me pasó en ese momento, porque sonreí como si estuviera a punto de entrarme la risa tonta. El caso es que, por la forma que tiene mi cara, la gente que no me conoce bien no siempre pilla que estoy sonriendo. Mi boca no se curva hacia arriba igual que las bocas de los demás; es más bien una línea recta. No sé cómo, pero Jack Will se dio cuenta de que le había sonreído y me devolvió la sonrisa.

—Julian es imbécil —susurró antes de que Julian y Charlotte nos alcanzasen—. Pero, tío, vas a tener que hablar. —Lo dijo en serio, como si estuviese intentando ayudarme. Le di la razón con un gesto, y Julian y Charlotte nos alcanzaron. Todos nos quedamos unos segundos callados, mientras mirábamos al suelo. Entonces miré a Julian a la cara.

—Por cierto, la palabra es «supuestamente» —dije.

—¿De qué estás hablando?

—Antes has dicho «suponiblemente» —contesté.

—¡Qué va!

—Claro que sí —dijo Charlotte—. Has dicho que *suponiblemente* la optativa de ciencias es muy difícil. Te he oído.

—Ni hablar —insistió él.

—Qué más da —dijo Jack—. Vámonos.

—Sí, vámonos —añadió Charlotte, siguiendo a Jack por las escaleras hacia la planta de abajo. Eché a andar tras ella, pero Julian se me puso delante y me hizo tropezar.

—¡Ay, lo siento! —dijo Julian.

Pero por cómo me miró supe que no lo sentía en absoluto.

El trato

Cuando volvimos al despacho, mamá y el señor Traseronian seguían hablando. La señora García fue la primera en vernos y sonrió de oreja a oreja mientras entrábamos.

—Dime, August. ¿Qué te parece? ¿Te ha gustado? —preguntó.

—Sí —contesté, mirando a mamá.

Jack, Julian y Charlotte se quedaron plantados junto a la puerta. No estaban seguros de si tenían que irse o si aún los necesitaban para algo. Me pregunté qué más les habrían contado de mí antes de conocerme.

—¿Has visto el pollito? —me preguntó mamá.

Negué con la cabeza.

—¿Se refiere a los pollitos de la clase de ciencias? —dijo Julian—. Los donan a una granja a final de curso.

—Ah —repuso mamá, desilusionada.

—Pero cada curso nacen unos nuevos —añadió Julian—. August podrá verlos en primavera.

—Bien —dijo mamá, mirándome—. Eran preciosos, August.

Me gustaría que no me hablase como si fuera un bebé delante de otras personas.

—August —intervino el señor Traseronian—, ¿los chicos te han enseñado bien el colegio o quieres ver algo más? Se me ha olvidado decirles que te enseñen el gimnasio.

—Pero se lo hemos enseñado, señor Traseronian —contestó Julian.

—¡Estupendo! —repuso el director.

—Y yo le he hablado de la obra del colegio y de algunas de las optativas —dijo Charlotte—. ¡Ay, no! —añadió de repente—. ¡Se nos ha olvidado enseñarle el aula de dibujo!

—No pasa nada —dijo el señor Traseronian.

—Pero podemos enseñársela ahora —propuso Charlotte.

—¿No teníamos que ir a recoger a Via? —le dije a mamá.

Esa era la señal que habíamos pactado mamá y yo para indicarle que quería marcharme.

—Es verdad —contestó mamá, levantándose de la silla y haciendo como que miraba la hora en su reloj—. Lo siento, he perdido la noción del tiempo. Tenemos que ir a recoger a mi hija en su nuevo instituto. Hoy han organizado una visita extraoficial. —Esa parte no era mentira; Via había ido a visitar su nuevo instituto. Lo que sí era mentira era que teníamos que ir a recogerla. Iba a volver a casa con papá más tarde.

—¿A qué instituto va? —preguntó el señor Traseronian levantándose de la silla.

—Este otoño empieza en el instituto Faulkner.

—Vaya, no es fácil entrar allí. Me alegro por ella.

—Gracias —contestó mamá—. Para ella va a ser una paliza. Tiene que coger la línea A hasta la Ochenta y seis, y lue-

50

go el autobús hasta el East Side. En coche solo se tarda quince minutos, pero así tardará una hora.

—Le compensará. Conozco a un par de chicos que entraron en Faulkner y les encanta —repuso el señor Traseronian.

—Tenemos que irnos, mamá —dije, tirándole del bolso.

Nos despedimos rápidamente. Creo que al señor Traseronian le sorprendió un poco que nos marchásemos tan de repente. Me pregunté si les echaría la culpa a Jack y a Charlotte, aunque Julian había sido el único que me había hecho sentir mal.

—Todos han sido muy simpáticos —le dije al señor Traseronian antes de irnos.

—Estoy deseando tenerte aquí como alumno —contestó el director, dándome una palmadita en la espalda.

—Adiós —les dije a Jack, a Charlotte y a Julian, pero no los miré ni levanté la vista hasta que salimos del edificio.

En casa

No nos habíamos alejado ni media manzana del colegio cuando mamá me preguntó:

—¿Qué? ¿Cómo te ha ido? ¿Te ha gustado?

—Aún no, mamá. Cuando lleguemos a casa.

En cuanto llegamos a casa, me fui corriendo a mi habitación y me tiré en la cama. Me di cuenta de que mamá no sabía lo que me pasaba, y creo que yo tampoco. Me sentía muy triste y un poquito contento al mismo tiempo, otra vez esa especie de sensación que me hace estar a punto de reírme y de echarme a llorar.

Mi perra, Daisy, me siguió hasta la habitación, se subió de un salto a la cama y se puso a lamerme la cara.

—Perrita buena —dije imitando la voz de mi padre—. Perrita buena.

—¿Va todo bien, cariño? —preguntó mamá. Quería sentarse a mi lado, pero Daisy estaba ocupando casi toda la cama—. Perdona, Daisy. —Al final se sentó, empujando a Daisy con el codo—. ¿Esos chicos no han sido amables contigo, Auggie?

—Sí, sí —contesté, mintiendo solo a medias—. No ha estado mal.

—Pero ¿han sido amables contigo? El señor Traseronian me ha dicho que eran unos chicos encantadores.

—Ajá —le dije, pero seguí mirando a Daisy, dándole besos en la nariz y frotándole la oreja hasta que empezó a hacer ese movimiento con la pata trasera que hacen los perros cuando se rascan si tienen pulgas.

—Ese Julian parecía especialmente simpático —dijo mamá.

—Qué va, era el menos simpático de todos. Pero Jack me ha caído bien. Él sí que ha sido amable. Pensaba que se llamaba Jack Will, pero se llama Jack a secas.

—Espera, a lo mejor los estoy confundiendo. ¿Cuál era el moreno que iba peinado hacia delante?

—Julian.

—¿Y ese no era amable?

—No, nada amable.

—Ah. —Se quedó pensativa durante un segundo—. ¿No será uno de esos chicos que se comportan de un modo con los adultos y de otro modo con los niños?

—Sí, supongo que sí.

—Ah, a esos no los soporto —contestó, estando de acuerdo conmigo.

—Decía cosas en plan: «¿Qué te pasa en la cara, August?» —Mientras lo decía, no dejaba de mirar a Daisy—, y: «¿Te lo hiciste en un incendio o algo así?».

Mamá no dijo nada. Cuando la miré a la cara, vi que estaba completamente horrorizada.

—No lo ha dicho con mala leche —añadí rápidamente—. Solo me lo ha preguntado.

Mamá asintió con la cabeza.

—Pero Jack me ha caído muy bien —proseguí—. Le ha dicho: «¡Cállate, Julian!». Y Charlotte le ha dicho: «¡Eres un grosero, Julian!».

Mamá volvió a asentir. Se apretó la frente con los dedos como si así quisiera espantar el dolor de cabeza.

—Lo siento mucho, Auggie —dijo en voz baja. Tenía las mejillas rojas como un tomate.

—No pasa nada, mamá. De verdad que no.

—Si no quieres, no tienes por qué ir al colegio, cielo.

—Sí que quiero —contesté.

—Auggie…

—De verdad que quiero, mamá —dije, y no mentía.

Los nervios del primer día

Vale, reconozco que el primer día de clase estaba tan nervioso que las mariposas en el estómago se parecían más a unas palomas revoloteando por mis tripas. Seguramente mamá y papá también estaban algo nerviosos, pero se mostraron encantados y nos hicieron fotos a Via y a mí antes de salir de casa, porque también era el primer día de instituto para mi hermana.

Hasta unos días antes aún no estábamos seguros de si iría al colegio. Después de la visita, mamá y papá se habían cambiado los papeles. Ahora mamá era la que decía que no debía ir, y papá decía que sí. Papá me había dicho que estaba muy orgulloso de cómo me había comportado con Julian y que me estaba convirtiendo en un tío duro. Oí cómo le decía a mamá que ahora pensaba que ella había tenido razón desde el principio. Pero mamá ya no estaba tan segura. Cuando papá le dijo que Via y él querían acompañarme andando hasta el colegio, ya que les pillaba de camino a la parada de metro, a mamá pareció aliviarle saber que iríamos todos juntos. Creo que a mí también.

Aunque el colegio Beecher está tan solo a unas manzanas de casa, yo solo había estado en esa manzana un par de veces. En general, intento evitar los lugares donde hay muchos niños. En nuestra manzana me conoce todo el mundo y yo conozco a todo el mundo. Me conozco todos los ladrillos, todos los troncos de los árboles y todas las grietas de la acera. Conozco a la señora Grimaldi, la que siempre está sentada junto a su ventana, y al señor mayor que se pasea por la calle silbando como un pájaro. Conozco la tienda de la esquina donde mamá compra los bollos y a las camareras de la cafetería, que me llaman «cielo» y me dan Chupa-Chups cuando me ven. Me encanta mi barrio de North River Heights, por eso se me hizo raro recorrer estas manzanas con la sensación de que todo me resultaba nuevo de repente. La avenida Amesfort, una calle por la que he pasado un millón de veces, me parecía totalmente diferente. Estaba llena de gente que no había visto nunca esperando el autobús o empujando carritos de bebé.

Cruzamos Amesfort y giramos por Heights Place. Via caminaba a mi lado, igual que hace siempre, y mamá y papá iban por detrás. En cuanto doblamos la esquina, vimos a todos los chicos delante del colegio: había cientos de chicos hablando entre sí en grupitos, riéndose, o allí plantados mientras sus padres hablaban con otros padres. Yo llevaba todo el rato la cabeza gacha.

—Todos están igual de nerviosos que tú —me dijo Via al oído—. Recuerda que hoy es el primer día de clase para todo el mundo. ¿Vale?

El señor Traseronian estaba dando la bienvenida a alumnos y padres ante la puerta de entrada al colegio.

He de reconocerlo: hasta el momento no había pasado nada malo. No había pillado a nadie mirándome, ni siquiera me habían visto. Solo una vez levanté la vista y descubrí a unas chicas mirándome y susurrando algo tapándose la boca con la mano, pero miraron hacia otro lado en cuanto vieron que me había dado cuenta.

Llegamos a la puerta de entrada.

—Bueno, ha llegado el gran momento, grandullón —dijo papá, apoyándome las manos en los hombros.

—Que lo pases bien en tu primer día. Te quiero —dijo Via, y me dio un besazo y un abrazo.

—Tú también —contesté.

—Te quiero, Auggie —dijo papá, dándome un abrazo.

—Adiós.

Luego me abrazó mamá, pero se notaba que estaba a punto de llorar, y eso me habría dado muchísima vergüenza, así que le di rápidamente un fuerte abrazo, me di media vuelta y desaparecí por la puerta del colegio.

Candados

Fui directo al aula 301 en la tercera planta. Me alegré de haber visitado antes el colegio, porque sabía exactamente adónde tenía que ir y no tuve que levantar la vista ni una sola vez. Vi que unos chicos me estaban mirando fijamente, pero hice como que no me daba cuenta.

Cuando entré en clase, la profesora estaba escribiendo algo en la pizarra mientras los alumnos iban ocupando cada uno una mesa. Las mesas formaban un semicírculo frente a la pizarra, así que yo elegí la del medio, la que quedaba más atrás, porque pensé que así no me mirarían tanto. Seguía con la cabeza gacha y solo la levantaba lo justo para ver los pies de la gente por debajo del flequillo. A medida que iban llenándose las mesas, me di cuenta de que nadie se sentaba a mi lado. Hubo un par de veces en que alguien estuvo a punto de sentarse a mi lado, pero luego cambió de idea en el último momento y se sentó en otra parte.

—Hola, August —dijo Charlotte, saludándome con la mano mientras se sentaba en una mesa en la parte de delante de la clase. No entiendo por qué querría alguien sentarse en la primera fila de una clase.

—Hola —contesté, saludando con la cabeza.

Entonces me di cuenta de que Julian estaba sentado a unas cuantas mesas de ella, hablando con otros chicos. Sé que me vio, pero no me saludó.

De pronto, alguien se sentó a mi lado. Era Jack Will. Jack.

—¿Qué tal? —dijo, saludándome con la cabeza.

—Hola, Jack —contesté, saludándolo con la mano. Inmediatamente deseé no haberlo hecho, porque no quedó nada guay.

—¡Vamos, chicos! ¡Vamos! Calmaos —dijo la profesora, mirándonos. Había escrito su nombre, «Sra. Petosa», en la pizarra—. Sentaos todos, por favor. Pasad —les dijo a un par de chicos que acababan de entrar en el aula—. Ahí hay un sitio libre. Y ahí, otro. —Aún no me había visto—. Y ahora, lo primero que quiero que hagáis es dejar de hablar y… —Entonces me vio—. Dejad las mochilas y calmaos.

Solo dudó una milésima de segundo, pero supe en qué momento me había visto. Ya digo que estoy acostumbrado.

—Ahora voy a pasar lista y a apuntar dónde se sienta cada uno —prosiguió, sentada en el borde de la mesa. A su lado había tres filas de carpetas clasificadoras—. Cuando os llame, venid y os daré una carpeta con vuestro nombre. Dentro encontraréis vuestro horario de clases y un candado de combinación, que no deberíais intentar abrir hasta que yo os lo diga. El número de vuestra taquilla está escrito en el horario de clases. Os aviso de que algunas taquillas no están justo al salir de esta aula sino al final del pasillo, y antes de que alguien lo pregunte: no, no podéis cambiar de taquilla ni de candado. Si nos sobra tiempo al final de la clase, intentaremos conocernos todos un poco mejor, ¿vale? Bien.

Cogió la carpeta portapapeles de la mesa y empezó a leer los nombres en voz alta.

—Veamos… ¿Julian Albans? —dijo, levantando la vista del papel.

—Presente —contestó Julian levantando la mano al mismo tiempo.

—Hola, Julian —repuso ella, apuntando algo en la lista. Cogió la primera carpeta y se la ofreció—. Ven a recogerla —añadió en un tono serio. Julian se levantó y la cogió—. ¿Ximena Chin?

Nos iba dando una carpeta a cada uno a medida que leía los nombres. Mientras avanzaba por la lista, me di cuenta de que la mesa que había junto a la mía era la única que seguía vacía, aunque había dos chicos sentados un pupitre algo más separado. Cuando la señora Petosa dijo el nombre de uno de ellos, un chico alto llamado Henry Joplin que parecía un adolescente, añadió:

—Henry, ahí tienes una mesa vacía. ¿Por qué no te sientas ahí?

Le dio su carpeta y le señaló la mesa que había junto a la mía. Aunque no lo miré directamente, supe que Henry no quería sentarse a mi lado por cómo arrastraba la mochila, como si estuviese avanzando a cámara lenta. Luego dejó caer la mochila sobre el lado derecho de la mesa para que hiciese de barrera entre su mesa y la mía.

—¿Maya Markowitz? —preguntó la señora Petosa.

—Presente —contestó una chica a unas cuatro mesas de la mía.

—¿Miles Noury?

—Presente —dijo el chico que había estado sentado con Henry Joplin. Al volver a su mesa vi que miraba a Henry como diciendo: «Lo siento, tío».

—¿August Pullman? —preguntó la señora Petosa.

—Presente —contesté en voz baja, levantando un poco la mano.

—Hola, August —dijo, sonriéndome amablemente cuando fui a recoger la carpeta.

Durante esos pocos segundos que estuve de espaldas delante de toda la clase noté que todos me miraban fijamente, pero todos bajaron la vista tan pronto como volví a mi mesa. Cuando me senté, tuve que contenerme para no darle vueltas a la combinación, aunque todos lo estaban haciendo, porque la señora Petosa nos había dicho que no lo hiciéramos. A mí se me daba bastante bien abrir candados, porque los usaba en la bici. Henry seguía intentando abrir el suyo, pero no podía. Se estaba frustrando y soltaba tacos entre dientes.

La señora Petosa llamó a los siguientes de la lista. El último era Jack Will.

—Muy bien. Ahora escribid todos vuestras combinaciones en algún lugar seguro donde no vayáis a olvidarlas, ¿de acuerdo? —dijo después de entregarle su carpeta a Jack—. Pero si se os olvida, algo que sucede al menos 3,2 veces por semestre, la señora García tiene una lista de todas las combinaciones. Y ahora, sacad los candados de las carpetas y pasad un par de minutos intentando abrirlos, aunque ya veo que algunos os habéis adelantado. —Al decirlo, estaba mirando a Henry—. Mientras tanto, os hablaré de mí. Luego podéis contarme cosas de vosotros para que… eh… podamos conocernos un poco. ¿Os parece bien? Bien.

Nos sonrió a todos, aunque me pareció que sobre todo me sonreía a mí, pero no con una sonrisa de oreja a oreja, como la de la señora García, sino con una sonrisa normal y sincera. Parecía muy distinta a la imagen que me había hecho de los profesores. Pensaba que se parecería a la señora Fowl de *Jimmy Neutrón*: una señora mayor con un moño en lo alto de la cabeza. Pero en realidad era clavada a Mon Mothma en *El retorno del Jedi*: un corte de pelo a lo chico y una enorme camisa blanca parecida a una túnica.

Se dio media vuelta y se puso a escribir algo en la pizarra.

Henry seguía sin poder abrir el candado y se frustraba cada vez más cuando alguien abría el suyo. Le molestó mucho que yo consiguiese abrir el mío a la primera. Lo curioso es que, si no hubiese puesto la mochila entre él y yo, le habría ofrecido mi ayuda.

Primeras preguntas

La señora Petosa nos habló de ella. Nos contó cosas aburridas sobre el lugar donde se había criado y nos dijo que siempre había querido dar clase y que había dejado su trabajo en Wall Street unos seis años antes para perseguir su «sueño» y dedicarse a la enseñanza. Al final, preguntó si alguien tenía alguna duda. Julian levantó la mano.

—Sí… —Tuvo que mirar a la lista para recordar su nombre—. Julian.

—Está guay eso de perseguir su sueño —dijo.

—¡Gracias!

—¡De nada! —contestó, y sonrió orgulloso.

—Muy bien. ¿Por qué no nos hablas un poco de ti, Julian? De hecho, es lo que quiero que hagáis todos. Pensad en dos cosas que queráis que los demás sepan de vosotros. No, esperad un momento. ¿Cuántos de vosotros habéis hecho la primaria en Beecher? —Más o menos la mitad levantó la mano—. Vale, entonces unos cuantos de vosotros ya os conocéis. Pero los demás supongo que sois nuevos en el colegio, ¿no? Bien, pues pensad en dos cosas que queráis que los demás sepan de vosotros… y si ya conocéis a algunos de los otros alumnos, intentad pensar en qué cosas no saben todavía de vosotros, ¿vale? Bien. Empezaremos por Julian y seguiremos con el resto de la clase.

Julian frunció el ceño y empezó a darse golpecitos con el dedo en la frente, como si estuviese pensando en serio.

—Muy bien. Cuando estés listo —dijo la señora Petosa.

—Vale, pues lo primero es que…

—Hacedme un favor y empezad diciendo cómo os llamáis —lo interrumpió la señora Petosa—. Eso me ayudará a recordar vuestros nombres.

—Ah, vale. Me llamo Julian y lo primero que me gustaría contarles a todos sobre mí es que… acaban de comprarme el Battleground Mystic para la Wii y es una pasada. Lo segundo es que este verano nos han comprado una mesa de ping-pong.

—Muy bien, a mí me encanta el ping-pong —dijo la señora Petosa—. ¿Alguien quiere preguntarle algo a Julian?

—¿El Battleground Mystic es para un jugador o pueden jugar más de uno? —preguntó el chico que se llamaba Miles.

—No, no me refería a esa clase de preguntas —dijo la señora Petosa—. Muy bien, ¿y tú…? —Señaló a Charlotte, seguramente porque su mesa era la que tenía más cerca.

—¡Claro! —Charlotte no lo dudó ni un segundo. Era como si supiera exactamente lo que quería decir—. Me llamo Charlotte. Tengo dos hermanas, y en julio nos han regalado una perrita que se llama Suki. La adoptamos de una perrera y es preciosa.

—Estupendo, Charlotte. Gracias —dijo la señora Petosa—. Muy bien, ¿a quién le toca ahora?

Cordero al matadero

«Como un cordero al matadero»: Algo que se dice sobre alguien que va tranquilamente a algún sitio sin saber que va a sucederle algo desagradable.

La noche de antes lo había buscado en Google. En eso estaba pensando cuando la señora Petosa me llamó por mi nombre y de pronto me tocó hablar.

—Me llamo August —dije. Bueno, más bien lo masculló.

—¿Cómo? —preguntó alguien.

—¿Puedes hablar más alto, cielo? —dijo la señora Petosa.

—Me llamo August —dije en voz alta, obligándome a levantar la vista—. Tengo… eh… una hermana que se llama Via y una perra que se llama Daisy. Y… eh… ya está.

—Estupendo —contestó la señora Petosa—. ¿Alguien quiere preguntarle algo a August?

Nadie dijo nada.

—Muy bien. Ahora te toca a ti —le dijo la señora Petosa a Jack.

—Espere, yo tengo una pregunta para August —dijo Julian, levantando la mano—. ¿Por qué llevas esa trenza pequeña en la parte de atrás de la cabeza? ¿Es un rollo Padawan?

—Sí —asentí, encogiéndome de hombros.

—¿Qué es un rollo Padawan? —preguntó la señora Petosa, sonriéndome.

—Es de *La guerra de las galaxias* —contestó Julian—. Un Padawan es un aprendiz de Jedi.

—Ah, muy interesante —repuso la señora Petosa mirándome—. ¿Te gusta *La guerra de las galaxias*, August?

—Supongo —contesté sin levantar la vista, porque lo que de verdad quería hacer era deslizarme por la silla y meterme debajo de la mesa.

—¿Cuál es tu personaje favorito? —preguntó Julian. Empecé a pensar que a lo mejor no era tan malo.

—Jango Fett.

—¿Y Darth Sidious? —preguntó—. ¿Te gusta?

—Vale, chicos, podéis hablar de cosas de *La guerra de las galaxias* en el descanso —dijo la señora Petosa alegremente—. Vamos a seguir. Aún no nos has contado nada sobre ti —le dijo a Jack.

Jack se puso a hablar, pero reconozco que no oí ni una palabra de lo que dijo. A lo mejor nadie había pillado la referencia a Darth Sidious, y puede que Julian no lo dijese con mala intención, pero en *La guerra de las galaxias, Episodio III: La venganza de los Sith*, unos rayos Sith le queman la cara a Darth Sidious y lo dejan completamente deforme. Se le arruga la piel y es como si se le derritiese la cara.

Miré hacia donde estaba Julian y vi que me estaba mirando. Sí, sabía perfectamente lo que decía.

Elegid ser amables

Cuando sonó el timbre todo el mundo se levantó para salir. Miré mi horario y comprobé que la siguiente clase era lengua, en el aula 321. No me paré a ver si alguien más iba al mismo sitio que yo; salí pitando del aula, eché a correr por el pasillo y me senté tan lejos de la primera fila como pude. El profesor, un hombre muy alto de barba rubia, estaba escribiendo algo en la pizarra.

Entraron varios grupos de chicos, pero no levanté la vista. Volvió a pasar lo mismo que había pasado en el aula de tutoría: nadie se sentó a mi lado aparte de Jack, que estaba bromeando con unos chicos que no eran de nuestra aula. Se notaba que Jack era de esos chicos que caen bien. Tenía muchos amigos y hacía reír a la gente.

Cuando sonó el segundo timbre, se calló todo el mundo y el profesor se volvió para mirarnos. Se presentó como el señor Browne y se puso a hablar de lo que íbamos a hacer durante el semestre. En un momento dado, entre *Harry Potter y la piedra filosofal* y *El hobbit*, se fijó en mí, pero siguió hablando como si nada.

Yo me dedicaba a garabatear en mi cuaderno mientras él hablaba, pero de vez en cuando miraba furtivamente a los demás alumnos. Charlotte estaba en aquella clase. Julian y Henry, también. Miles, no.

El señor Browne había escrito en mayúsculas en la pizarra:

P–R–E–C–E–P–T–O

—Muy bien. Escribidlo todos en la parte superior de la primera página de vuestro cuaderno de lengua. —Mientras hacíamos lo que nos había pedido, añadió—: ¿Quién sabe decirme qué es un precepto? ¿Lo sabe alguien?

Nadie levantó la mano.

El señor Browne sonrió, asintió con la cabeza y se giró para escribir algo más en la pizarra:

PRECEPTOS = REGLAS SOBRE COSAS
QUE SON REALMENTE IMPORTANTES

—¿Como un lema? —preguntó alguien.

—¡Como un lema! —contestó el señor Browne, confirmándolo con un gesto mientras seguía escribiendo en la pizarra—. Como una cita famosa. Como una frase de una galleta de la suerte. Cualquier dicho o principio que pueda motivaros. Básicamente, un precepto es cualquier cosa que nos guía cuando tomamos una decisión sobre algo importante.

Lo escribió todo en la pizarra y luego se giró para mirarnos.

—A ver, ¿qué cosas son *realmente importantes*? —preguntó.

Unos cuantos levantaron la mano. El señor Browne los fue señalando y ellos contestaron mientras él escribía en la pizarra con muy mala letra:

NORMAS. TRABAJO EN CLASE. DEBERES.

—¿Qué más? —preguntó mientras escribía, sin girarse en ningún momento—. ¡Id diciéndomelo! —Y se puso a escribir todo lo que le decían.

FAMILIA. PADRES. ANIMALES.

—¡El medio ambiente! —gritó una chica.

EL MEDIO AMBIENTE,

Escribió en la pizarra, y añadió:

¡NUESTRO PLANETA!

—¡Los tiburones, porque comen cosas muertas en el mar! —dijo uno de los chicos, un chaval llamado Reid, y el señor Browne escribió:

TIBURONES.

—¡Las abejas!
—¡Los cinturones de seguridad!
—¡El reciclaje!
—¡Los amigos!
—Muy bien —dijo el señor Browne, y escribió todas esas cosas. Luego se dio media vuelta para mirarnos de nuevo—. Pero nadie ha dicho la cosa más importante de todas.

Todos nos quedamos mirándolo. Se nos habían acabado las ideas.

—¿Dios? —preguntó un chico.

Aunque el señor Browne escribió «Dios», se notaba que no era la respuesta que esperaba. Sin decir nada más, escribió:

—Quiénes somos —dijo, subrayando cada palabra—. Quiénes somos. Nosotros. ¿Lo entendéis? ¿Qué clase de personas somos? ¿Qué clase de personas sois? ¿Acaso eso no es lo más importante de todo? ¿No es esa la pregunta que deberíamos hacernos a todas horas? ¿Qué clase de persona soy? ¿Alguien se ha fijado en la placa que hay junto a la puerta del colegio? ¿Alguien ha leído lo que pone? ¿Nadie?

Miró a su alrededor, pero nadie sabía la respuesta.

—Pone: «Conócete» —dijo. Sonrió y asintió—. Y estáis aquí para aprender a conoceros.

—Pensaba que estábamos aquí para aprender lengua —soltó Jack, y todo el mundo se echó a reír.

—¡Bueno, sí, para eso también! —contestó el señor Browne, en un gesto de lo más guay. Se volvió y se puso a escribir algo en mayúsculas que ocupaba toda la pizarra:

**EL PRECEPTO DE SEPTIEMBRE DEL SEÑOR BROWNE:
CUANDO PUEDAS ELEGIR ENTRE TENER RAZÓN
O SER AMABLE, ELIGE SER AMABLE.**

—Bien, escuchad todos —dijo, mirándonos de nuevo—. Quiero que empecéis una sección nueva en vuestro cuaderno y la llaméis «Los preceptos del señor Browne». —Siguió hablando mientras hacíamos lo que nos había mandado—. Poned la fecha de hoy en la parte superior de la primera página. A partir de hoy, a comienzos de cada mes, voy a escribir un nuevo precepto del señor Browne en la pizarra y vosotros vais a escribirlo en vuestros cuadernos. Luego hablaremos de ese precepto y de lo que significa. Y a finales de mes escribiréis una redacción sobre él y sobre lo que significa para vosotros. Así, a final de curso tendréis vuestra propia lista de preceptos. A todos mis alumnos les pido que durante el verano piensen en un precepto, lo escriban en una postal y me la envíen desde donde estén de vacaciones.

—¿Y la gente lo hace? —preguntó una chica cuyo nombre no conocía.

—¡Claro! —contestó—. La gente lo hace. Algunos alumnos me han seguido enviando nuevos preceptos varios años después de graduarse. Es increíble.

Hizo una pausa y se acarició la barba.

—Pero ya sé que el próximo verano os parece muy lejos todavía —bromeó, y todos nos reímos—. Así que relajaos un poco mientras paso lista. Cuando acabemos, os contaré todas las cosas divertidas que vamos a hacer este curso… en lengua —añadió señalando a Jack. Eso también tuvo su gracia, y todos volvimos a reírnos.

Mientras escribía el precepto para septiembre del señor Browne, de pronto me di cuenta de que el colegio iba a gustarme. Pasara lo que pasase.

La comida

Via me había advertido cómo era el momento de la comida en un colegio de secundaria, así que debería haber sabido que sería difícil. Lo que no me esperaba era que fuese tan difícil. En resumen, todos los alumnos de todas las clases de quinto entraban en la cafetería al mismo tiempo, hablando a gritos y empujándose unos a otros mientras corrían hacia las mesas. Una de las monitoras del comedor había dicho que no se podía reservar el sitio, pero yo no sabía a qué se refería, y puede que los demás tampoco, porque casi todo el mundo le estaba reservando el sitio a algún amigo. Intenté sentarme a una mesa, pero el chico de la silla de al lado dijo:

—Lo siento, está ocupado.

Me fui a una mesa vacía y esperé a que acabase la estampida para que la monitora del comedor nos dijese qué hacer a continuación. Mientras nos decía cuáles eran las normas de la cafetería, miré a mi alrededor para ver dónde estaba sentado Jack Will, pero no lo vi en la parte del comedor donde estaba yo. Los alumnos seguían llegando y los monitores llamaron a las primeras mesas para que cogiesen las bandejas y se pusiesen en fila ante la barra. Julian, Henry y Miles estaban sentados a una mesa en el fondo del comedor.

Mamá me había puesto un sándwich de queso, unas galletas saladas y un zumo, así que cuando llamaron a mi mesa no tuve que levantarme para hacer cola. En vez de eso me concentré en abrir la mochila y sacar la bolsa de la comida. Lentamente abrí el envoltorio de papel de aluminio del sándwich.

Sabía que me estaban mirando aunque no levantase la vista. Sabía que se daban codazos unos a otros y que me miraban con el rabillo del ojo. Pensaba que ya estaba acostumbrado a ese tipo de miradas, pero parece que no.

Había una mesa llena de chicas que cuchicheaban sobre mí. Lo sabía porque para hablar se tapaban la boca con la mano, así que sus miradas y sus susurros me llegaban de rebote.

No me gusta nada mi manera de comer. Sé que cuando como tengo una pinta muy rara. Cuando era un bebé me operaron para arreglarme el paladar hendido, y otra vez cuando tenía cuatro años, pero sigo teniendo un agujero en el paladar. Y aunque me volvieron a operar para alinearme la mandíbula hace unos años, tengo que masticar la comida con la parte delantera de la boca. Yo no sabía la pinta que tenía hasta que un día fui a una fiesta de cumpleaños y uno de los niños le dijo a la madre del niño que hacía la fiesta que no quería sentarse a mi lado porque no paraba de escupir migajas de comida. Sé que el niño no quería ser desagradable, pero le echaron la bronca y esa noche su madre llamó a la mía para pedirle disculpas. Cuando volví a casa, me coloqué delante del espejo del cuarto de baño y me puse a comerme una galleta salada para ver cómo masticaba. El niño tenía razón. Cuando como parezco una tortuga —si es que alguna vez habéis visto a una tortuga comer— o una criatura prehistórica del pantano.

La mesa del verano

—¿Este sitio está ocupado?

Levanté la vista y ante mi mesa vi a una chica que no había visto antes con una bandeja llena de comida. Tenía el pelo castaño, largo y ondulado, y llevaba una camiseta marrón con el símbolo de la paz en morado.

—Eh… no —contesté.

Dejó la bandeja de comida sobre la mesa, soltó la mochila en el suelo, se sentó enfrente de mí y se puso a comerse los macarrones con queso que tenía en la bandeja.

—Puaj —dijo después de tragarse el primer bocado—. Yo también debería haberme traído un sándwich.

—Sí —le contesté.

—Por cierto, me llamo Summer. ¿Y tú?

—August.

—Guay —dijo.

—¡Summer! —gritó otra chica que se acercaba a la mesa con una bandeja—. ¿Por qué te has sentado aquí? Vuelve a la otra mesa.

—Estaba demasiado llena —contestó Summer—. Ven a sentarte aquí. Hay más sitio.

La otra chica se quedó confundida durante unos segundos. Me di cuenta de que era una de las chicas a las que había pillado mirándome unos minutos antes, las que susurraban mientras se tapaban la boca con la mano. Supongo que Summer debía de ser otra de las chicas que había sentadas a la mesa.

—Da igual —dijo la chica, y se fue.

Summer me miró, sonrió encogiéndose de hombros y volvió a llevarse a la boca el tenedor lleno de macarrones con queso.

—Oye, nuestros nombres hacen juego —dijo sin dejar de masticar. Creo que se dio cuenta de que no estaba entendiendo a qué se refería—. Summer. August* —añadió, sonriendo, con los ojos como platos, mientras esperaba a que yo lo pillase.

—Ah, sí —dije un segundo después.

—Podemos hacer que esta sea la «mesa del verano» —propuso—. Aquí solo podrán sentarse los que tengan nombres de verano. A ver… ¿hay alguien que se llame Junio o Julia?

—Hay una Maya —contesté.

—En realidad, en mayo es primavera —dijo Summer—. Pero si quiere sentarse aquí, podríamos hacer una excepción. —Lo dijo como si lo pensase de verdad—. También está Julian. Es como el nombre Julia, que viene del mes de julio.

No contesté.

—En mi clase de lengua hay un chico que se llama Reid —dije.

—Sí, conozco a Reid, pero ¿por qué es un nombre de verano? —preguntó.

* En inglés *Summer* significa «Verano» y *August*, «Agosto». *(N. del E.)*

—No sé —contesté, encogiéndome de hombros—. La idea de reírse me recuerda al verano.

—Ya, vale —dijo dándome la razón, y sacó su cuaderno—. La señora Petosa también podría sentarse aquí. Su apellido suena a «pétalo», que también recuerda al verano.

—Yo la tengo de tutora —dije.

—Y yo en mates —contestó, haciendo una mueca.

Se puso a escribir una lista de nombres en la penúltima página del cuaderno.

—¿Quién más? —preguntó.

Al final de la comida teníamos una lista de nombres de alumnos y profesores que podrían sentarse a nuestra mesa si querían. La mayoría no eran nombres de verano propiamente dichos, pero tenían alguna relación con el verano. Hasta encontré la manera de hacer que valiese el nombre de Jack Will con la excusa de que su nombre podía convertirse en una frase sobre el verano, como «Jack Will irá a la playa»,* y Summer me dio la razón.

—Pero si alguien no tiene un nombre de verano y quiere sentarse con nosotros —dijo muy seria—, le dejaremos si nos cae bien, ¿vale?

—Vale —contesté asintiendo—. Aunque tenga un nombre de invierno.

—Guay —contestó, levantando el pulgar en señal de aprobación.

Summer sí que recordaba al verano. Estaba morena y tenía los ojos verdes como las hojas de los árboles.

---

* En inglés, *Jack will go to the beach*. La partícula *will* indica el tiempo futuro del verbo. *(N. del E.)*

Del uno al diez

Mamá siempre tiene la manía de que puntúe las cosas en una escala del uno al diez. Todo empezó cuando me operaron de la mandíbula y no podía hablar porque me la habían inmovilizado. Me habían quitado un trozo de hueso de la cadera para insertármelo en la barbilla para que así pareciese más normal, así que me dolía en un montón de sitios. Mamá señalaba uno de los vendajes y yo levantaba los dedos para decirle cuánto me dolía. Uno quería decir un poco. Diez quería decir mucho, mucho, mucho. Luego, cuando el médico me visitaba, ella le decía qué vendaje necesitaba que me ajustase y cosas así. A veces, a mamá se le daba muy bien leerme el pensamiento.

A partir de entonces, nos acostumbramos a hacer lo de la escala del uno al diez para cualquier cosa que me doliese. Por ejemplo, si me dolía la garganta, me preguntaba: «¿Del uno al diez?», y yo contestaba: «Tres», o lo que fuera.

Cuando acabaron las clases, salí del colegio y vi a mamá. Estaba esperándome frente a la entrada principal igual que los demás padres o canguros.

—Bueno, ¿qué tal te ha ido? ¿Del uno al diez? —fue lo primero que me preguntó después de abrazarme.

—Cinco —contesté, encogiéndome de hombros, y mi respuesta la dejó totalmente sorprendida.

—¡Vaya! —dijo en voz baja—. Es mejor de lo que esperaba.

—¿Vamos a recoger a Via?

—Hoy la recoge la madre de Miranda. ¿Quieres que te lleve la mochila, cielo? —Habíamos echado a andar entre los niños y sus padres. Casi todos me habían visto y estaban señalándome «en secreto».

—No hace falta —contesté.

—Parece que pesa mucho, Auggie —dijo, y empezó a quitármela.

—¡Mamá! —exclamé, tirando de la mochila. Eché a andar por delante de ella entre la gente.

—¡Hasta mañana, August! —Era Summer, que iba en dirección contraria.

—Adiós, Summer —dije, saludándola también con un gesto de la mano.

—¿Quién era esa chica, Auggie? —me preguntó mamá en cuanto cruzamos la calle y nos alejamos lo suficiente de la multitud.

—Summer.

—¿Está en tu clase?

—Tengo muchas clases.

—¿Está en *alguna* de tus clases? —dijo mamá.

—No.

Mamá esperó a que dijese algo más, pero no me apetecía hablar.

—Entonces, ¿te ha ido bien? —preguntó mamá. Se notaba que se moría de ganas de hacerme un millón de preguntas—. ¿Todos han sido amables contigo? ¿Te han gustado los profesores?

—Sí.

—¿Y los chicos que conociste la semana pasada? ¿Han sido amables?

—Sí, sí. He pasado mucho rato con Jack.

—Estupendo, cariño. ¿Y ese tal Julian?

Me acordé de su comentario sobre Darth Sidious. Era como si lo hubiese hecho hace cien años.

—No ha estado mal —dije.

—¿Y la chica rubia, cómo se llamaba?

—Charlotte. Mamá, ya te he dicho que todos han sido amables.

—Vale —contestó mamá.

La verdad es que no sé por qué estaba enfadado con mamá, pero el caso es que estaba enfadado. Cruzamos la avenida Amesfort y ella no volvió a abrir la boca hasta que llegamos a nuestra manzana.

—Entonces —dijo mamá— ¿cómo has conocido a Summer si no está en ninguna de tus clases?

—Nos hemos sentado juntos a la hora de la comida —contesté.

Había empezado a darle patadas a una piedra y a pasármela de un pie a otro, como si fuese un balón de fútbol, y a perseguirla por toda la acera.

—Parece muy simpática.

—Sí, es simpática.

—Es muy guapa —dijo mamá.

—Sí, ya lo sé —contesté—. Somos como la Bella y la Bestia.

No quise quedarme a ver la reacción de mamá. Eché a correr por la acera persiguiendo la piedra después de darle una patada al frente con todas mis fuerzas.

Padawan

Esa noche me corté la pequeña trenza que llevaba en la parte de atrás de la cabeza. Papá fue el primero en darse cuenta.

—Bien —dijo—. Nunca me gustó.

Via no podía creerse que me la hubiese cortado.

—¡Ha tardado años en crecerte! —dijo, casi enfadada—. ¿Por qué te la has cortado?

—No sé —contesté.

—¿Alguien se ha burlado de ti?

—No.

—¿Le has dicho a Christopher que ibas a cortártela?

—¡Ya ni siquiera somos amigos!

—Eso no es verdad —dijo—. No me puedo creer que te la hayas cortado así, sin más —añadió, arrogante, y salió de mi habitación dando un portazo.

Estaba acurrucado con Daisy en la cama cuando llegó papá para darme las buenas noches. Empujó suavemente a Daisy y se tumbó a mi lado sobre la manta.

—Dime, Canito —dijo—. ¿De verdad te ha ido bien el día? —Eso de «Canito» lo había sacado de unos dibujos animados de un perro salchicha que se llamaba Canito. Me había comprado el DVD en eBay cuando yo tenía unos cuatro años y lo habíamos visto un montón de veces, sobre todo en el hospital. Él me llamaba Canito y yo lo llamaba «mi viejo y cansado padre», igual que el cachorro llamaba a su padre en la serie.

—Sí, ha ido muy bien —contesté, confirmándolo con un gesto.

—Esta noche has estado muy callado.

—Será que estoy cansado.

—Ha sido un día muy largo, ¿eh?

Asentí.

—Pero ¿de verdad te ha ido bien?

Volví a asentir, pero él no contestó.

—En realidad, me ha ido mejor que bien —dije unos segundos después.

—Me alegra oírlo, Auggie —dijo en voz baja, y me dio un beso en la frente—. Parece que mamá tenía razón cuando dijo que debías ir al colegio.

—Sí. Pero puedo dejar de ir si quiero, ¿no?

—Ese fue el trato, sí —contestó—. Aunque supongo que también dependería de por qué quisieras dejar de ir. Tendrías que contárnoslo. Tendrías que hablar con nosotros y decirnos cómo te sientes y si te está pasando algo malo, ¿vale? ¿Me prometes que nos lo contarías?

—Sí.

—¿Puedo preguntarte una cosa? ¿Estás enfadado con mamá? Has estado toda la noche enfurruñado con ella. ¿Sabes, Auggie?, yo tengo tanta culpa como ella de haberte apuntado al colegio.

—No, ella tiene más. La idea fue suya.

En ese momento mamá llamó a la puerta y asomó la cabeza.

—Solo quería darte las buenas noches —dijo. Y durante un segundo me pareció detectar algo de timidez en su tono de voz.

—Hola, mamá —contestó papá, cogiéndome la mano y saludándola con ella.

—He oído que te has cortado la trenza —me dijo mamá, sentándose en el borde de la cama junto a Daisy.

—No es para tanto —contesté rápidamente.

—No he dicho que lo sea —repuso mamá.

—¿Por qué no arropas tú a Auggie esta noche? —le dijo papá levantándose—. Yo tengo cosas que hacer. Buenas noches, hijo mío. —Esa era otra frase de las de Canito y Canuto, pero yo no tenía ganas de decirle: «Buenas noches, mi viejo y cansado padre»—. Estoy muy orgulloso de ti —añadió papá, y se levantó de la cama.

Mamá y papá siempre se habían turnado para arroparme en la cama. Ya sé que ya soy demasiado mayor para estas cosas, pero así funcionamos en casa.

—¿Puedes ir a ver cómo está Via? —le dijo mamá mientras se tumbaba a mi lado.

Papá se quedó parado junto a la puerta y se dio media vuelta.

—¿Le pasa algo a Via?

—No, nada —contestó mamá, encogiéndose de hombros—. Bueno, a mí no me ha contado nada, pero... como ha sido su primer día de instituto...

—Ya —dijo papá. Me señaló con un dedo y guiñó un ojo—. A los hijos siempre os pasa algo, ¿eh?

—No hay tiempo de aburrirse —contestó mamá.

—No hay tiempo de aburrirse —repitió papá—. Buenas noches.

En cuanto cerró la puerta, mamá sacó el libro que había estado leyéndome durante las últimas semanas. Fue un alivio, porque me temía que quisiera «tener una conversación», y a mí no me apetecía. Pero parece que a mamá tampoco le apetecía hablar. Pasó las páginas hasta llegar al punto donde nos habíamos quedado. Íbamos por la mitad de *El hobbit*. Mamá se puso a leer en voz alta:

—«¡Alto! ¡Alto!», gritó Thorin, pero ya era demasiado tarde; los excitados enanos habían malgastado sus últimas flechas y ahora los arcos que les había dado Beorn eran inútiles.

»Esa noche el pesimismo hizo mella en el grupo, y ese pesimismo arraigó aún con más fuerza en los días siguientes. Habían cruzado el arroyo encantado, pero al otro lado el sendero parecía serpentear igual que antes, y en el bosque no vieron ningún cambio.»

No sé por qué, pero de repente me eché a llorar.

Mamá dejó el libro y me abrazó. No parecía sorprendida al verme llorar.

—Tranquilo —me susurró al oído—. No pasa nada, tranquilo.

—Lo siento —dije, sorbiéndome la nariz.

—Chist —dijo, secándome las lágrimas con el dorso de la mano—. No hay nada que sentir…

—¿Por qué tengo que ser tan feo, mamá? —susurré.

—No, cielo, no eres…

—Sé que sí.

Me besó por toda la cara. Besó mis ojos caídos. Me besó en las mejillas, que parecía que alguien las hubiese hundido de un puñetazo. Besó mi boca de tortuga.

Me susurró palabras que sé que tenían intención de ayudarme, pero las palabras no pueden hacer que me cambie la cara.

Despiértame cuando acabe septiembre

El resto de septiembre fue duro. No estaba acostumbrado a levantarme tan temprano por la mañana. No estaba acostumbrado a tener que hacer deberes. Y a finales de mes tuve mi primer «control». Cuando mamá me daba clase en casa no hacía «controles». Tampoco me gustaba no tener tiempo libre. Antes podía jugar siempre que quisiese, pero ahora siempre tenía la sensación de que me faltaban cosas que hacer para el colegio.

Al principio, estar en el colegio era horrible. Cada nueva clase que tenía era una nueva oportunidad que tenían los chicos para intentar no mirarme fijamente. Pero me miraban furtivamente desde detrás de sus cuadernos y cuando pensaban que yo no estaba mirando. La mayoría daba todo el rodeo que hiciese falta para evitar tropezarse conmigo, como si fuese a pegarles algún microbio, como si mi cara fuese contagiosa.

En los pasillos, que siempre estaban llenos de gente, mi cara siempre sorprendía a algún niño desprevenido que a lo mejor no había oído hablar de mí. El niño hacía ese sonido que haces cuando aguantas la respiración antes de sumergirte en el agua, una especie de «¡uh!». Durante las primeras semanas, eso me pasó unas cuatro o cinco veces al día: en las escaleras, frente a las taquillas, en la biblioteca. Quinientos alumnos en el colegio: al final todos acabarían viéndome la cara. Pasados los primeros días supe que se había corrido la voz sobre mí, porque de vez en cuando pillaba a alguien dándole un codazo a su amigo mientras pasaban a mi lado, o tapándose la boca para hablar cuando pasaba por delante de ellos. Puedo imaginarme lo que estarían diciendo de mí. En realidad, prefiero no intentar imaginármelo.

No estoy diciendo que los niños hiciesen nada de todo esto con maldad: ni una sola vez vi a nadie reírse ni hacer ruidos raros como burla. Solo hacían las tonterías que hacen todos los niños del mundo. Ya lo sé. Me hubiese gustado decirles algo en plan: «Vale, no pasa nada. Ya sé que soy raro. Podéis mirar, no muerdo». La verdad es que si de repente un wookie empezase a ir al colegio, yo sentiría curiosidad y seguramente lo miraría a escondidas. Y si me lo cruzase yendo por ahí con Jack o con Summer, seguramente les susurraría disimuladamente: «Mirad, es el wookie». Y si el wookie me pillase diciéndolo, sabría que no lo decía con maldad; simplemente estaría señalando el hecho de que es un wookie.

Los niños de mi clase tardaron más o menos una semana en acostumbrarse a mi cara. A esos chicos los veía a diario en todas mis clases.

Los otros niños de mi curso tardaron unas dos semanas en acostumbrarse a mi cara. A esos niños los veía en la cafetería, en el patio, en gimnasia, en música, en la biblioteca o en clase de informática.

El resto del colegio tardó cosa de un mes en acostumbrarse. Eran alumnos que estaban en otros cursos. Algunos eran muy altos. Unos llevaban unos pelos muy raros. Otros llevaban pendientes en la nariz. Otros tenían granos. Ninguno se parecía a mí.

Jack Will

Con Jack coincidía en el aula de tutoría, en lengua, en historia, en informática, en música y en ciencias, que eran todas las clases que teníamos los dos. Los profesores asignaron los asientos en cada clase, y en todas acabé sentándome al lado de Jack, así que supuse que, o a los profesores les habían dicho que nos sentasen juntos, o era una casualidad increíble.

También iba de una clase a otra con Jack. Sé que se daba cuenta de que los niños me miraban, pero hacía como que no se enteraba. Una vez, de camino a clase de historia, un chico enorme de octavo que bajaba los escalones de dos en dos se tropezó con nosotros accidentalmente a los pies de la escalera y me tiró al suelo. Mientras me ayudaba a levantarme, el chico me miró a la cara y, sin querer, se le escapó: «¡Hala!». Luego me dio una palmada en el hombro, como si quisiera quitarme el polvo, y salió disparado detrás de sus amigos. No sé por qué, Jack y yo soltamos una carcajada.

—¿Has visto qué cara ha puesto ese tío? —dijo Jack cuando nos sentamos en clase.

—Ya lo sé —contesté—. Ha dicho: «¡Hala!».

—¡Seguro que se ha meado encima!

Nos pusimos a reírnos tan fuerte que el profesor, el señor Roche, tuvo que pedirnos que nos calmásemos.

Luego, cuando acabamos de leer que los antiguos sumerios habían construido relojes de sol, Jack me susurró:

—¿Alguna vez te entran ganas de pegarles a esos chicos?

Me encogí de hombros.

—Supongo. No sé.

—A mí sí me entrarían. Deberías pillarte una pistola de agua secreta, o algo así, y conectarla a tus ojos. Así, cada vez que te mirasen, les dispararías en la cara.

—Con limo verde, o yo qué sé —contesté.

—No, no. Con baba de babosa mezclada con pis de perro.

—¡Sí! —exclamé, dándole la razón.

—Chicos —dijo el señor Roche desde la otra punta de la clase—. Hay gente que aún no ha terminado de leer.

Asentimos y agachamos la cabeza sobre los libros.

—¿Siempre vas a tener esta pinta, August? —susurró Jack—. Quiero decir, ¿no puedes hacerte una operación de cirugía estética?

Sonreí y me señalé la cara.

—Oye, que esta pinta la tengo gracias a la cirugía estética.

Jack se dio una palmada en la frente y se puso a reír como un histérico.

—¡Tío, deberías demandar a tu médico! —contestó entre risas.

Los dos nos reímos tanto que no pudimos parar ni siquiera cuando el señor Roche se acercó a nosotros y nos obligó a cambiar de sitio con los niños que teníamos cada uno a nuestro lado.

El precepto del mes de octubre
del señor Browne

El precepto del mes de octubre del señor Browne era:

TUS ACTOS SON TUS MONUMENTOS.

Nos dijo que estaba escrito en la tumba de no sé qué egipcio que había muerto hacía miles de años. Como estábamos a punto de estudiar el antiguo Egipto en historia, el señor Browne pensó que aquel precepto era una buena elección.

Nos pidió que escribiéramos una redacción corta sobre lo que pensábamos que significaba aquel precepto o sobre lo que nos inspiraba.

Esto es lo que escribí yo:

Este precepto significa que se nos debería recordar por las cosas que hacemos. Las cosas que hacemos son las cosas más importantes de todas. Son más importantes que lo que decimos o que nuestro aspecto. Las cosas que hacemos duran más que nuestras vidas. Las cosas que hacemos son como los monumentos que la gente construye para honrar a los héroes cuando ya han muerto. Son como las pirámides que construyeron los egipcios para honrar a los faraones. Pero en lugar de estar hechas de piedra, las cosas que hacemos están hechos de los recuerdos que la gente tiene de ti. Por eso tus actos son como tus monumentos. Están construidos con recuerdos y no con piedra.

Mi fiesta de cumpleaños

Mi cumpleaños es el 10 de octubre. Me gusta la fecha de mi cumpleaños: 10/10. Habría sido genial si hubiese nacido a las 10.10 de la mañana o de la noche, pero no. Nací justo después de las doce de la noche. Aun así, me mola la fecha de mi cumpleaños.

Normalmente lo celebro en casa, pero este año le pregunté a mamá si podía celebrarlo en la bolera. A mamá le sorprendió, pero se alegró. Me preguntó a quién quería invitar de mi clase, y dije que a todos los de mi aula de tutoría y a Summer.

—Esos son muchos niños, Auggie —dijo mamá.

—Tengo que invitarlos a todos porque no quiero que nadie se sienta ofendido al saber que he invitado a unos y a ellos no, ¿vale?

—Vale —asintió mamá—. ¿También quieres invitar al chico que te dijo eso de «¿Qué le pasa a tu cara?»?

—Sí, puedes invitar a Julian —contesté—. Oye, mamá, ya podrías olvidarte de aquello.

—Es verdad, tienes razón.

Un par de semanas después le pregunté a mamá quién iba a ir a la fiesta.

—Jack Will, Summer, Reid Kingsley y los dos Max. Y un par de personas dijeron que intentarían pasar.

—¿Quiénes?

—La madre de Charlotte dijo que Charlotte tenía un recital de danza un poco antes, pero que intentaría ir a la fiesta si le daba tiempo. Y la madre de Tristan dijo que a lo mejor Tristan iría después del partido de fútbol.

—¿Ya está? —pregunté—. Son unas… cinco personas.

—Son más de cinco personas, Auggie. Creo que mucha gente ya tenía planes —contestó mamá.

Estábamos en la cocina. Ella estaba cortando en trocitos diminutos una de las manzanas que acabábamos de comprar en la frutería para que pudiese comérmela.

—¿Qué clase de planes? —pregunté.

—No lo sé, Auggie. Enviamos las invitaciones tarde.

—¿Qué te dijeron? ¿Qué razones te dieron?

—Cada uno tenía sus razones, Auggie —dijo con impaciencia—. De verdad, cielo, no deberían importarte sus razones. La gente ya tenía planes, nada más.

—¿Qué excusa puso Julian? —pregunté.

—¿Sabes?, su madre fue la única que no contestó —dijo, y me miró—. De casta le viene al galgo ser rabilargo.

Me eché a reír porque pensé que estaba contando un chiste, pero enseguida vi que no.

—¿Y eso qué significa? —pregunté.

—Déjalo. Ve a lavarte las manos para comer.

Mi fiesta de cumpleaños acabó siendo mucho más reducida de lo que había pensado, pero aun así estuvo genial. Del colegio fueron Jack, Summer, Reid, Tristan y los dos Max, y Christopher también... desde Bridgeport con sus padres. Y el tío Ben. Y la tía Kate y el tío Po llegaron en coche desde Boston, aunque la abuelita y el abuelito estaban en Florida pasando el invierno. Fue muy divertido, porque todos los adultos acabaron jugando a los bolos en la pista que había junto a la nuestra, así que parecía que había asistido un montón de gente para celebrar mi cumpleaños.

Halloween

El día siguiente, a la hora de la comida, Summer me preguntó de qué iba a disfrazarme en Halloween. Yo llevaba pensándolo desde el Halloween del año anterior, así que lo sabía de sobra.

—Boba Fett.

—Sabes que en Halloween puedes venir a clase disfrazado, ¿no?

—¿No me digas? ¿De verdad?

—Mientras sea un disfraz políticamente correcto.

—O sea, que nada de pistolas.

—Eso es.

—¿Y desintegradores?

—Yo diría que un desintegrador es una pistola, Auggie.

—Vaya —dije negando con la cabeza. Boba Fett lleva un desintegrador.

—Por lo menos ya no tenemos que venir disfrazados como un personaje de libro. Eso era lo que teníamos que hacer en primaria. El año pasado me disfracé de la malvada bruja del Oeste, de *El mago de Oz*.

—Pero eso es una película, no un libro.

—¿No me digas? —contestó Summer—. ¡Antes era un libro! De hecho, es uno de mis libros favoritos. Cuando estaba en primero, mi padre me lo leía por las noches.

Cuando Summer habla, sobre todo cuando se emociona con algo, entorna los ojos como si estuviera mirando al sol.

Durante el día apenas la veo, porque la única clase en la que coincidimos es en la de lengua. Pero desde el primer día que comimos juntos en el colegio, nos hemos sentado en la mesa de verano todos los días, ella y yo solos.

—¿Y tú de qué te vas a disfrazar? —pregunté.

—Aún no lo sé. Sé de qué me gustaría disfrazarme, pero creo que a lo mejor parece un poco cursi. Las chicas del grupo de Savanna no se van a disfrazar este año. Dicen que somos demasiado mayores para disfrazarnos en Halloween.

—¿Cómo? Qué tontería.

—Ya lo sé.

—Creía que no te importaba lo que pensasen esas chicas.

Se encogió de hombros y le dio un buen trago a la leche.

—Entonces, ¿qué es esa cosa tan cursi de la que quieres disfrazarte? —pregunté, sonriendo.

—¿Prometes no reírte? —Levantó las cejas y los hombros, avergonzada—. De unicornio.

Sonreí y bajé la vista para mirar mi sándwich.

—¡Oye, has prometido no reírte! —dijo, riéndose.

—Vale, vale —contesté—. Pero tienes razón: es demasiado cursi.

—¡Ya lo sé! —dijo—. Pero lo tengo todo pensado: haría la cabeza de papel maché y pintaría el cuerno y la melena de dorado. Sería alucinante.

—Vale —respondí, encogiéndome de hombros—. Entonces, deberías hacerlo. ¿A quién le importa lo que piensen los demás?

—A lo mejor, lo que hago es llevarlo solo para el desfile de Halloween —dijo, y chasqueó los dedos—. Y para el colegio me disfrazaré de… gótica. Sí, ya está, eso es lo que voy a hacer.

—Parece un buen plan —repuse.

—Gracias, Auggie —dijo entre risas—. ¿Sabes?, eso es lo que más me gusta de ti. Siento que puedo contarte cualquier cosa.

—¿Sí? —contesté, y levanté un pulgar en señal de aprobación—. Guay.

Fotos del colegio

No creo que a nadie le sorprenda descubrir que no quiero que me hagan una foto en el colegio el 22 de octubre. Ni hablar. No, gracias. Hace mucho tiempo que no dejo que me hagan fotos. Supongo que podría decirse que es una fobia. Pero no, en realidad no es una fobia. Es una «aversión», una palabra que he aprendido hace poco en clase del señor Browne. Tengo aversión a que me hagan fotos. Hala, ya la he usado en una frase.

Pensé que mamá intentaría que no hiciesen una foto en el colegio, pero no hizo nada. Desgraciadamente, aunque conseguí que no me hiciesen la foto individual, no pude librarme de salir en la foto de toda la clase. Uf. Cuando me vio el fotógrafo, parecía que acababa de chupar un limón. Estoy seguro de que pensó que iba a echarle a perder la foto. Yo era uno de los que estábamos en primera fila, sentados. No sonreí, aunque no creo que nadie hubiese notado la diferencia.

Tocar el queso

No hace mucho tiempo que noté que, aunque la gente se estaba acostumbrando a mí, nadie quería tocarme. Al principio no me di cuenta porque tampoco es que los alumnos vayan en secundaria tocándose unos a otros, claro. Pero el pasado jueves, en clase de danza, que es la clase que menos me gusta, la señora Atanabi, la profesora, intentó que Ximena Chin fuera mi pareja de baile. Nunca había visto a nadie tener un «ataque de pánico», pero lo había oído nombrar muchas veces, y estoy seguro de que en ese momento a Ximena le entró un ataque de pánico. Se puso muy nerviosa, se quedó pálida y enseguida empezó a sudar. Entonces se le ocurrió la excusa cutre de que tenía que ir al cuarto de baño urgentemente. El caso es que la señora Atanabi dejó que se librase, porque al final no nos hizo bailar en pareja.

Otro ejemplo: ayer, en la optativa de ciencias, estábamos haciendo un experimento guay con unos polvos misteriosos. Primero teníamos que clasificar una sustancia como ácido o base. Después debíamos calentar los polvos misteriosos en una placa calefactora y observar lo que pasaba, por eso estábamos apiñados alrededor de los polvos con nuestros cuadernos. Somos ocho alumnos en la optativa, y siete de ellos estaban amontonados a un lado de la placa mientras el otro —yo— tenía un montón de sitio al otro lado. Yo me di cuenta, claro, pero esperaba que la señora Rubin no se diese cuenta, porque no quería que dijese nada. Pero claro que se dio cuenta, y claro que dijo algo.

—Chicos, hay mucho sitio en este otro lado. Tristan, Nino, poneos aquí —dijo, y Tristan y Nino se colocaron a mi lado.

Tristan y Nino siempre han sido amables conmigo. Quiero que conste en acta que he dicho esto. No superamables, en plan de venir hasta donde estoy yo para hablar conmigo, pero sí amables en plan de saludarme y hablarme con normalidad. Ni siquiera pusieron una cara especialmente rara cuando la señora Rubin les dijo que se colocasen a mi lado, algo que sí hacen muchos otros cuando piensan que no estoy mirando. En fin, el caso es que todo iba bien hasta que los polvos misteriosos de Tristan comenzaron a derretirse. Cuando lo vio, Tristan quitó su trozo de papel de aluminio de la placa, pero justo en ese momento mis polvos también empezaban a derretirse, y por eso fui a quitarlos de la placa. Entonces, toqué su mano con la mía sin querer durante una milésima de segundo. Tristan la apartó tan deprisa que se le cayó el papel de aluminio al suelo y, con el movimiento, tiró los de todos los demás de la placa calefactora.

—¡Tristan! —gritó la señora Rubin, pero a Tristan no le importaban los polvos tirados por el suelo ni haber estropeado el experimento. Su mayor preocupación era ir a la pila del laboratorio para lavarse las manos cuanto antes.

Entonces fue cuando supe que los alumnos del colegio Bee-cher evitaban tocarme.

Creo que es como tocar el queso en el *Diario de Greg*. En esa historia, los chicos temían pillar microbios si tocaban el queso mohoso de la cancha de baloncesto. En Beecher, el queso mohoso soy yo.

Disfraces

Para mí, Halloween es la mejor fiesta del mundo. Mejor incluso que Navidad. Puedo disfrazarme. Puedo llevar máscara. Puedo pasearme por ahí igual que cualquier otro niño con máscara sin que nadie piense que tengo una pinta rara. Nadie me mira dos veces. Nadie se fija en mí. Nadie me conoce.

Ojalá pudiese ser Halloween todos los días. Todos podríamos llevar máscara siempre. Podríamos pasearnos por ahí y conocernos antes de ver qué aspecto tenemos debajo de las máscaras.

Cuando era pequeño, llevaba un casco de astronauta a todas partes. Al parque. Al supermercado. A recoger a Via del colegio. Incluso en pleno verano, aunque hacía tanto calor que me sudaba la cara. Creo que lo llevé durante un par de años, pero tuve que dejar de ponérmelo cuando me operaron del ojo. Creo que tenía unos siete años. Y luego ya no pudimos encontrar el casco. Mamá lo buscó por todas partes. Pensó que habría acabado en el desván de los abuelos, y siempre decía que lo buscaría, pero para entonces yo ya me había acostumbrado a no llevarlo.

Tengo fotos con todos mis disfraces de Halloween. En mi primer Halloween iba disfrazado de calabaza. En el segundo, de Tigger. En el tercero, de Peter Pan (mi padre iba disfrazado del Capitán Garfio). En el cuarto, de Capitán Garfio (mi padre iba disfrazado de Peter Pan). En el quinto, de astronauta. En el sexto, de Obi-Wan Kenobi. En el séptimo, de soldado clon. En el octavo, de Darth Vader. En el noveno iba disfrazado del malo de *Scream*, con la máscara de fantasma de la que sale sangre de mentira.

Este año voy a disfrazarme de Boba Fett, pero no el Boba Fett niño de *El ataque de los clones*, sino el Boba Fett adulto de *El Imperio contraataca*. Mamá buscó el disfraz por todas partes, pero como no pudo encontrar ninguno de mi tamaño, me compró un disfraz de Jango Fett —Jango era el padre de Boba y llevaba la misma armadura— y pintó la armadura de verde. También hizo otras cosas para que pareciese gastada. El caso es que parece de verdad. A mamá se le dan muy bien los disfraces.

En clase de tutoría hablamos de cuál iba a ser nuestro disfraz para Halloween. Charlotte iba a disfrazarse de Hermione, la de Harry Potter. Jack iba a disfrazarse de hombre lobo. Me enteré de que Julian iba a disfrazarse de Jango Fett y me pareció una casualidad increíble. Pensé que no le gustaría enterarse de que yo iba a disfrazarme de Boba Fett.

La mañana del día de Halloween a Via le dio la llorera por no sé qué. Via siempre es muy tranquila, pero este año le han dado un par de arrebatos de esos. Papá llegaba tarde al trabajo y no paraba de decir: «¡Vamos, Via! ¡Vamos!». Normalmente, papá es superpaciente, menos en lo de llegar tarde al trabajo, y sus gritos estresaron a Via aún más, así que se puso a llorar aún más fuerte y por eso mamá le dijo a papá que me llevase al colegio y que ella se ocuparía de Via. Mamá se despidió de mí con un beso rápido, antes de ponerme el disfraz, y se metió en la habitación de Via.

—¡Vámonos ya, Auggie! —dijo papá—. ¡Tengo una reunión a la que no puedo llegar tarde!

—¡Aún no me he puesto el disfraz!

—Pues póntelo. Tienes cinco minutos. Te espero fuera.

Corrí a mi habitación y empecé a ponerme el disfraz de Boba Fett, pero de repente dejó de apetecerme llevarlo. No sé muy bien por qué. A lo mejor fue porque tenía un montón de correas que había que apretar y necesitaba ayuda para ponérmelo. O a lo mejor fue porque aún olía un poco a pintura. Lo único que tenía claro era que iba a costarme mucho trabajo ponerme el disfraz y que papá estaba esperándome y que se pondría histérico si le hacía llegar tarde. Así que en el último minuto me puse el disfraz del malo de *Scream* del año anterior. Era un disfraz muy fácil de poner: solo era una larga túnica negra y una enorme máscara blanca. Grité «adiós» desde la puerta antes de salir, pero mamá no me oyó.

—Pensaba que ibas a disfrazarte de Jango Fett —dijo papá cuando salí.

—¡Boba Fett!

—Qué más da —dijo papá—. De todos modos, este disfraz es mejor.

—Sí, es guay —contesté.

El malo de *Scream*

Recorrer los pasillos esa mañana de camino a las taquillas fue, tengo que reconocerlo, genial. Todo era diferente. Yo era diferente. Normalmente caminaba con la cabeza gacha, intentando evitar que me viesen, pero aquel día caminaba con la cabeza bien alta, mirando a mi alrededor. Quería que me viesen. Un niño que llevaba el mismo disfraz que yo, con la enorme cara de fantasma de la que salía sangre de mentira, me hizo el gesto de «choca esos cinco» al cruzarnos en la escalera. No sé quién era, y él no tenía ni idea de quién era yo, pero me pregunté durante un segundo si habría hecho lo mismo si hubiese sabido que era yo quien se ocultaba bajo la máscara.

Empezaba a pensar que aquel iba a ser uno de los días más increíbles de toda mi vida, pero entonces llegué al aula de tutoría. El primer disfraz que vi al entrar en clase fue el de Darth Sidious. Tenía una de esas máscaras de goma superrealistas, con una enorme capucha negra que cubría la cabeza y una larga túnica negra. Enseguida supe que era Julian, claro. Debía de haber cambiado de disfraz en el último momento porque pensaba que yo iba a ir disfrazado de Boba Fett. Estaba hablando con dos momias, que debían de ser Miles y Henry, y todos estaban mirando hacia la puerta como si estuviesen esperando a que entrase alguien. Sabía que no esperaban ver al malo de *Scream*, sino a Boba Fett.

Estuve a punto de sentarme en mi sitio de siempre, pero no sé por qué me puse en una mesa cerca de la suya y los oí hablar.

—Se parece un montón a él —dijo una de las momias.

—Sobre todo esta parte… —contestó la voz de Julian. Se puso los dedos sobre las mejillas y los ojos de su máscara de Darth Sidious.

—En realidad —dijo la momia—, a lo que se parece de verdad es a una de esas cabezas reducidas. ¿Las habéis visto alguna vez? Es clavado a una de esas.

—Yo creo que se parece a un orco.

—¡Es verdad!

—Si yo tuviese esa pinta —contestó la voz de Julian, riéndose—, os juro que me taparía la cara con una capucha todos los días.

—Yo lo he pensado mucho —dijo la segunda momia muy seria— y creo que… si yo tuviese esa pinta, creo que me suicidaría.

—Qué va —contestó Darth Sidious.

—Sí, de verdad —insistió la misma momia—. No me imagino mirándome al espejo todos los días y viéndome así. Sería horrible. Y que todo el mundo se me quedase mirando siempre…

—¿Y por qué te juntas tanto con él? —preguntó Darth Sidious.

—No sé —contestó la momia—. Traseronian me pidió que estuviera con él al principio de curso y debió de decirles a todos los profesores que nos sentasen juntos en todas las clases, o yo qué sé. —La momia se encogió de hombros. Conocía aquel gesto, claro está. Conocía aquella voz. Quise salir corriendo de clase en ese momento, pero me quedé plantado donde estaba y seguí escuchando a Jack Will—. El caso es que siempre me sigue a todas partes. ¿Qué queréis que haga?

—Déjalo tirado —contestó Julian.

No sé qué contestó Jack, porque salí de clase sin que nadie supiese que había estado allí. Mientras bajaba por la escalera me ardía la cara. Estaba sudando por debajo del disfraz. Y me eché a llorar. No pude evitarlo. Tenía los ojos tan llenos de lágrimas que apenas veía nada, pero no podía limpiármelas porque caminaba con la máscara puesta. Estaba buscando un lugar diminuto donde meterme y desaparecer. Quería un agujero en el que pudiese caerme: un agujerito negro que se me comiese.

Nombres

Niño rata. Bicho raro. Monstruo. Freddy Krueger. E.T. Asqueroso. Cara lagarto. Sé cómo me llama la gente. He estado en suficientes parques para saber que los niños pueden ser muy malos. Lo sé, lo sé, lo sé.

Acabé en el cuarto de baño de la segunda planta. No había nadie porque la primera clase ya había empezado y todos estaban en sus aulas. Cerré la puerta de mi cubículo, me quité la máscara y me puse a llorar durante un buen rato. Luego fui a la enfermería y le dije a la enfermera que me dolía el estómago, cosa que era cierta, porque me sentía como si me hubiesen dado un puñetazo en la barriga. La enfermera Molly llamó a mamá y me dijo que me tumbase en el sofá que había junto a su mesa. Quince minutos después, mamá estaba en la puerta.

—Cielo —dijo, mientras corría a abrazarme.

—Hola —farfullé. No quería que me preguntase nada hasta más tarde.

—¿Te duele el estómago? —preguntó, poniéndome la mano en la frente de manera automática para ver si tenía fiebre.

—Dice que tiene ganas de vomitar —contestó la enfermera Molly, mirándome con unos ojos muy dulces.

—Y me duele la cabeza —susurré.

—Será algo que has comido —dijo mamá, algo preocupada.

—Hay un virus intestinal por ahí suelto —respondió la enfermera Molly.

—Caray —dijo mamá, levantando las cejas y negando con la cabeza. Me ayudó a levantarme—. ¿Llamo a un taxi o puedes volver andando?

—Puedo ir andando.

—¡Qué chico tan valiente! —dijo la enfermera Molly dándome una palmadita en la espalda mientras nos acompañaba hasta la puerta—. Si empieza a vomitar o le da fiebre, debería llamar al médico.

—Por supuesto —contestó mamá, estrechándole la mano—. Muchas gracias por cuidar de él.

—De nada —dijo la enfermera Molly. Me puso la mano debajo de la barbilla y me hizo levantar la vista—. Cuídate mucho, ¿vale?

—Gracias —mascullé, asintiendo con la cabeza.

Mamá y yo volvimos a casa caminando abrazados. No le conté nada de lo que había pasado; luego, cuando me preguntó si me encontraba lo bastante bien para ir a pedir chuches por las casas después de clase, le dije que no. Aquello le preocupó, porque sabía cuánto me gustaba ir a pedir chuches por las casas.

Oí que hablaba con papá por teléfono y le decía: «Ni siquiera tiene fuerzas para ir a pedir chuches por las casas… No, no tiene fiebre… Sí, lo haré si mañana no se encuentra mejor… Ya lo sé, pobrecillo… Imagínate cómo estará para perderse la fiesta de Halloween».

También me libré de ir al colegio al día siguiente, que era viernes. Tenía todo el fin de semana para pensar. Estaba bastante seguro de que no iba a volver al colegio.

Segunda parte

VIA

Por encima del mundo
el planeta Tierra está triste
y yo no puedo hacer nada.

DAVID BOWIE, «Space Oddity»

Un paseo por la galaxia

August es el Sol. Mamá, papá y yo somos planetas que orbita-
mos alrededor del Sol. El resto de nuestra familia y amigos
son asteroides y cometas que flotan alrededor de los planetas
que orbitan alrededor del Sol. El único cuerpo celeste que no
orbita alrededor del Sol August es la perra Daisy, y eso se debe
únicamente a que, para sus diminutos ojos perrunos, la cara
de August no se diferencia gran cosa de la de cualquier otro
ser humano. Para Daisy, todas nuestras caras son parecidas,
tan planas y pálidas como la luna.

Estoy acostumbrada al funcionamiento de este universo.
Nunca me ha importado porque es lo único que he conocido.
Siempre he entendido que August es especial y que tiene necesidades especiales. Si estaba tocando demasiado fuerte y él
estaba intentando dormir la siesta, sabía que tenía que tocar
otra cosa porque él necesitaba descansar después de algún tra-
tamiento que lo había dejado débil y dolorido. Si quería que
mamá y papá me viesen jugar al fútbol, sabía que nueve de

cada diez veces se lo iban a perder porque estaban ocupados llevando a August a logopedia, o a fisioterapia, o a algún nuevo especialista, o a una operación.

Mamá y papá siempre decían que era la niña más comprensiva del mundo. No lo sé. Lo que sí sé es que no servía de nada quejarse. He visto a August después de sus operaciones, con su carita vendada e hinchada y su cuerpecito conectado a goteros y tubos para mantenerlo con vida. Después de haber visto a alguien pasar por todo eso, parece una locura quejarse por no haber tenido el juguete que habías pedido, o porque tu madre se ha perdido la obra del colegio. Todo eso ya lo sabía con seis años. No fue necesario que nadie me lo contase. Lo sabía, y punto.

Me he acostumbrado a no quejarme y a no molestar a mamá y papá con tonterías. Me he acostumbrado a resolver las cosas por mi cuenta: a arreglar juguetes, a organizarme la vida para no perderme las fiestas de cumpleaños de mis amigas, a llevar los deberes al día para no quedarme rezagada en clase… Nunca he pedido ayuda con los deberes. Nunca han tenido que recordarme que acabase un trabajo ni que estudiase para un examen. Si se me atragantaba alguna asignatura, me iba a casa y me ponía a estudiar hasta que acababa por entenderlo. Aprendí a convertir fracciones en decimales conectándome a internet. He hecho casi todos los trabajos del colegio prácticamente yo sola. Cuando mamá o papá me preguntaban cómo me iba en el colegio, siempre decía que bien, aunque no siempre me hubiese ido tan bien. Mi peor día, mi peor caída, mi peor dolor de cabeza, mi peor moratón, mi peor calambre, lo peor que se le pueda ocurrir a alguien, nunca ha sido nada comparado con lo que ha tenido que pasar

August. Que conste que no lo digo por hacerme la estupenda: sé que las cosas son así.

Y así han sido siempre las cosas para mí y para nuestro pequeño universo. Pero este año parece haber una alteración en el cosmos. La galaxia está cambiando. Los planetas están dejando de estar alineados.

Antes de August

La verdad es que no recuerdo nada de mi vida antes de que August entrase en ella. Miro fotos de cuando era bebé y veo a mamá y papá sonriendo felices, conmigo en brazos. No me puedo creer lo jóvenes que parecían: papá era un moderno y mamá era una guapa diseñadora brasileña. Hay una foto mía en mi tercer cumpleaños: papá está detrás de mí mientras mamá sostiene la tarta con tres velas encendidas, y detrás de nosotros están la abuelita y el abuelito, mi otra abuela, el tío Ben, la tía Kate y el tío Po. Todos me están mirando y yo estoy mirando la tarta. En esa foto se ve claramente que fui la primera hija, la primera nieta, la primera sobrina. No recuerdo cómo me sentí, pero en las fotos se ve claro como el agua.

No recuerdo el día que trajeron a August del hospital. No recuerdo lo que dije, ni lo que hice, ni cómo me sentí al verlo por primera vez, aunque todo el mundo tiene su versión de la historia. Al parecer, me quedé mirándolo un buen rato sin decir nada, hasta que por fin dije: «¡No se parece a Lilly!». Lilly era el nombre de una muñeca que los abuelos me habían regalado mientras mamá estaba embarazada para que pudiese «practicar» como hermana mayor. Era una de esas muñecas que parecen de verdad, y la había llevado a todas partes durante meses, le había cambiado el pañal y le había dado de comer. Dicen que hasta me hice una bandolera para llevarla. Según cuentan, después de mi primera reacción al ver a August, solo tardé unos minutos (según los abuelos) o unos días (según mamá) en intentar acapararlo para darle besos, abrazarlo y hablarle como se les habla a los bebés. Después de aquello no volví a tocar ni a mencionar a Lilly.

Cómo veo a August

Yo no veía a August tal como lo veía el resto de la gente. Sabía que no era exactamente normal, pero no entendía por qué los desconocidos se impresionan tanto al verlo. Horrorizados. Asqueados. Asustados. Podría usar muchas palabras para describir la reacción en las caras de la gente. Durante mucho tiempo no lo entendía y me enfadaba. Me enfadaba cuando lo miraban fijamente y me enfadaba cuando apartaban la mirada. «¿Se puede saber qué estáis mirando?», les decía. También a los adultos.

Entonces, cuando tenía unos once años, me quedé con mi abuela durante cuatro semanas en Montauk mientras operaban a August de la mandíbula. Nunca había pasado tanto tiempo lejos de casa, y tengo que decir que fue increíble sentirme liberada de repente de todas esas cosas que me hacían enfadar tanto. Nadie se nos quedaba mirando a la abuela y a mí cuando íbamos al pueblo a hacer las compras. Nadie nos señalaba. Nadie se fijaba en nosotras.

La abuela era una de esas abuelas que hacen de todo con sus nietos. Se metía corriendo en el mar si yo se lo pedía. Me dejaba jugar con su maquillaje y no le importaba que usase su cara para practicar. Me llevaba a tomar helado aunque aún no hubiésemos comido. Me dibujaba caballos de tiza en la acera delante de su casa. Una noche, mientras volvíamos a casa paseando, le dije que ojalá pudiese quedarme a vivir con ella para siempre. Qué feliz me sentía allí. Creo que posiblemente haya sido la vez que mejor me lo he pasado en toda mi vida.

Al volver a casa después de cuatro semanas fuera, todo se me hizo muy raro. Recuerdo perfectamente que entré por la puerta y vi a August corriendo hacia mí para darme la bienvenida. Durante una milésima de segundo, lo vi no como siempre lo había visto, sino como lo veían los demás. Solo fue un momento, un segundo mientras me estaba abrazando, contento al verme de vuelta en casa, pero me sorprendió porque nunca hasta entonces lo había mirado así. Tampoco había sentido nunca lo que sentí en ese momento: una sensación que me hizo pensar que era odiosa por haberla tenido. Mientras me besaba de todo corazón, lo único que yo alcanzaba a ver era la baba que le caía por la barbilla. Allí estaba yo, de repente, igualita que todos los demás que lo miraban fijamente o que apartaban la mirada.

Horrorizada. Asqueada. Asustada.

Afortunadamente, la sensación solo duró un segundo. En cuanto oí la risa áspera de August, se me pasó. Todo volvió a ser igual que antes. Pero se había abierto una puerta. Una pequeña mirilla. Y al otro lado de la mirilla había dos August: el que yo veía ciegamente y el que veían los demás.

Creo que la única persona a quien se lo podría haber contado era a la abuela, pero no se lo conté. Era muy difícil de explicar por teléfono. Pensé que quizá cuando nos visitase para Acción de Gracias le contaría lo que había sentido. Pero mi preciosa abuela murió dos meses después de haberme quedado con ella en Montauk. Fue algo totalmente inesperado. Al parecer, había ingresado en el hospital después de sentir náuseas. Mamá y yo fuimos a verla, pero desde donde vivimos se tarda tres horas en coche y, para cuando llegamos al hospital, la abuela había muerto. Un infarto, nos dijeron. Así, sin más.

Qué curioso. Un día puedes estar en este mundo y, al siguiente, ya no estar. ¿Adónde se fue? ¿Volveré a verla alguna vez, o eso no es más que un cuento chino?

Vemos películas y series de la tele en las que la gente recibe noticias horribles en los hospitales. Para nosotros, con todos los viajes que hemos hecho con August al hospital, los finales siempre habían sido felices. Lo que más recuerdo del día que murió la abuela es la imagen de mamá dejándose caer hasta el suelo, sollozando lenta y pesadamente, y sujetándose el estómago como si alguien acabase de darle un puñetazo. Nunca jamás había visto a mamá así. Nunca había oído unos sonidos así saliendo de ella. En todas las operaciones de August mamá siempre había puesto buena cara.

El último día que estuve en Montauk, la abuela y yo habíamos visto la puesta de sol desde la playa. Habíamos cogido una manta para sentarnos encima, pero había refrescado, así que nos tapamos con ella, nos acurrucamos la una contra la otra y hablamos hasta que no quedó ni una rodaja de sol sobre el mar. Entonces la abuela me dijo que tenía que contarme un secreto: me quería más que a nada en el mundo.

—¿Más que a August? —le pregunté.

Sonrió y me acarició el pelo, como si estuviese pensándose lo que iba a decir.

—A Auggie lo quiero muchísimo —dijo en voz baja. Aún recuerdo su acento portugués y cómo arrastraba la erre—. Pero él ya tiene muchos ángeles que velan por él, Via. Quiero que sepas que tú me tienes a mí velando por ti, ¿vale, *menina querida*? Quiero que sepas que para mí eres lo primero. Para mí... —Miró al mar y extendió las manos, como si intentase alisar las olas—. Para mí lo eres todo. ¿Me entiendes, Via? *Tu és meu tudo.*

La entendía. Y sabía por qué decía que era un secreto. Se supone que las abuelas no deberían tener un nieto favorito, eso lo sabe todo el mundo. Cuando murió, me aferré a ese secreto y dejé que me cubriese como una manta.

August a través de la mirilla

Sus ojos están unos tres centímetros por debajo de donde deberían estar, casi a mitad de camino de las mejillas. Están inclinados hacia abajo formando un ángulo exagerado; casi parecen unos cortes diagonales que alguien le hubiera hecho en la cara, y el ojo izquierdo está sensiblemente más bajo que el derecho. Se le salen de las órbitas porque estas son demasiado superficiales para darles cabida. Los párpados de arriba siempre los tiene medio cerrados, como si estuviera a punto de dormirse. Los párpados de abajo los tiene tan caídos que casi parece que alguien estuviese tirando de ellos hacia abajo con un hilo invisible: se puede ver la parte roja de dentro, casi como si estuviesen vueltos del revés. No tiene cejas ni pestañas. Su nariz es desproporcionadamente grande para el tamaño de su cara, y bastante carnosa. Donde deberían estar las orejas, parece como si alguien hubiese usado unos alicates gigantescos para aplastarle la parte media de la cara. No tiene pómulos. Unos pliegues profundos que parecen de cera le bajan de ambos lados de la nariz hasta la boca. A veces, la gente cree que se quemó en un incendio: es como si sus rasgos se hubiesen derretido, como las gotas de cera que caen por los lados de una vela. Varias operaciones para arreglarle el paladar le han dejado unas cuantas cicatrices alrededor de la boca; la que más se nota es un corte irregular que va desde la mitad del labio superior hasta la nariz. Los dientes de arriba los tiene pequeños y separados. Tiene retrognatismo severo y una mandíbula mucho más pequeña de lo normal. Su barbilla es diminuta. Cuando era muy pequeño, antes de que le implantasen quirúrgicamente un trozo del hueso de la cadera en la mandíbula inferior, no tenía nada de barbilla. La lengua le colgaba fuera de la boca sin nada debajo para impedírselo. Afortunadamente, ahora está mejor. Al menos puede comer: cuando era más pequeño, se alimentaba a través de un tubo. Y puede hablar. Y ha aprendido a mantener la lengua dentro de la boca, aunque le costó varios años de aprendizaje. También ha aprendido a controlar el babeo; antes, la baba le caía por el cuello. Todas estas cosas se consideran milagros. Cuando era un bebé, los médicos creían que no sobreviviría.

También puede oír. Casi todos los niños que nacen con estos defectos de nacimiento tienen problemas en el oído medio que les impiden oír, pero de momento August oye bien a través de sus diminutas orejas con forma de coliflor. Los médicos creen que, con el tiempo, tendrá que llevar audífonos. August no quiere oír hablar del tema. Cree que los audífonos se notarán demasiado. Yo no le digo que los audífonos serían la menor de sus preocupaciones, porque estoy segura de que lo sabe.

Aunque la verdad es que no estoy muy segura de qué es lo que sabe o deja de saber August, ni de lo que entiende o deja de entender.

¿August se da cuenta de cómo lo ven los demás, o se le da tan bien fingir que no ve que ya ni le molesta? ¿O sí le molesta? Cuando se mira en el espejo, ¿ve al Auggie que ven mamá y papá, o ve al Auggie que ven todos los demás? ¿O verá a otro August, alguien ideal más allá de su cabeza y su cara deformes? A veces, cuando miraba a mi abuela, por debajo de sus arrugas veía a la chica guapa que había sido. Veía a la chica de Ipanema en sus andares de señora mayor. ¿August se ve a sí mismo tal como podría haber sido?

Ojalá pudiese preguntarle estas cosas. Ojalá me dijese cómo se siente. Antes de las operaciones era más fácil adivinarlo. Sabías que cuando entrecerraba los ojos estaba contento; que cuando fruncía los labios estaba pensando en alguna travesura; que cuando le temblaban las mejillas estaba a punto de llorar.

Ahora tiene mejor aspecto, de eso no cabe duda, pero las señales que usábamos para evaluar su estado de ánimo han desaparecido. Hay otras nuevas, claro. Mamá y papá saben interpretarlas. A mí me cuesta trabajo mantenerme al día. Además, hay una parte de mí que no quiere seguir intentándolo: ¿por qué no puede decir lo que siente, como todo el mundo? Ya no lleva un tubo traqueal en la boca que le impide hablar ni tiene la mandíbula inmovilizada. Tiene diez años. Puede hablar. Pero giramos a su alrededor como si aún fuera un bebé. Cambiamos de planes, pasamos al plan B, interrumpimos conversaciones, incumplimos promesas, dependiendo de su estado de ánimo, de sus caprichos, de sus necesidades.

Eso estaba bien cuando era pequeño, pero ahora necesita madurar. Tenemos que dejarle, ayudarle, obligarle a madurar. Yo creo que hemos pasado tanto tiempo intentando hacer que August piense que es normal que ahora piensa que es normal. El problema es que no es normal.

El instituto

Lo que más me gustaba del colegio de secundaria era que se trataba de algo diferente e independiente de casa. Allí podía ser Olivia Pullman, y no Via, que era como me llamaban en casa. En primaria también me llamaban Via. En aquella época todo el mundo lo sabía todo de nosotros, claro. Mamá me recogía y August siempre iba en el cochecito. No había mucha gente cualificada para hacer de canguro de Auggie, así que mamá y papá se lo llevaban a todas mis obras de teatro, conciertos, recitales y ceremonias del colegio, a todas las ventas de bizcochos con fines benéficos y a todas las ferias del libro. Mis amigas lo conocían. Los padres de mis amigas lo conocían. Mis profesores lo conocían. El conserje lo conocía. («¿Cómo te va, Auggie?», le decía, y le chocaba esos cinco). August casi formaba parte del mobiliario en la Escuela Pública número 22.

Pero en secundaria mucha gente no había oído hablar de August. Mis antiguas amigas, sí, claro, pero mis nuevas amigas no. O, si lo sabían, no era necesariamente lo primero que oían de mí. A lo mejor era lo segundo o lo tercero que oían cuando alguien hablaba de mí. «¿Olivia? Sí, es maja. ¿Sabes que tiene un hermano deforme?» Siempre he odiado esa palabra, pero sabía que así era como describían a Auggie. Y sabía que esas conversaciones seguramente se daban a todas horas cuando yo no estaba delante, cada vez que salía de la habitación en una fiesta o me encontraba con grupos de amigos en la pizzería. No pasa nada. Siempre voy a ser la hermana de un niño con un defecto de nacimiento: ese no es el problema. Lo que pasa es que no siempre quiero que me conozcan por eso.

Lo mejor del instituto es que casi nadie me conoce. Menos Miranda y Eva, claro. Y saben que no tienen que ir por ahí hablando del tema.

Miranda, Eva y yo nos conocemos desde primero. Lo que más me gusta es que nunca tenemos que darnos explicaciones. Cuando decidí que quería que me llamasen Olivia en lugar de Via, lo pillaron sin que tuviera que explicárselo.

Conocen a August desde que era un bebé. Cuando éramos pequeñas, nuestro juego favorito era jugar a vestirlo; le poníamos boas de plumas, sombreros grandísimos y pelucas de Hannah Montana. A él le encantaba, claro, y nosotras pensábamos que estaba mono y adorable a su manera. Eva decía que le recordaba a E.T. No lo decía con maldad, claro (aunque a lo mejor sí lo decía con un poco de maldad). La verdad es que en la película hay una escena en la que Drew Barrymore disfraza a E.T. con una peluca rubia: era idéntico a Auggie en la época que nos dio por Miley Cyrus.

En secundaria, Miranda, Eva y yo formábamos un grupo bastante cerrado. No éramos ni populares ni queridas: no éramos cerebritos, ni deportistas, ni ricas, ni drogatas, ni malas, ni unas santas, y ni teníamos las tetas enormes ni estábamos planas. No sé si las tres acabamos juntas por ser tan parecidas en tantas cosas o si precisamente por estar juntas acabamos pareciéndonos tanto en tantas cosas. Nos pusimos muy contentas cuando nos enteramos de que nos habían admitido a las tres en el instituto Faulkner. Me acuerdo de los gritos que pegamos por teléfono el día que recibimos las cartas de aceptación.

Por eso no entiendo qué nos ha pasado últimamente, desde que estamos en el instituto. No se parece en nada a como me lo había imaginado.

Comandante Tom

De las tres, Miranda es la que siempre ha sido más dulce con August: lo abrazaba y jugaba con él cuando Eva y yo ya hacía rato que nos habíamos puesto a hacer otra cosa. Aunque nos hiciésemos mayores, Miranda siempre intentaba incluir a August en nuestras conversaciones: le preguntaba cómo estaba, hablaba con él de *Avatar*, o de *La guerra de las galaxias*, o de *Bone*, o de cualquier cosa que ella sabía que le gustaba. Fue Miranda quien le regaló a Auggie el casco de astronauta que llevaba casi todos los días del año cuando tenía cinco o seis años. Ella lo llamaba Comandante Tom y se ponían a cantar juntos «Space Oddity», de David Bowie. Era algo entre ellos dos. Se sabían la letra y la ponían a todo volumen en el iPod para cantarla a grito pelado.

Como Miranda siempre nos llamaba en cuanto volvía a casa del campamento de verano, me sorprendió un poco no tener noticias suyas. Hasta le envié un mensaje de texto, pero no me contestó. Pensé que a lo mejor se había quedado más tiempo en el campamento, ahora que era monitora. A lo mejor había conocido a un chico guapo.

Entonces descubrí en su muro de Facebook que había vuelto a casa dos semanas antes, así que le envié un mensaje y hablamos un poco por el chat, pero no me dijo por qué no me había llamado, y eso me pareció raro. Pero como Miranda siempre ha sido un poco rara, no le di más vueltas. Hablamos de vernos en el centro, pero tuve que cancelar la cita porque íbamos a pasar el fin de semana con la abuelita y el abuelito.

Al final, no vi ni a Miranda ni a Eva hasta el primer día de clase. Reconozco que me quedé impresionada. Miranda estaba muy cambiada: se había cortado el pelo en una media melena supermona que se había teñido de rosa intenso, nada menos, y llevaba un top a rayas muy ceñido que *a*) parecía muy poco adecuado para llevar a clase y *b*) no tenía nada que ver con su estilo. Miranda siempre había sido muy mojigata vistiendo, pero allí estaba, con el pelo rosa y un top. Y no solo había cambiado su aspecto; también se comportaba de manera diferente. No puedo decir que no fuese amable, porque lo era, pero parecía más fría, como si yo fuese solo una conocida. Aquello era rarísimo.

A la hora de la comida las tres nos sentamos juntas, como siempre, pero la dinámica había cambiado. Estaba claro que Eva y Miranda se habían visto unas cuantas veces durante el verano, aunque no me habían dicho nada. Hice como que no me molestaba mientras hablábamos, aunque noté que me iba poniendo roja y que mi sonrisa era cada vez más falsa. Aunque lo de Eva no era tan exagerado como lo de Miranda, también percibí un cambio en su estilo habitual. Era como si hubiesen decidido cambiar de imagen ahora que empezaban el instituto, pero no se hubiesen molestado en incluirme. Reconozco que siempre había pensado que estaba por encima de aquella mezquindad típica de los adolescentes, pero me pasé la comida con un nudo en la garganta. Cuando sonó el timbre, me tembló la voz al decir: «Hasta luego».

Después de clase

—Me han dicho que hoy vamos a llevarte a casa en coche —dijo Miranda en octava clase.

Acababa de sentarse a la mesa justo detrás de mí. Se me había olvidado que mamá había llamado a la madre de Miranda la noche anterior para preguntarle si podía recogerme y llevarme a casa.

—No hace falta —contesté instintivamente, como si tal cosa—. Mi madre puede recogerme.

—Pensaba que tenía que recoger a Auggie.

—Al final resulta que puede recogerme después. Acaba de enviarme un mensaje. No pasa nada.

—Ah. Vale.

—Gracias.

Era mentira, pero no me veía sentada en un coche con la nueva Miranda. Al acabar las clases me colé en los servicios para evitar tropezarme con la madre de Miranda en la calle. Media hora después salí del instituto, recorrí a toda prisa las tres manzanas que lo separan de la parada del autobús, fui en el M86 hasta Central Park West y cogí el metro hasta casa.

—¡Hola, cielo! —dijo mamá en cuanto entré por la puerta—. ¿Cómo te ha ido tu primer día? Empezaba a preguntarme dónde estaríais.

—Hemos parado a comer una pizza. —Es increíble la facilidad con que una mentira se te puede escapar de entre los labios.

—¿Miranda no está contigo? —Parecía sorprendida al no ver a Miranda detrás de mí.

—Se ha ido directa a casa. Tenemos muchos deberes.

—¿El primer día?

—¡Sí, el primer día! —grité, y eso sorprendió a mamá por completo. Pero antes de que pudiera responderme, añadí—: Me ha ido bien en el instituto. Eso sí, aquello es inmenso. Los alumnos parecen majos. —Quería darle la suficiente información para que no sintiese la necesidad de preguntarme nada más—. ¿Cómo le ha ido a Auggie en su primer día de clase?

Mamá vaciló; aún tenía las cejas levantadas de sorpresa por cómo le había hablado unos segundos antes.

—Bueno… —dijo muy despacio, como si estuviese dejando escapar un suspiro.

—¿Qué quieres decir con «bueno»? ¿Le ha ido bien o le ha ido mal?

—Él ha dicho que bien.

—¿Y por qué piensas que no le ha ido bien?

—¡No he dicho que no le haya ido bien! Caray, Via, ¿qué te pasa?

—Olvídalo. No te he preguntado nada —contesté.

Irrumpí dramáticamente en la habitación de Auggie y di un portazo. Estaba jugando con su PlayStation y ni siquiera levantó la vista. No soportaba ver lo enganchado que estaba a los videojuegos: parecía un zombi.

—¿Qué tal te ha ido en el colegio? —pregunté, apartando a Daisy para poder sentarme en la cama junto a él.

—Bien —contestó, sin apartar la vista del juego.

—¡Auggie, te estoy hablando a ti! —Le quité la PlayStation de las manos.

—¡Eh! —exclamó enfadado.

—¿Qué tal te ha ido en el colegio?

—¡Ya te he dicho que bien! —gritó, quitándome la PlayStation.

—¿Se han portado bien contigo?

—¡Sí!

—¿Nadie se ha portado mal?

Soltó la PlayStation y me miró como si acabase de hacerle la pregunta más tonta del mundo.

—¿Por qué iban a portarse mal? —dijo.

Era la primera vez en toda su vida que le oía hacer un comentario sarcástico. Pensaba que no era capaz.

El Padawan muerde el polvo

No sé en qué momento de la noche se cortó Auggie la trenza de Padawan, ni por qué me enfadé tanto por eso. Siempre me había parecido que su obsesión con *La guerra de las galaxias* era enfermiza, y que la trenza que llevaba en la parte de atrás de la cabeza, con sus cuentas, era horrible. Pero él siempre había estado muy orgulloso de ella, del tiempo que había tardado en crecerle, de cómo había elegido él mismo las cuentas en una tienda de artesanía en el SoHo. Cada vez que se juntaba con Christopher, su mejor amigo, jugaban con sables de luz y otras cosas de *La guerra de las galaxias*, y los dos habían empezado a dejarse crecer la trenza al mismo tiempo. Cuando August se cortó la trenza aquella noche, sin dar ninguna explicación, sin contármelo a mí antes (lo cual me sorprendió) y sin llamar a Christopher, me enfadé tanto que ni siquiera sabría explicar por qué.

He visto a Auggie cepillándose el pelo ante el espejo del cuarto de baño. Intenta peinarse cada pelo minuciosamente. Ladea la cabeza para mirarse desde ángulos diferentes, como si dentro del espejo hubiese alguna perspectiva mágica que pudiese cambiar las dimensiones de su cara.

Mamá llamó a la puerta de mi habitación después de cenar. Parecía agotada y comprendí que, entre Auggie y yo, aquel también había sido un día difícil para ella.

—¿Quieres contarme lo que te pasa? —me preguntó amablemente, en voz baja.

—Ahora no, ¿vale? —contesté.

Estaba leyendo y estaba cansada. Quizá más tarde me apeteciese contarle lo de Miranda, pero no en ese momento.

—Me pasaré a verte antes de que te duermas —dijo, y se acercó para darme un beso en lo alto de la cabeza.

—¿Daisy puede dormir conmigo esta noche?

—Claro, luego te la traigo.

—No te olvides de pasar de nuevo —le dije cuando ya se estaba yendo.

—Te lo prometo.

Pero esa noche no volvió. Fue papá quien vino. Me contó que Auggie lo había pasado mal y que mamá lo estaba consolando. Me preguntó cómo me había ido a mí y le contesté que bien. Dijo que no me creía, así que le conté que Miranda y Eva se habían comportado como dos imbéciles. (No le expliqué que había vuelto a casa en metro yo sola.) Me dijo que no hay nada que ponga a prueba la amistad tanto como el instituto, y luego se puso a burlarse de que estuviera leyendo *Guerra y paz*. No se burlaba de verdad, claro está, ya que lo había oído alardear delante de otras personas de que tenía una «hija de quince años que está leyendo a Tolstoi». Pero le gustaba bromear preguntándome por qué parte del libro iba, si por una parte de guerra o por una de paz, y si hablaba de los tiempos en los que Napoleón se dedicaba a bailar hiphop. No eran más que tonterías, pero papá siempre conseguía hacer reír a todo el mundo. A veces, eso es lo único que necesitas para sentirte mejor.

—No te enfades con mamá —me pidió al agacharse sobre mí para darme un beso de buenas noches—. Ya sabes lo preocupada que está por Auggie.

—Lo sé —contesté.

—¿Quieres que te deje la luz encendida o apagada? Ya es tarde —dijo, y se quedó parado junto al interruptor de la luz, al lado de la puerta.

—¿Puedes traer a Daisy antes?

Dos segundos después volvió con Daisy colgándole de los brazos y la dejó a mi lado sobre la cama.

—Buenas noches, cariño —dijo, y me dio un beso en la frente. A Daisy también le dio un beso en la frente—. Buenas noches, chica. Que duermas bien.

Una aparición ante la puerta

Una vez me levanté de madrugada porque tenía sed y vi a mamá de pie ante la puerta de la habitación de Auggie. Tenía la mano en el pomo y la frente apoyada en la puerta, que estaba entreabierta. No estaba entrando ni saliendo: simplemente estaba plantada en la parte de fuera de la habitación, como si estuviese escuchando el sonido de la respiración de Auggie mientras dormía. Las luces del pasillo estaban apagadas. Lo único que la iluminaba era la luz azul de la lamparita de noche de la habitación de Auggie. Allí de pie, mamá parecía un fantasma. O a lo mejor debería decir que parecía un ángel. Intenté volver a mi habitación sin que se diese cuenta, pero me oyó y se me acercó.

—¿Auggie está bien? —pregunté.

Sabía que a veces se despertaba ahogándose con su propia saliva si se daba media vuelta y se tumbaba sobre la espalda sin darse cuenta.

—Está bien —dijo, y me abrazó.

Me acompañó a mi habitación, me arropó y me dio un beso de buenas noches. No me explicó qué hacía plantada ante la puerta, y yo no se lo pregunté.

Me pregunto cuántas noches se habrá quedado de pie ante su puerta. También me pregunto si alguna vez se habrá quedado de pie ante la mía.

Desayuno

—¿Hoy puedes recogerme en el instituto? —pregunté la mañana siguiente mientras untaba el bollo con crema de queso.

Mamá estaba preparándole la comida a August (lonchas de queso en pan integral, lo bastante blando para que Auggie pudiese comérselo) mientras él estaba sentado a la mesa comiendo copos de avena. Papá estaba arreglándose para ir a trabajar. Ahora que yo iba al instituto, la nueva planificación implicaba que papá y yo cogeríamos el metro juntos por la mañana, con lo cual él tenía que salir quince minutos antes de lo habitual, luego yo me bajaría en mi parada y él seguiría hasta el trabajo. Mamá me recogería en coche después de clase.

—Iba a llamar a la madre de Miranda para ver si podía volver a traerte —contestó mamá.

—¡No, mamá! —dije rápidamente—. Recógeme tú. Si no, vengo en metro.

—Ya sabes que no quiero que cojas el metro tú sola todavía —contestó.

—¡Mamá, que tengo quince años! ¡Todas las chicas de mi edad cogen el metro!

—Puede volver a casa en metro —dijo papá desde el pasillo, y entró en la cocina arreglándose la corbata.

—¿Por qué no puede volver a recogerla la madre de Miranda? —replicó mamá.

—Ya es mayor, puede coger el metro ella sola —insistió papá.

Mamá nos miró a los dos.

—¿Qué es lo que pasa? —preguntó, sin dirigir la pregunta a ninguno de los dos en concreto.

—Lo sabrías si hubieses vuelto a mi habitación —dije despechada—. Me dijiste que volverías.

—Ay, Dios. Via… —dijo mamá, recordando que me había dejado tirada la noche anterior. Dejó el cuchillo con el que estaba partiendo en dos las uvas de Auggie (aún corría el riesgo de ahogarse con ellas debido al tamaño de su paladar)—. Lo siento mucho. Me dormí en la habitación de Auggie. Cuando me desperté…

—Lo sé, lo sé —asentí con indiferencia.

Mamá se me acercó, me puso las manos en las mejillas y me levantó la cara para que la mirase.

—Lo siento mucho —susurró. Se notaba que lo sentía de verdad.

—¡No pasa nada! —contesté.

—Via…

—Mamá, de verdad que no pasa nada. —Esta vez lo decía en serio. Parecía tan arrepentida que yo solo quería dejarla en paz.

Me dio un beso y un abrazo y volvió a partir uvas.

—¿Qué es lo que pasa con Miranda? —preguntó.

—Que se comporta como una imbécil —dije.

—¡Miranda no es imbécil! —replicó Auggie rápidamente.

—¡Puede llegar a serlo! —grité—. Créeme.

—Vale, pasaré a recogerte —dijo mamá con decisión, arrastrando las uvas partidas hasta una bolsa con el cuchillo—. De todos modos, ese era el plan desde el principio. Recogeré a Auggie en el colegio y luego pasaremos a por ti. Llegaremos a eso de las cuatro menos cuarto...

—¡No! —repliqué con firmeza antes de que tuviese tiempo de acabar.

—¡Isabel, puede coger el metro! —dijo papá, impaciente—. Ya es mayor. ¡Por el amor de Dios, que está leyendo *Guerra y paz*!

—¿Y qué tiene que ver *Guerra y paz* con todo esto? —preguntó mamá, claramente molesta.

—Quiere decir que no tienes que ir a buscarla en coche como si fuese una niña pequeña —afirmó—. Via, ¿estás lista? Coge la mochila y vámonos.

—Estoy lista —dije, cogiendo la mochila—. ¡Adiós, mamá! ¡Adiós, Auggie!

Los besé a los dos rápidamente y eché a andar hacia la puerta.

—Pero ¿tienes abono de metro? —me preguntó mamá.

—¡Pues claro que tiene abono de metro! —contestó papá, exasperado—. ¡Caray, mamá! ¡Deja de preocuparte tanto! Adiós —dijo, y le dio un beso en la mejilla—. Adiós, grandullón —le dijo a August, y le dio un beso en lo alto de la cabeza—. Estoy orgulloso de ti. Que pases un buen día.

—¡Adiós, papá! Tú también.

Papá y yo bajamos los escalones de la entrada y echamos a andar manzana abajo.

—¡Llámame al salir de clase, antes de coger el metro! —me gritó mamá desde la ventana.

Ni siquiera me giré, pero le hice una señal con la mano para que supiese que la había oído. Papá sí se giró y dio unos cuantos pasos andando hacia atrás.

—¡*Guerra y paz*, Isabel! —gritó, y sonrió mientras me señalaba con el dedo—. ¡*Guerra y paz*!

Genética para principiantes

Por parte de papá, las dos ramas de su familia eran judíos originarios de Rusia y Polonia. Los abuelos del abuelito huyeron de los pogromos y acabaron en Nueva York a finales del siglo XIX. Los padres de la abuelita huyeron de los nazis y acabaron en Argentina en los años cuarenta del siglo XX. El abuelito y la abuelita se conocieron en un baile en el Lower East Side cuando ella estaba en la ciudad visitando a un primo suyo. Se casaron, se fueron a vivir a Bayside y tuvieron a papá y al tío Ben.

La familia de mamá es de Brasil. A excepción de su madre, mi preciosa abuela, y su padre, Agosto, que murió antes de nacer yo, el resto de la familia de mamá —todos sus elegantes tíos, tías y primos— siguen viviendo en Alto Leblon, un lujoso barrio residencial al sur de Río de Janeiro. La abuela y Agosto se fueron a vivir a Boston a comienzos de los sesenta y tuvieron a mamá y a la tía Kate, que está casada con el tío Porter.

Mamá y papá se conocieron en la Universidad Brown y desde entonces han estado juntos. Isabel y Nate: hechos el uno para el otro. Se mudaron a Nueva York al acabar la carrera, me tuvieron a mí unos años después y luego se vinieron a vivir a una casa unifamiliar en North River Heights, la capital de los hippies con niños al norte del norte de Manhattan, cuando yo tenía más o menos un año.

En la exótica mezcla de genes de mi familia nadie ha mostrado nunca ninguna señal de tener lo mismo que August. He estudiado minuciosamente fotografías con grano y en tonos sepia de parientes muertos hace tiempo con pañuelos en la cabeza; instantáneas en blanco y negro de primos lejanos con trajes blancos de lino recién planchados, soldados de uniforme y señoras con peinados colmena; polaroids de adolescentes con pantalones de pata de elefante y hippies de pelo largo, y ni una sola vez he podido detectar el menor parecido con la cara de August. Ni una. Pero cuando nació August mis padres buscaron asesoramiento genético. Les dijeron que August tenía lo que parecía una «disostosis mandibulofacial desconocida hasta el momento y provocada por una mutación autosómica recesiva del gen *TCOF1*, localizado en el cromosoma 5, complicada por una microsomía hemifacial característica del espectro óculo-aurículo-vertebral». A veces, estas mutaciones se producen durante el embarazo. A veces se heredan de un padre portador del gen dominante. A veces las provoca la interacción de muchos genes, posiblemente en combinación con factores medioambientales. Esto recibe el nombre de herencia multifactorial. En el caso de August, los médicos pudieron identificar una de las «mutaciones causadas por la eliminación de un solo nucleótido» que le desgraciaron la cara. Lo curioso es que, aunque es imposible saberlo a simple vista, mis padres son portadores de ese gen mutado.

Y yo también.

El cuadro de Punnett

Si tengo hijos, hay una probabilidad entre dos de que les transmita el gen defectuoso. Eso no significa que vayan a tener el aspecto de August, pero serán portadores del gen que en August coincidió por partida doble y contribuyó a hacerlo como es. Si me caso con alguien que sea portador del gen defectuoso, hay una probabilidad entre dos de que nuestros hijos sean portadores del gen y tengan un aspecto completamente normal, una entre cuatro de que no sean portadores y una entre cuatro de que tengan el mismo aspecto que August.

Si August tiene hijos con alguien que no sea portadora del gen, la probabilidad es del cien por cien de que sus hijos hereden el gen, pero la probabilidad es del cero por cien de que reciban una dosis doble, como August. Eso significa que, como mínimo, serán portadores del gen, pero podrían tener un aspecto completamente normal. Si se casa con alguien que sea portadora del gen, sus hijos tendrán las mismas probabilidades que los míos.

Esto solo sirve para la parte de August que resulta explicable. Hay otra parte de su composición genética que no se debió a la herencia sino a una mala suerte increíble.

Desde hace años, muchísimos médicos les han dibujado a mis padres diagramas de cuadros para intentar explicarles la lotería genética. Los genetistas utilizan los cuadros de Punnett para determinar la herencia, los genes recesivos y dominantes, las probabilidades y el azar. Pero a pesar de todo lo que saben, hay más cosas que no saben. Pueden intentar predecir las probabilidades, pero no garantizarlas. Usan términos como «mosaicismo germinal», «redistribución cromosómica» o «mutación retardada» para explicar por qué su ciencia no es una ciencia exacta. La verdad es que me gusta cómo hablan los médicos. Me gusta cómo suena la ciencia. Me gusta que haya palabras que no entiendes que expliquen cosas que eres incapaz de entender. Expresiones como «mosaicismo germinal», «redistribución cromosómica» o «mutación retardada» engloban a muchísima gente. A muchísimos bebés que no llegarán a nacer, como los míos.

Adiós a lo viejo

Miranda y Eva levantaron el vuelo. Se unieron a un grupo de gente que ha nacido para alcanzar la gloria en el instituto. Tras una semana de comidas desagradables en las que lo único que hacían era hablar de gente que no me interesaba, decidí cortar por lo sano. No me hicieron preguntas. No les conté ninguna mentira. Simplemente, ellas se fueron por su lado y yo por el mío.

Pasado un tiempo, dejó de importarme. Dejé de ir a comer durante una semana para que la transición fuese más fácil, para evitar comentarios falsos del tipo: «¡Vaya, no queda sitio en la mesa, Olivia!». Era más fácil irme a la biblioteca a leer.

Acabé *Guerra y paz* en octubre. Fue increíble. La gente piensa que es una lectura difícil, pero no es más que un culebrón con un montón de personajes, gente que se enamora, que lucha por amor, que muere por amor. Yo quiero enamorarme así algún día. Quiero que mi marido me quiera como el príncipe Andrei quería a Natasha.

Acabé juntándome con una chica que se llamaba Eleanor a la que había conocido en la Escuela Pública 22, aunque habíamos ido a colegios de secundaria diferentes. Eleanor siempre había sido una chica lista..., un poco llorica en aquellos tiempos, pero maja. Nunca me había dado cuenta de lo graciosa que era (no graciosa para partirse de risa, como papá, pero tenía algunas ocurrencias muy buenas), y ella no sabía lo desenfadada que yo podía llegar a ser. Supongo que a Eleanor siempre le había parecido que yo era muy seria. Y resulta que nunca le habían caído bien Miranda y Eva. Las veía como unas creídas.

Gracias a Eleanor empecé a comer en la mesa de los listos. Era un grupo más grande y variado del que yo estaba acostumbrada a frecuentar. Entre ellos estaban el novio de Eleanor, Kevin, que seguro que algún día acabaría siendo delegado de clase; unos cuantos flipados por la informática; chicas como Eleanor, que eran miembros de la comisión del anuario y del club de debate; y Justin, un chico muy callado que llevaba unas gafitas redondas y tocaba el violín, y del que me colé nada más verlo.

Cuando veía a Miranda y a Eva, que ahora se relacionaban con la gente más popular del instituto, nos decíamos: «Hola, ¿qué tal?» y seguíamos andando. De vez en cuando, Miranda me preguntaba cómo estaba August y me decía: «Dale un beso de mi parte». Yo no lo hacía nunca, pero no para fastidiar a Miranda, sino porque August vivía esos días en su propio mundo. En casa había veces que ni siquiera nos cruzábamos.

31 de octubre

La abuela había muerto la víspera de Halloween. Desde entonces, aunque ya habían pasado cuatro años, para mí siempre ha sido una fecha triste. Para mamá también, aunque ella no siempre lo diga. Prefiere concentrarse en preparar el disfraz de August, ya que todos sabemos que Halloween es su día favorito.

Aquel año también. August quería ser un personaje de *La guerra de las galaxias* llamado Boba Fett, así que mamá buscó un disfraz de Boba Fett de la talla de August. Curiosamente, estaba agotado. Buscó en todas las tiendas de internet, encontró unos cuantos en eBay que eran escandalosamente caros y, al final, acabó comprando un disfraz de Jango Fett que transformó en un disfraz de Boba Fett pintándolo de verde. Yo diría que, en total, debió de pasarse dos semanas ocupada con el dichoso disfraz. Y no, no diré que mamá nunca se ha ocupado de ninguno de mis disfraces, porque eso no tiene nada que ver.

La mañana del día de Halloween me desperté pensando en la abuela, y eso me puso triste y me entraron ganas de llorar. Papá no paraba de meterme prisa para que me vistiese, pero eso me estresó aún más y de pronto me eché a llorar. Solo quería quedarme en casa.

Así que papá llevó a August al colegio esa mañana y mamá dijo que podía quedarme en casa, y las dos nos pasamos un rato llorando. Una cosa estaba clara: por mucho que yo echase de menos a la abuela, mamá debía de echarla de menos todavía más que yo. Cada vez que la vida de August había pendido de un hilo después de una operación, cada vez que habían tenido que llevarlo corriendo a urgencias, la abuela había estado al lado de mamá. Me sentó bien llorar con mamá. Nos sentó bien a las dos. En un momento dado, a mamá se le ocurrió que podríamos ver juntas *El fantasma y la Sra. Muir*, una de nuestras películas favoritas en blanco y negro. Me pareció una idea estupenda. Seguramente habría aprovechado aquella sesión de llantos para contarle a mamá lo que estaba pasando en el instituto con Miranda y con Eva, pero, justo cuando íbamos a sentarnos a ver el DVD, sonó el teléfono. Era la enfermera del colegio de August, que llamaba para decirle a mamá que a August le dolía el estómago y que tenía que ir a recogerlo. Adiós a las películas antiguas y al vínculo madre-hija.

Mamá fue a buscar a August quien, en cuanto volvió a casa, se fue directo al cuarto de baño a vomitar. Luego se metió en la cama y se tapó la cabeza con las mantas. Mamá le tomó la temperatura, le llevó una infusión bien caliente y volvió a asumir el papel de «mamá de August». El de «mamá de Via», que había hecho acto de presencia brevemente, quedó relegado al olvido. Aun así, lo entendí: August se encontraba mal.

Ninguna de las dos le preguntamos por qué había ido al colegio con el disfraz del malo de *Scream* en lugar del de Boba Fett que le había hecho mamá. No sé si a mamá le molestó ver el disfraz en el que había trabajado durante dos semanas tirado por el suelo, sin usar, pero, si le molestó, no se le notó.

Truco o trato

August dijo que no se encontraba bien para ir a pedir chuches por las casas esa tarde. Era una pena, porque sé cuánto le gusta, sobre todo cuando se hace de noche. Aunque yo ya era mayor para ir a pedir chuches, siempre me ponía alguna máscara para acompañarlo de casa en casa y verlo llamar a las puertas, ilusionado a más no poder. Sabía que era la única noche del año que podía ser igual a cualquier otro niño. Nadie sabía que, bajo la máscara, era diferente. Para August, la sensación debía de ser increíble.

Esa tarde, a las siete, llamé a su puerta.

—Hola —dije.

—Hola —contestó.

No estaba jugando con la PlayStation ni leyendo un cómic. Estaba tumbado en la cama, mirando al techo. Daisy, como siempre, estaba a su lado, con la cabeza sobre sus piernas. El traje de *Scream* estaba arrugado en el suelo junto al de Boba Fett.

—¿Cómo tienes el estómago? —pregunté, sentándome a su lado sobre la cama.

—Aún tengo ganas de vomitar.

—¿Seguro que no te apetece ir al desfile de Halloween?

—Seguro.

Aquello me sorprendió. Normalmente, a August no le afectaban tanto sus problemas médicos. Se le podía ver con el monopatín unos días después de una operación o sorbiendo comida por una pajita con la boca prácticamente inmoviliza-da. Estamos hablando de un niño que, a sus diez años, había recibido más pinchazos, había tomado más medicinas y se había sometido a más intervenciones de los que tendría que soportar casi todo el mundo en diez vidas. ¿Y unas simples náuseas lo dejaban fuera de juego?

—¿Quieres contarme qué te pasa? —dije, hablando como mamá.

—No.

—¿Es por algo del colegio?

—Sí.

—¿Profesores? ¿Trabajos? ¿Amigos?

No contestó.

—¿Alguien ha dicho algo? —pregunté.

—La gente siempre dice algo —contestó con amargura. Vi que estaba a punto de llorar.

—Dime qué te ha pasado.

Y me contó lo que le había pasado. Había oído algunas cosas muy crueles que decían sobre él algunos niños. No le había importado lo que habían dicho los otros chicos, eso se lo esperaba, pero le había dolido que uno de los chicos fuese su «mejor amigo» Jack Will. Recordé que había nombrado a Jack un par de veces en los últimos meses. Recordé que mamá y papá habían dicho que parecía un chico muy majo, y que estaban muy contentos de que August tuviese un amigo como él.

—A veces, los niños son estúpidos y dicen cosas estúpidas —le respondí en voz baja, dándole la mano—. Seguro que no lo ha dicho en serio.

—Entonces, ¿por qué lo ha dicho? Ha estado haciéndose pasar por amigo mío desde el primer día. Seguro que Trasero-nian lo ha sobornado de alguna manera. Le habrá dicho: «Oye, Jack, si te haces amigo del monstruo, este curso no tendrás que hacer exámenes».

—Sabes que no es verdad —le recriminé—. Y no te llames monstruo.

—Qué más da. Ojalá no hubiese ido nunca al colegio.

—Pero pensaba que te gustaba.

—¡Lo odio! —De repente se puso furioso y comenzó a darle puñetazos a la almohada—. ¡Lo odio! ¡Lo odio! ¡Lo odio! —gritó a voz en cuello.

No dije nada. No sabía qué decir. Estaba dolido. Estaba enfadado.

Dejé que descargase su furia durante unos minutos sin hacer nada. Daisy se puso a lamerle las lágrimas que le caían por la cara.

—Vamos, Auggie, venga —dije, dándole una palmadita en la espalda—. ¿Por qué no te pones tu disfraz de Jango Fett y…?

—¡Es un disfraz de Boba Fett! ¿Por qué los confunde todo el mundo?

—Tu disfraz de Boba Fett —dije, intentando no alterarme. Le pasé el brazo por encima de los hombros—. Vamos al desfile, ¿vale?

—Si voy al desfile, mamá pensará que me encuentro mejor y mañana me obligará a ir al colegio.

—Mamá nunca te obligaría a ir al colegio —contesté—. Venga, Auggie. Vámonos. Te prometo que será divertido. Y te daré todos mis caramelos.

No me lo discutió. Salió de la cama y poco a poco se fue poniendo su disfraz de Boba Fett. Le ayudé a ajustarse las correas y a apretarse el cinturón. Cuando se puso el casco, supe que ya se encontraba mejor.

Tiempo para pensar

Al día siguiente, August fingió que le dolía el estómago para no tener que ir al colegio. Reconozco que me sentí un poco mal por mamá, preocupada por si Auggie tenía un virus estomacal, pero le había prometido a August que no le contaría nada de lo que había pasado.

El domingo seguía decidido a no volver al colegio.

—¿Qué piensas decirles a mamá y a papá? —le pregunté cuando me lo contó.

—Me dijeron que podría dejarlo cuando quisiese —dijo, concentrado en el cómic que estaba leyendo.

—Pero tú nunca has sido de los que dejan las cosas a medias —contesté sinceramente—. No es propio de ti.

—Voy a dejarlo.

—A mamá y a papá tendrás que explicarles por qué —señalé, quitándole el cómic para que tuviese que mirarme mientras hablábamos—. Entonces, mamá llamará al colegio y todos se enterarán.

—¿Y a Jack le caerá una bronca?

—Supongo.

—Bien.

Reconozco que August me sorprendía cada vez más. Sacó otro cómic de la estantería y se puso a hojearlo.

—Auggie —dije—. ¿De verdad vas a dejar que un par de idiotas te impidan volver al colegio? Sé que has estado pasándotelo bien. No les des ese poder sobre ti. No les des esa satisfacción.

—No tienen ni idea de que los oí mientras hablaban —explicó.

—No, ya lo sé, pero…

—No pasa nada, Via. Sé lo que hago. Ya he tomado una decisión.

—¡Es una locura, Auggie! —exclamé, quitándole también el segundo cómic—. Tienes que volver al colegio. Todo el mundo odia el colegio en algún momento. Yo también odio el instituto a veces. Y a veces no soporto a mis amigas. Así es la vida, Auggie. Quieres que te traten como a alguien normal, ¿no? ¡Pues esto es lo normal! Todos tenemos que ir al colegio aunque a veces tengamos días malos, ¿vale?

—¿La gente se aparta para no tocarte, Via? —preguntó, y eso me dejó sin saber qué decir durante unos segundos—. Ya. Me lo figuraba. No compares tus días malos con los míos, ¿vale?

—Vale, me parece bien —dije—. Pero esto no es un concurso para decidir qué días son peores, si los tuyos o los míos, Auggie. La cuestión es que todos tenemos que aprender a vivir con los días malos. A menos que quieras que te traten como a un bebé durante el resto de tu vida, o como a un niño con necesidades especiales, tendrás que aguantarte y seguir adelante.

No dijo nada, pero creo que mis últimas palabras le afectaron.

—No tienes por qué decirles nada a esos chicos —proseguí—. August, en realidad es guay que sepas lo que dijeron, pero que ellos no sepan que sabes lo que dijeron.

—¿Cómo?

—Ya sabes a qué me refiero. Si no quieres, no tienes por qué volver a hablar con ellos nunca más. Y ellos nunca sabrán por qué. ¿Lo entiendes? O puedes fingir que eres amigo suyo, pero sabiendo en el fondo que no lo eres.

—¿Así es como lo haces tú con Miranda? —preguntó.

—No —contesté enseguida, a la defensiva—. Con Miranda nunca fingí lo que sentía.

—¿Y por qué dices que yo debería hacerlo?

—¡No he dicho eso! Lo único que digo es que no deberías dejar que te afectase lo de esos imbéciles.

—¿Igual que te afectó a ti lo de Miranda?

—¿Por qué tienes que sacar todo el rato a Miranda? —grité impaciente—. Estoy intentando hablarte de tus amigos. Por favor, no metas a los míos.

—Ni siquiera sois amigas ya.

—¿Y qué tiene eso que ver con lo que estamos hablando?

La mirada de August me recordó a la de un muñeco. Me miraba con una cara inexpresiva y con sus ojos de muñeco medio cerrados.

—Llamó el otro día —dijo por fin.

—¿Cómo? —pregunté, atónita—. ¿Y no me lo dijiste?

—No te llamaba a ti —contestó, quitándome los dos cómics de las manos—. Me llamaba a mí para saludarme y ver cómo estaba. Ni siquiera sabía que ahora iba a un colegio de verdad. No me puedo creer que no se lo contases. Dijo que vosotras dos ya no os veis mucho, pero quería que supiese que siempre me querrá como una hermana mayor.

Aturdida. Pasmada. Estupefacta. Así me quedé, incapaz de pronunciar palabra.

—¿Y por qué no me lo contaste? —pregunté por fin.

—No sé. —Se encogió de hombros y volvió a abrir el primer cómic.

—Si dejas de ir al colegio, voy a contarles a mamá y a papá lo de Jack Will —le amenacé—. Traseronian seguramente te llamará para que vayas al colegio y obligará a Jack y a los otros chicos a disculparse delante de toda la clase, y todos te tratarán como si fueses alguien que debería ir a un colegio para niños con necesidades especiales. ¿Es eso lo que quieres? Porque eso es lo que va a pasar. Si no quieres, vuelve al colegio y haz como si no hubiera pasado nada. O si quieres enfrentarte a Jack, perfecto. Pero si…

—Vale. Vale. Vale —me interrumpió.

—¿Qué?

—¡Vale! ¡Iré! —gritó en voz baja—. Pero deja ya el tema. ¿Puedo leer ya mi cómic?

—¡Vale! —contesté. Cuando estaba a punto de salir de la habitación, se me ocurrió otra cosa—. ¿Miranda dijo algo más de mí?

August levantó la vista del cómic y me miró a los ojos.

—Que te dijese que te echa de menos. Así, literal.

Asentí con la cabeza.

—Gracias —dije con indiferencia, demasiado avergonzada para dejar que él viese lo feliz que me hacían sus palabras.

Tercera parte

SUMMER

Eres precioso, digan lo que digan.
Que las palabras no te depriman.
Eres precioso se mire por donde se mire.
Sí, que las palabras no te depriman.

CHRISTINA AGUILERA, «Beautiful»

Niños raros

Hay gente que me ha preguntado por qué me junto tanto con «el monstruo». Es gente que ni siquiera lo conoce bien. Si lo conociesen, no lo llamarían así.

—¡Porque es un buen chaval! —contesto siempre—. Y no lo llames así.

—Eres una santa, Summer —me dijo Ximena Chin el otro día—. Yo no podría hacerlo.

—No es para tanto —contesté sinceramente.

—¿Te pidió el señor Traseronian que te hicieses amiga suya? —me preguntó Charlotte Cody.

—No, soy amiga suya porque quiero ser amiga suya —contesté.

¿Quién iba a imaginarse la importancia que tendría que me sentase con August Pullman a la hora de comer? La gente se comportaba como si fuese lo más raro del mundo. Es curioso lo rara que puede ser la gente.

El primer día me senté con él porque me dio pena, nada más. Allí estaba, aquel niño con esa pinta en un colegio nuevo, sin nadie que hablase con él y con todo el mundo mirándolo. Todas las niñas de mi mesa estaban cuchicheando sobre él. No era el único alumno nuevo en Beecher, pero era el único del que hablaban todos. Julian lo había apodado el Chico Zombi, y así era como lo llamaban todos. «¿Has visto ya al Chico Zombi?» Esas cosas se extienden enseguida. Y August lo sabía. Bastante duro es ya ser el nuevo cuando tienes una cara normal. ¿Os imagináis cómo será teniendo su cara?

Por eso fui hasta donde estaba y me senté con él. No fue para tanto. Ojalá la gente dejase de intentar convertirlo en algo importante.

No es más que un niño. El niño con la pinta más rara que he visto en mi vida, sí. Pero un niño.

La Peste

Reconozco que cuesta un poco acostumbrarse a la cara de August. Yo llevo dos semanas sentándome con él y digamos que no es la persona más limpia comiendo. Pero, aparte de eso, es bastante majo. También debería decir que ya no me da pena. Es verdad que la pena fue lo que me hizo sentarme con él el primer día, pero ahora ya no me siento con él por eso. Ahora me siento con él porque me parece divertido.

Una de las cosas que no me están gustando este curso es que muchos niños se comportan como si fueran demasiado mayores para jugar. Lo único que quieren hacer es «quedar» y «hablar» en el recreo. Y de lo único que hablan es de a quién le gusta quién y de quién es guapo y quién no. A August no le van esas cosas. Le gusta jugar a los cuatro cuadrados en el recreo, y a mí también.

Fue jugando a los cuatro cuadrados con August cuando me enteré de lo de la Peste. Al parecer, están jugando desde comienzos de curso. Cualquiera que toque a August sin querer tiene treinta segundos para lavarse las manos o para encontrar desinfectante de manos si no quiere pillar la Peste. No estoy segura de qué te pasa si pillas la Peste porque, de momento, nadie ha tocado a August… al menos, no directamente.

Me enteré porque Maya Markowitz me dijo que si no jugaba a los cuatro cuadrados con nosotros en el recreo es porque no quería pillar la Peste. «¿Qué es la Peste?», le pregunté, y ella me lo contó. Le dije a Maya que me parecía una tontería, y me dio la razón, pero, si podía evitarlo, prefería no tocar una pelota que acabase de tocar August.

La fiesta de Halloween

Estaba muy emocionada porque Savanna me había invitado a la fiesta de Halloween.

Savanna es probablemente la niña más popular del colegio. Les gusta a todos los niños. Todas las niñas quieren ser amigas suyas. Fue la primera del curso en tener «novio». Era un chico que va a la Escuela Secundaria 281, aunque ella lo dejó y empezó a salir con Henry Joplin. Tiene sentido, porque los dos parecen ya unos adolescentes.

El caso es que, aunque no estoy en el grupo de las «populares», me invitó, y eso es guay. Cuando le dije a Savanna que había recibido su invitación y que iría a su fiesta, fue muy maja conmigo, aunque me dejó bien claro que no había invitado a mucha gente, así que era mejor no ir por ahí presumiendo de que me había invitado. A Maya, por ejemplo, no la había invitado. Savanna también me dejó bien claro que no llevase disfraz. Menos mal que me lo dijo, porque, claro está, a una fiesta de Halloween habría ido con disfraz. No con el de unicornio que me había hecho para el desfile de Halloween, sino con el de gótica que había llevado a clase. Pero ni siquiera eso estaba bien visto en la fiesta de Savanna. Lo único malo de ir a la fiesta de Savanna era que ya no podría ir al desfile ni podría ponerme el disfraz de unicornio. Eso era un rollo, pero en fin…

Cuando llegué a la fiesta, Savanna me recibió en la puerta.

—¿Y tu novio, Summer? —No sabía de qué me estaba hablando—. Digo yo que en Halloween no le hará falta llevar máscara, ¿no? —añadió, y entonces supe que estaba hablando de August.

—No es mi novio —dije.

—Ya lo sé. ¡Era broma!

Me dio un beso en la mejilla (todas las niñas de su grupo se daban besos en la mejilla cada vez que se veían y se decían «Hola») y colgó mi abrigo en un perchero del pasillo. Luego me cogió de la mano y bajamos las escaleras hasta el sótano, que era donde se celebraba la fiesta. No vi a sus padres por ninguna parte.

Allí había unas quince personas: todos eran «populares», tanto del grupo de Savanna como del de Julian. Podría decirse que se habían fundido en un gran supergrupo de niños y niñas populares ahora que algunos habían empezado a salir los unos con los otros.

Ni siquiera sabía que hubiese tantas parejas. Bueno, sabía lo de Savanna y Henry, pero ¿Ximena y Miles? ¿Y Ellie y Amos? Ellie está casi tan plana como yo.

Cuando llevaba allí unos cinco minutos, Henry y Savanna se pusieron a mi lado. Casi podría decirse que estaban revoloteando a mi alrededor.

—Queremos saber por qué te juntas tanto con el Chico Zombi —dijo Henry.

—No es un zombi —contesté riéndome, como si estuviesen haciendo una broma. Estaba sonriendo, pero no me apetecía nada sonreír.

—¿Sabes, Summer? —me dijo Savanna—, serías mucho más popular si no te juntases tanto con él. Voy a ser sincera contigo: a Julian le gustas. Quiere pedirte para salir.

—Ah, ¿sí?

—¿Te parece guapo?

—Eh… sí, supongo. Sí, es guapo.

—Pues vas a tener que elegir con quién quieres relacionarte —dijo Savanna. Me hablaba como le hablaría una hermana mayor a su hermana pequeña—. Le caes bien a todo el mundo, Summer. Todos piensan que eres maja y muy, muy guapa. Podrías formar parte de nuestro grupo si quisieras y, créeme, en nuestro curso hay muchas chicas a las que les encantaría.

—Lo sé —dije—. Gracias.

—De nada —contestó—. ¿Quieres que le diga a Julian que venga a hablar contigo?

Miré hacia donde estaba señalando y vi a Julian mirándonos.

—Eh… la verdad es que tengo que ir al baño. ¿Dónde está?

Fui a donde me indicó, me senté en el borde de la bañera, llamé a mamá y le pedí que fuese a recogerme.

—¿Va todo bien? —preguntó mamá.

—Sí, pero no quiero quedarme —contesté.

Mamá no hizo más preguntas y me dijo que tardaría diez minutos en llegar.

—No llames al timbre —le dije—. Llámame por teléfono cuando estés fuera.

Me quedé en el cuarto de baño hasta que llegó mamá. Entonces, subí al piso de arriba sin que nadie me viese, cogí el abrigo y salí a la calle.

Solo eran las nueve y media. El desfile de Halloween aún estaba muy animado por la avenida Amesfort. Había un montón de gente por todas partes. Todos iban disfrazados. Había esqueletos, piratas, princesas, vampiros, superhéroes.

Pero ni un solo unicornio.

Noviembre

Al día siguiente en el colegio le dije a Savanna que me habían sentado mal los dulces de Halloween, y que por eso me había ido de su fiesta. Me creyó. Había un virus estomacal por ahí suelto, así que la mentira era creíble.

También le dije que estaba colada por otra persona que no era Julian para que me dejase en paz y, con suerte, le dijese a Julian que no estaba interesada. Savanna, claro está, quiso saber quién era, pero le dije que era un secreto.

August no fue al colegio el día después de Halloween. Cuando volvió, noté que le pasaba algo. En la comida empezó a comportarse de un modo muy raro. Apenas dijo una palabra, y no paraba de mirarse el pie cuando le hablaba. Era como si no quisiera mirarme a los ojos.

—Auggie, ¿te pasa algo? ¿Estás enfadado conmigo? —le pregunté por fin.

—No —contestó.

—Siento mucho que no te encontrases bien en Halloween. Estuve buscando a Boba Fett por los pasillos.

—Sí, estuve enfermo.

—¿Pillaste el virus estomacal?

—Sí, supongo.

Abrió un libro y se puso a leer, lo cual me pareció de muy mala educación.

—Estoy ilusionada con el proyecto del Museo Egipcio —dije—. ¿Y tú?

Negó con la cabeza. Tenía la boca llena de comida. Miré para otro lado porque, entre cómo estaba masticando, que casi parecía que estuviese siendo grosero a propósito, y cómo tenía los ojos medio cerrados, me estaba dando muy mal rollo.

—¿A ti qué proyecto te ha tocado? —pregunté.

Se encogió de hombros, se sacó un trozo de papel del bolsillo de los vaqueros y me lo lanzó por encima de la mesa.

En nuestro curso a todo el mundo le habían asignado un objeto egipcio sobre el que hacer un trabajo para el Día del Museo Egipcio, que era en diciembre. Los profesores habían escrito los títulos de los trabajos en trocitos de papel que habían metido en una pecera y luego los alumnos teníamos que sacar los papeles uno por uno.

Desplegué el trozo de papel de Auggie.

—¡Mola! —dije, quizá un poco más emocionada de la cuenta, porque quería que Auggie se animase—. ¡Te ha tocado la pirámide escalonada de Saqqara!

—¡Ya lo sé! —contestó.

—A mí me ha tocado Anubis, el dios de los muertos.

—¿El de la cabeza de perro?

—En realidad es de chacal —lo corregí—. Oye, ¿quieres que hagamos juntos nuestros trabajos después de clase? Podrías venir a mi casa.

August dejó su sándwich y se reclinó en la silla. No me atrevo a describir la mirada que me lanzó.

—Oye, Summer —dijo—. No tienes por qué hacerlo.

—¿A qué te refieres?

—No tienes por qué ser mi amiga. Ya sé que el señor Traseronian habló contigo.

—No sé de qué me estás hablando.

—Lo único que digo es que no tienes que fingir. Ya sé que el señor Traseronian habló con unos cuantos de vosotros antes de que empezase el curso y os dijo que teníais que haceros amigos míos.

—Conmigo no habló, August.

—Claro que sí.

—Claro que no.

—Claro que sí.

—¡Claro que no! ¡Te lo juro por mi vida! —Levanté las manos para que viese que no estaba cruzando los dedos. Inmediatamente me miró los pies, así que me quité las UGG para que viese que no estaba cruzando los dedos de los pies.

—Llevas leotardos —dijo en tono acusador.

—¡Pero se nota que tengo los dedos estirados! —grité.

—Vale, no hace falta que grites.

—No me gusta que me acusen, ¿vale?

—Vale. Lo siento.

—Más te vale.

—¿De verdad no habló contigo?

—¡Auggie!

—Vale, vale. Lo siento mucho.

Habría estado más tiempo enfadada con él, pero entonces me contó algo malo que le había pasado el día de Halloween y ya no pude seguir enfadada con él. En resumen, había oído a Jack hablar mal de él y decir cosas terribles a sus espaldas. Eso explicaba su actitud, y ya sabía por qué había estado «enfermo» y no había ido a clase.

—Prométeme que no se lo contarás a nadie —me pidió.

—Lo prometo —contesté—. ¿Prometes tú que no volverás a tratarme así de mal nunca más?

—Lo prometo —dijo, y entrelazamos los meñiques para jurarlo.

Advertencia:
este chico no es para todos los públicos

Había advertido a mamá sobre la cara de August. Le había descrito cómo era. Lo hice porque sé que no siempre se le da bien fingir, y August iba a ir a mi casa por primera vez. Hasta le envié un mensaje de texto al trabajo para recordárselo. Pero, cuando llegó a casa después de trabajar, noté en la expresión de su cara que no la había preparado lo suficiente. Cuando entró por la puerta y vio su cara, se quedó horrorizada.

—Hola, mamá. Este es Auggie. ¿Puede quedarse a cenar? —pregunté rápidamente.

Mi madre tardó un segundo en reaccionar.

—Hola, Auggie —dijo—. Eh… pues claro, cielo. Siempre que le parezca bien a la madre de Auggie.

—¡Deja de poner esa cara de flipada! —le susurré mientras Auggie llamaba a su madre con el móvil.

Era la misma cara que ponía cuando estaba viendo las noticias y había sucedido algo horrible. Asintió rápidamente con la cabeza, como si no se hubiera dado cuenta de que estaba poniendo una cara rara, y a partir de entonces se comportó amablemente y con normalidad con Auggie.

Pasado un rato, Auggie y yo nos cansamos de hacer nuestros trabajos y nos fuimos al salón. Auggie estaba mirando las fotos que hay en la repisa de la chimenea y vio una foto en la que salíamos papá y yo.

—¿Ese es tu padre? —preguntó.

—Sí.

—No sabía que fueras… ¿cómo se dice?

—Birracial.

—¡Sí! Eso quería decir.

—Sí.

Volvió a mirar la foto.

—¿Tus padres están divorciados? Tu padre nunca va a recogerte al colegio.

—No —dije—. Era sargento de un pelotón. Murió hace unos años.

—¡Vaya! No lo sabía.

—Sí —contesté, y le enseñé una foto de mi padre de uniforme.

—Hala, cuántas medallas.

—Sí, era increíble.

—Vaya, Summer. Lo siento.

—Sí, es un rollo. Lo echo mucho de menos.

—Sí, ya —contestó, y me devolvió la foto.

—¿Alguna vez has conocido a alguien que ha muerto? —pregunté.

—Solo a mi abuela, y no me acuerdo muy bien de ella.

—Qué pena.

Auggie asintió.

—¿Alguna vez te preguntas qué les pasa a las personas cuando mueren? —pregunté.

Se encogió de hombros.

—No mucho. Bueno, supongo que van al cielo. Allí es adonde fue mi abuela.

—Yo lo pienso mucho —reconocí—. Creo que, cuando mueren, sus almas van al cielo, pero solo una temporada. Allí ven a sus amigos y se ponen al día. Pero luego creo que las almas empiezan a pensar en su vida en la Tierra, en si habían sido buenos o malos, o yo qué sé. Y entonces vuelven a nacer en forma de nuevos bebés.

—¿Por qué iban a querer hacer eso?

—Porque así tienen otra oportunidad para hacerlo bien —contesté—. Sus almas tienen una segunda oportunidad.

Pensó en lo que le estaba diciendo e hizo un gesto de confirmación.

—Como cuando haces un examen de recuperación —dijo.

—Exacto.

—Pero cuando vuelven no tienen el mismo aspecto de antes —dijo—. Quiero decir, que cuando vuelven parecen completamente diferentes, ¿no?

—Sí, claro —contesté—. Tu alma sigue siendo la misma, pero todo lo demás es diferente.

—Eso me gusta —dijo, asintiendo una y otra vez—. Eso me gusta mucho, Summer. Eso significa que en mi próxima vida no tendré esta cara.

Al decirlo se señaló la cara e hizo una caída de ojos. Me eché a reír.

—Supongo que no —contesté encogiéndome de hombros.

—¡Oye, a lo mejor hasta soy guapo! —dijo sonriente—. Eso sería increíble, ¿eh? Volvería y sería un tío guapo, supercachas y superalto.

Volví a reírme. Se le daba muy bien bromear sobre sí mismo. Esa es una de las cosas que más me gustan de Auggie.

—Oye, Auggie, ¿puedo preguntarte algo?

—Sí —dijo, como si supiese exactamente lo que quería preguntarle.

Dudé un poco. Llevaba un tiempo queriendo preguntárselo, pero nunca había reunido el valor suficiente para hacerlo.

—¿Qué? —dijo—. ¿Quieres saber qué le pasa a mi cara?

—Sí, supongo. Si no te importa que te lo pregunte.

Se encogió de hombros. Me alivió un montón que no se enfadase ni se pusiese triste.

—No pasa nada —dijo con indiferencia—. Lo principal que tengo es una cosa que se llama «di-sos-to-sis man-di-bu-lo-fa-cial». Por cierto, me costó un montón aprender a pronunciarlo. Pero también tengo otro síndrome que ni siquiera sé pronunciar. Y esas cosas se combinaron para formar una supercosa, algo tan raro que ni siquiera le han puesto nombre. No es que quiera fardar, pero me consideran una especie de milagro médico, ¿sabes? —Y entonces sonrió—. Era una broma —dijo—. Puedes reírte.

Sonreí y negué con la cabeza.

—Eres gracioso, Auggie —dije.

—Sí, ya lo sé —contestó orgulloso—. Soy guay.

La tumba egipcia

El mes siguiente, August y yo quedamos un montón después de clase, o en su casa o en la mía. Los padres de August nos invitaron a mamá y a mí a cenar un par de veces. Una vez los oí hablar por casualidad de organizar una cita a ciegas con mamá y Ben, el tío de August.

El día de la exposición del Museo Egipcio estábamos todos muy emocionados y algo nerviosos. El día de antes había nevado; no tanto como en las vacaciones de Acción de Gracias, pero la nieve, nieve es.

El gimnasio se había convertido en un museo enorme con todos los objetos egipcios expuestos sobre una mesa con un pequeño letrero que explicaba de qué se trataba. Casi todos eran chulísimos, pero tengo que decir que el mío y el de August eran los mejores. Mi escultura de Anubis parecía real, hasta había usado pintura dorada de verdad. August había hecho su pirámide escalonada con terrones de azúcar. Tenía unos cincuenta centímetros de alto y otros cincuenta de ancho, y había pintado con espray los terrones con una pintura que imitaba la arena. Era alucinante.

Todos nos pusimos disfraces egipcios. Algunos se disfrazaron de arqueólogos a lo Indiana Jones. Otros se disfrazaron de faraones. August y yo nos disfrazamos de momias. Teníamos las caras tapadas, menos dos agujeritos para los ojos y un agujerito para la boca.

Cuando llegaron los padres, se pusieron en fila en el pasillo que hay delante del gimnasio. Cuando nos dijeron que podíamos salir a verlos, cada uno llevó a su padre o a su madre de visita por el oscuro gimnasio, alumbrándose con una linterna. August y yo acompañamos juntos a nuestras madres. Nos paramos en cada objeto expuesto, les explicamos qué era, hablamos en susurros y contestamos preguntas. Como estábamos a oscuras, usábamos las linternas para iluminar los objetos mientras hablábamos. A veces, para darle un efecto dramático, nos enfocábamos las barbillas mientras explicábamos algo con todo detalle. Era divertidísimo oír todos aquellos susurros a oscuras y ver todas las luces zigzagueando por la negra sala.

En un momento dado, fui a beber al surtidor de agua. Tuve que apartarme las vendas de momia de la cara.

—Hola, Summer —dijo Jack, que se había acercado hasta donde yo estaba. Iba vestido como el hombre de *La momia*—. Mola el traje.

—Gracias.

—¿La otra momia es August?

—Sí.

—Eh… Oye, ¿tú sabes por qué está enfadado August conmigo?

—Ajá —contesté.

—¿Puedes decírmelo?

—No.

Jack asintió. Parecía deprimido.

—Le dije que no te lo diría —le expliqué.

—Todo es muy raro —contestó—. No tengo ni idea de por qué se ha enfadado conmigo de repente. Ni idea. ¿No puedes darme una pista por lo menos?

Miré hacia donde estaba August, en la otra punta de la sala. No iba a romper mi promesa de no contarle a nadie lo que él había oído por casualidad el día de Halloween, pero Jack me dio pena.

—El malo de *Scream* —le susurré al oído, y me fui.

Cuarta parte

JACK

Este es mi secreto. Es muy sencillo.
Uno solo puede ver claramente con el corazón.
Lo esencial es invisible a los ojos.

ANTOINE DE SAINT-EXUPÉRY, *El Principito*

La llamada

En agosto, mis padres recibieron una llamada del señor Traseronian, el director del colegio de secundaria.

—A lo mejor llama a todos los nuevos alumnos para darles la bienvenida —dijo mi madre.

—Tendría que llamar a muchos niños —contestó mi padre.

Mi madre le devolvió la llamada y la oí hablar por teléfono con el señor Traseronian. Esto es exactamente lo que dijo:

—Ah, hola, señor Traseronian. Soy Amanda Will y le llamo porque me han dicho que nos ha llamado. —Pausa—. ¡Oh, gracias! Es usted muy amable. Lo está deseando. —Pausa—. Sí. —Pausa—. Sí. —Pausa—. Oh. Claro. —Pausa larga—. Ohhh. Ajá. —Pausa—. Bueno, es usted muy amable. —Pausa—. Claro. Ohh. Vaya. Ohhh. —Pausa superlarga—. Entiendo. Claro. Estoy segura de que sí. Déjeme anotarlo… Ya. Volveré a llamarle cuando haya hablado con él, ¿de acuerdo? —Pausa—. No, gracias a usted por pensar en él. ¡Adiós!

—¿Qué pasa? ¿Qué te ha dicho? —pregunté cuando colgó.

—Bueno, es algo muy halagador, pero también un poco triste. Verás, hay un niño que va a empezar en secundaria este curso y que nunca ha estado en un colegio porque recibía clases en casa, así que el señor Traseronian ha hablado con los profesores de primaria para que le diesen los nombres de algunos de los mejores niños que iban a entrar en quinto, y los profesores han debido de decirle que eres un niño especialmente encantador (eso yo ya lo sabía, claro) y el señor Traseronian quería saber si podría contar contigo para guiar un poco a ese niño nuevo.

—¿Para que le dejase juntarse conmigo? —pregunté.

—Exacto —dijo mamá—. Él le ha dado el nombre de «amigo de bienvenida».

—¿Y por qué yo?

—Ya te lo he dicho. Tus profesores le han dicho al señor Traseronian que eres un buen niño. Estoy muy orgullosa de que piensen tan bien de ti…

—¿Y por qué es triste?

—¿Cómo?

—Has dicho que era halagador, pero también un poco triste.

—Ah —contestó mamá dándome la razón—. Bueno, parece ser que el niño tiene una especie de… eh… creo que a su cara le pasa algo… No sé. No estoy segura. A lo mejor tuvo un accidente. El señor Traseronian dice que te lo explicará un poco mejor cuando vayas al colegio la semana que viene.

—¡Pero si el colegio no empieza hasta septiembre!

—Quiere que conozcas a ese niño antes de que empiece el curso.

—¿Tengo que hacerlo?

Mamá pareció sorprendida.

—Bueno, no, claro que no —dijo—, pero sería todo un detalle por tu parte.

—Si no tengo que hacerlo, no quiero hacerlo.

—¿Puedes pensártelo un poco por lo menos?

—Ya lo estoy pensando y no quiero hacerlo.

—Bueno, no voy a obligarte —dijo—. Pero por lo menos piénsatelo un poco más, ¿vale? Mañana volveré a llamar al señor Traseronian, así que piénsatelo un poco. Jack, no creo que sea demasiado pedir que pases un poco de tiempo con un niño nuevo...

—No solo es un niño nuevo, mamá —contesté—. Es un niño deforme.

—Eso ha sido cruel, Jack.

—Es que lo es, mamá.

—¡Pero si ni siquiera sabes quién es!

—Sí que lo sé —dije, porque en cuanto empezó a hablar de él supe que era un niño que se llama August.

La heladería

Recuerdo haberlo visto por primera vez delante de la heladería que hay en la avenida Amesfort cuando tenía unos cinco o seis años. Verónica, mi canguro, y yo, estábamos sentados en el banco que hay fuera de la tienda con Jamie, mi hermano pequeño, que estaba sentado en su carrito de cara a nosotros. Supongo que debía de estar muy concentrado comiéndome mi cucurucho de helado, porque ni siquiera me di cuenta de que se habían sentado unas personas a nuestro lado.

Hubo un momento en que giré la cabeza para chupar el helado que se salía por el fondo del cucurucho y fue entonces cuando vi a August. Estaba sentado a mi lado. Ya sé que no estuvo bien, pero al verlo dije algo así como: «¡Uhhh!» porque me asusté de verdad. Pensé que llevaba una máscara de zombi o algo así. Fue la clase de «uhhh» que sueltas cuando estás viendo una peli de miedo y el malo sale de un salto de detrás de los arbustos. Sé que no estuvo bien y, aunque el niño no me oyó, su hermana sí.

—¡Jack! ¡Tenemos que irnos! —dijo Verónica. Se había levantado y estaba dándole la vuelta al carrito porque Jamie, que también acababa de ver al niño, estaba a punto de decir algo que habría resultado embarazoso.

Me levanté de un salto, como si se me hubiese puesto encima una abeja, y seguí a Verónica mientras se alejaba.

—Vamos, chicos, ya es hora de irnos —oí que decía la madre del niño en voz baja a nuestras espaldas, y me giré para mirarlo una vez más.

El niño raro estaba chupando su cucurucho de helado, la madre estaba cogiendo su patinete y su hermana me estaba mirando como si quisiera matarme. Aparté la mirada rápidamente.

—Verónica, ¿qué le pasa a ese niño? —susurré.

—¡Calla! —dijo, enfadada. Verónica me caía muy bien, pero, cuando se enfadaba, se enfadaba de verdad. Jamie estaba a punto de caerse del carrito al intentar mirarlo de nuevo mientras Verónica lo empujaba en la dirección contraria.

—Pero, *Vonica...* —dijo Jamie.

—¡Habéis sido muy malos! ¡Muy malos! —exclamó Verónica en cuanto estuvimos un poco más lejos—. ¡A quién se le ocurre quedarse mirándolo así!

—¡Ha sido sin querer! —contesté.

—*Vonica* —dijo Jamie.

—Y habernos ido así —añadió Verónica tartamudeando—. Ay, señor, esa pobre mujer. Os lo digo en serio, chicos. Cada día deberíamos dar gracias al Señor por lo que tenemos, ¿me habéis oído?

—¡*Vonica*!

—¿Qué pasa, Jamie?

—¿Es Halloween?

—No, Jamie.

—¿Y por qué llevaba una máscara ese niño?

Verónica no contestó. A veces, cuando estaba enfadada por algo, hacía eso.

—No llevaba una máscara —le expliqué a Jamie.

—¡Calla, Jack! —dijo Verónica.

—¿Por qué estás tan enfadada, Verónica? —le pregunté sin poder evitarlo.

Pensaba que aquello haría que se enfadase aún más, pero se puso a negar con la cabeza.

—Está muy mal lo que hemos hecho —dijo—. Levantarnos así, como si acabásemos de ver al demonio. Me daba miedo lo que pudiese decir Jamie, ¿sabes? No quería que soltase algo que pudiese ofender a ese niño. Pero habernos levantado así ha estado muy mal. Su madre se ha dado cuenta de lo que ha pasado.

—Pero no lo hemos hecho queriendo —contesté.

—Jack, a veces no hace falta que uno quiera hacerle daño a alguien para hacerle daño, ¿entiendes?

Esa fue la primera vez que vi a August en el barrio, al menos que yo recuerde. Pero he vuelto a encontrármelo desde entonces: un par de veces en los columpios y unas cuantas más en el parque. Hubo un tiempo en que solía llevar un casco de astronauta, pero yo sabía que era él quien se escondía debajo del casco. Todos los niños del barrio sabían que era él. Todo el mundo ha visto a August en algún momento. Todos sabemos cómo se llama, aunque él no sepa cómo nos llamamos nosotros.

Y siempre que lo veo intento acordarme de lo que dijo Verónica, pero me cuesta. Me cuesta mucho no mirarlo una segunda vez. Cuesta mucho hacer como si nada cuando lo ves.

Por qué cambié de opinión

—¿A quién más ha llamado el señor Traseronian? —le pregunté a mamá esa noche—. ¿Te lo ha dicho?

—Ha nombrado a Julian y a Charlotte.

—¡Julian! —dije—. Uf. ¿Y por qué Julian?

—¡Antes eras amigo suyo!

—Mamá, eso fue en la guardería. Julian es el tío más falso del mundo. Y siempre está intentando caer bien.

—Bueno —contestó mamá—, por lo menos Julian ha accedido a ayudar a ese niño. Eso hay que reconocérselo.

No dije nada porque mamá tenía razón.

—¿Y Charlotte? —pregunté—. ¿También va a hacerlo?

—Sí —dijo mamá.

—Claro, cómo no. Charlotte es una santita —contesté.

—¡Jack! —exclamó mamá—. Últimamente pareces tener problemas con todo el mundo.

—Es solo que… —comencé a decir—. Mamá, no tienes ni idea de la pinta que tiene ese niño.

—Puedo imaginármelo.

—¡No, no puedes! Nunca lo has visto. Yo sí.

—Puede que ni siquiera sea quien tú crees que es.

—Confía en mí. Es él. Y te digo una cosa: está muy, muy mal. Está deforme, mamá. Tiene los ojos más o menos por aquí. —Me señalé las mejillas—. Y no tiene orejas. Y su boca parece…

Jamie había entrado en la cocina para coger un cartón de zumo de la nevera.

—Puedes preguntárselo a Jamie —dije—. ¿Verdad, Jamie? ¿Te acuerdas de aquel niño que vimos en el parque, después de clase, el año pasado? ¿Ese niño que se llama August? ¡El de la cara rara!

—¡Oh, sí! —exclamó Jamie, con los ojos como platos—. ¡Por su culpa tuve una pesadilla! ¿Te acuerdas, mamá, de la pesadilla con zombis que tuve el año pasado?

—Pensaba que era por haber visto una película de miedo —contestó mamá.

—¡No! —dijo Jamie—. ¡Fue por haber visto a ese niño! Cuando lo vi, grité: «¡Ahhh!» y eché a correr…

—Un momento —lo interrumpió mamá, poniéndose seria—. ¿Te pusiste a correr en sus propias narices?

—¡No pude evitarlo! —se quejó Jamie.

—¡Claro que podrías haberlo evitado! —le reprendió mamá—. Chicos, tengo que deciros que estoy muy decepcionada por lo que estoy oyendo. —Tenía la cara de estar hablando muy en serio—. No es más que un niño… ¡igual que tú! ¿Te imaginas cómo se sentiría al ver cómo te alejabas corriendo de él, Jamie, gritando?

—No fue un grito —replicó Jamie—. Fue más bien un: «¡Ahhh!». —Se puso las manos en las mejillas y empezó a correr por la cocina.

—¡Jamie! —dijo mamá muy enfadada—. Sinceramente, pensaba que mis dos hijos eran más comprensivos.

—¿Qué es comprensivo? —preguntó Jamie, que iba a empezar segundo curso.

—Sabes perfectamente lo que quiero decir por comprensivo, Jamie —contestó mamá.

—Pero es que es muy feo, mamá —dijo Jamie.

—¡Oye! —gritó mamá—. ¡No me gusta esa palabra! Jamie, coge tu cartón de zumo. Quiero hablar con Jack a solas.

—Oye, Jack —dijo mamá en cuanto Jamie se fue, y supe que estaba a punto de soltarme un sermón.

—Vale, lo haré —contesté, y eso la sorprendió mucho.

—Ah, ¿sí?

—¡Sí!

—Entonces, ¿puedo llamar al señor Traseronian?

—¡Sí! ¡Mamá, te he dicho que sí!

Mamá sonrió.

—Sabía que podía contar contigo. Bien hecho. Estoy muy orgullosa de ti, Jackie —dijo, y me revolvió el pelo.

Por eso cambié de opinión. No fue para no tener que aguantar el sermón de mamá. Y no fue para proteger al tal August de Julian, que sabía que se comportaría como un imbécil. Fue porque, cuando oí a Jamie contar que había salido corriendo y gritando al ver a August, de pronto me sentí fatal. Siempre existirán niños como Julian que se comporten como imbéciles. Pero si un niño pequeño como Jamie, que normalmente es bastante simpático, puede llegar a ser así de cruel, un chaval como August no tiene ninguna posibilidad de sobrevivir en un colegio de secundaria.

Cuatro cosas

La primera es que uno llega a acostumbrarse a su cara. Las primeras veces fue en plan: «Uf, nunca voy a acostumbrarme a esto». Pero luego, pasada una semana, ya era: «Bueno, no hay para tanto».

La segunda es que en realidad es un tío bastante guay. Bueno, es bastante gracioso. Por ejemplo, el profesor dice algo y August me susurra algo gracioso que solo oigo yo y eso hace que me parta de risa. En general, también es un tío majo. Es fácil pasar un rato con él y hablar y tal.

La tercera es que es muy listo. Pensaba que iría retrasado porque nunca había ido al colegio, pero en casi todas las asignaturas va más avanzado que yo. A lo mejor no es tan listo como Charlotte o Ximena, pero no le falta mucho. Y, a diferencia de Charlotte y Ximena, me deja copiar si lo necesito (aunque solo lo he necesitado un par de veces). También me dejó copiar sus deberes una vez, aunque nos echaron la bronca a los dos después de clase.

—Los dos tenéis las mismas respuestas mal en los deberes de ayer —dijo la señora Rubin mirándonos como si estuviese esperando una explicación. No supe qué decir, porque la explicación habría sido: «Bueno, eso es porque copié los deberes de August».

Pero August mintió para protegerme.

—Bueno, eso es porque ayer hicimos los deberes juntos —dijo, lo cual no era cierto.

—Bueno, hacer los deberes juntos está bien —contestó la señora Rubin—, pero se supone que debéis hacerlos por separado, ¿vale? Podéis trabajar juntos si queréis, pero no podéis hacer los deberes juntos, ¿vale? ¿Lo habéis entendido?

—Tío, gracias por ayudarme —dije cuando salimos de clase.

—No pasa nada —contestó él.

Aquel gesto fue guay.

La cuarta es que, ahora que lo conozco, diría que quiero ser amigo de verdad de August. Reconozco que al principio solo era amable con él porque el señor Traseronian me lo pidió. Pero ahora elegiría juntarme con él. Se ríe de todos mis chistes. Y es como si a August pudiese contarle cualquier cosa. Es como si fuera un buen amigo. Por ejemplo, si todos los niños de quinto estuviesen uno al lado del otro de cara a la pared y tuviese que elegir a alguien con quien quisiera juntarme, elegiría a August.

Ex amigos

¿El malo de *Scream*? ¿Pero qué…? Summer Dawson siempre ha sido un poco rara, pero aquello era demasiado. Solo le había preguntado por qué se comportaba August como si estuviese enfadado conmigo. Pensé que lo sabría, pero lo único que me dijo fue: «El malo de *Scream*». Ni siquiera sé qué significa eso.

No lo entiendo, porque un día August y yo éramos amigos y, al siguiente, ¡zas!, apenas me hablaba. No tengo ni idea de por qué. Cuando le dije: «Oye, August, ¿estás enfadado conmigo?», se encogió de hombros y se fue. Yo eso me lo tomaría como un sí. Pero como estaba seguro de que no le había hecho nada para que se enfadase conmigo, pensé que Summer podría decirme qué pasaba. Pero lo único que me dijo fue: «El malo de *Scream*». Menuda ayuda. Gracias, Summer.

Tengo muchos amigos más en el colegio. Si August quiere convertirse oficialmente en mi ex amigo, pues vale, me parece bien, me da igual. Desde que empezó a pasar de mí en el colegio, yo también pasé de él. Es bastante difícil, ya que nos sentamos juntos en casi todas las clases.

Hay gente que se ha dado cuenta y han empezado a preguntarme si August y yo hemos discutido. Nadie le pregunta a August qué es lo que pasa. Bueno, casi nadie habla con él. A ver, la única persona que se junta con él, aparte de mí, es Summer. A veces se junta un poco con Reid Kingsley, y los dos Max le dejaron jugar a Dungeons & Dragons un par de veces en el recreo. Charlotte, a pesar de su fama de santita, lo más que hace es saludarlo con la cabeza cuando se lo cruza en el pasillo. Y no sé si la gente sigue jugando a eso de la Peste a sus espaldas, porque nadie me contó de qué iba directamente, pero lo que quiero decir es que no tiene muchos amigos con los que estar Si quiere pasar de mí, quien sale perdiendo es él, no yo.

Así es como están las cosas entre nosotros ahora. Solo hablamos entre nosotros de asuntos de clase si no tenemos más remedio. Por ejemplo, yo le digo: «¿Qué deberes ha dicho Rubin que tenemos que hacer?», y él me contesta. O él me pregunta: «¿Puedo usar tu sacapuntas?», y yo lo saco de mi estuche y se lo presto. Pero en cuanto suena el timbre, cada uno se va por su lado.

La parte buena es que ahora puedo relacionarme con mucha otra gente. Antes, cuando siempre estaba con August, los otros niños no se nos acercaban para no estar con él. O me ocultaban cosas, como lo de la Peste. Creo que era el único que no participaba en el juego, aparte Summer y a lo mejor los del Dungeons & Dragons. Y la verdad es que, aunque nadie lo dice así de claro, nadie quiere juntarse con él. Todos están deseando estar en el grupo de los populares, y él es lo menos popular que puedes echarte a la cara. Ahora puedo juntarme con quien quiera. Si quisiera estar en el grupo de los populares, estaría sin duda en el grupo de los populares.

La parte mala es que *a*) no me gusta tanto juntarme con el grupo de los populares, y *b*) que me gustaba juntarme con August.

Esto es un desastre. Y es todo culpa de August.

Nieve

La primera nevada del invierno cayó el penúltimo día de clase antes de las vacaciones de Acción de Gracias. El colegio cerró, así que teníamos un día más de vacaciones. Me alegré mucho, porque estaba superasqueado con lo de August y solo quería tener tiempo para calmarme sin tener que verlo a diario. Además, despertarme por la mañana y ver que ha nevado durante la noche es una de las cosas que más me gustan. Me encanta la sensación de abrir los ojos por la mañana y, sin saber por qué, todo parece diferente. Entonces caes en la cuenta: todo está en silencio. No se oyen los cláxones de los coches. No circulan autobuses por la calle. Te acercas corriendo a la ventana y ves que fuera todo está cubierto de blanco: las aceras, los árboles, los coches aparcados, los cristales de la ventana. Y cuando eso pasa un día de clase y te enteras de que han cerrado el colegio... bueno, creo que cuando me haga mayor voy a seguir pensando que esa es la mejor sensación del mundo. Y nunca voy a ser uno de esos adultos que sacan el paraguas cuando nieva. Nunca.

El colegio de papá también había cerrado, así que nos llevó a Jamie y a mí a tirarnos en trineo por la colina del Esqueleto en el parque. Dicen que un niño se partió el cuello bajando por esa colina hace unos años, pero no sé si es verdad o si no es más que una leyenda urbana. De vuelta a casa, vi un trineo de madera hecho polvo apoyado contra el monumento indio de piedra. Papá dijo que lo dejase, que no era más que basura, pero algo me dijo que podría ser el mejor trineo del mundo. Papá me dejó arrastrarlo hasta casa y me pasé el resto del día arreglándolo. Pegué los listones rotos y los envolví en cinta adhesiva superfuerte para que aguantasen más. Luego lo pinté con espray blanco con la pintura que había comprado para la Esfinge de Alabastro que estaba haciendo para el trabajo del Museo Egipcio. Cuando se secó, pinté RAYO en letras doradas en mitad de la pieza de madera y dibujé un rayo sobre las letras. Parecía el trabajo de un profesional. Papá dijo: «¡Caray, Jackie! ¡Tenías razón con lo del trineo».

Al día siguiente volvimos a la colina del Esqueleto con *Rayo*. Era el trineo más rápido que he montado nunca, muchísimo más rápido que los trineos de plástico que habíamos usado antes. Y como en la calle hacía más calor, la nieve se había vuelto más crujiente y blanda: de la que es buena para hacer bolas de nieve. Jamie y yo nos pasamos la tarde turnándonos con *Rayo*. Estuvimos en el parque hasta que se nos congelaron los dedos y los labios se nos pusieron un poco azules. Papá casi tuvo que llevarnos a casa a rastras.

El fin de semana la nieve había empezado a volverse gris y amarilla, y entonces llovió y casi toda la nieve se quedó medio derretida. El lunes, cuando volvimos al colegio, ya no quedaba.

El primer día de colegio fue lluvioso y asqueroso. Un día triste. Y yo me sentía como el día.

Saludé a August con la cabeza cuando lo vi. Estábamos delante de las taquillas. Él me devolvió el saludo.

Quería contarle lo de *Rayo*, pero no le dije nada.

La fortuna sonríe a los audaces

El precepto para diciembre del señor Browne era: «La fortuna sonríe a los audaces». Todos teníamos que escribir una redacción sobre algún momento de nuestras vidas en que hubiéramos hecho algo muy valiente y cómo, gracias a lo que habíamos hecho, nos había pasado algo bueno.

Sinceramente, me lo pensé mucho. Tengo que decir que pienso que lo más valiente que he hecho en toda mi vida fue hacerme amigo de August. Pero no podía hablar de eso, claro. Me daba miedo que tuviésemos que leerlas en voz alta, o que el señor Browne las colgase del panel de anuncios como hace a veces. Así que escribí una redacción cutre sobre el miedo que me daba el mar cuando era pequeño. Era una tontería, pero no se me ocurrió otra cosa.

Me pregunto sobre qué escribiría August. Seguro que tenía un montón de cosas para elegir.

Colegio privado

Mis padres no son ricos. Lo digo porque a veces la gente se piensa que todo el mundo que va a un colegio privado es rico, pero eso no vale para nosotros. Papá es profesor y mamá es trabajadora social, o sea que no tienen ese tipo de trabajos en los que la gente gana millones de dólares. Antes teníamos un coche, pero lo vendimos cuando Jamie empezó a ir al parvulario en Beecher. No vivimos en una casa grande ni en uno de esos edificios con portero que hay junto al parque. Vivimos en la última planta de un edificio de cuatro pisos sin ascensor que le alquilamos a una señora mayor que se llama doña Petra, al «otro» lado de Broadway. Es una manera de referirse en clave a la zona de North River Heights donde la gente no quiere aparcar el coche. Jamie y yo compartimos habitación. A veces pillo a mis padres hablando de cosas como: «¿Podemos pasar un año más sin aire acondicionado?» o «A lo mejor este verano puedo tener dos trabajos».

Hoy, durante el recreo, he estado hablando con Julian, Henry y Miles.

—No soporto tener que ir a París estas Navidades. ¡Qué aburrimiento! —dijo Julian, que todo el mundo sabe que es rico.

—Tío, que es París, nada menos —contesté como un idiota.

—Fíate de mí, es un aburrimiento —dijo—. Mi abuela vive en una casa en mitad de ninguna parte. París está como a una hora del pueblo, que es pequeño, pequeño, pequeño. ¡Te juro por Dios que allí nunca pasa nada! Aquello es en plan: «¡Hala, se ha puesto otra mosca en la pared! Mira, hay un perro nuevo durmiendo en la acera. Yupi». —Me eché a reír. A veces, Julian podía ser muy gracioso—. Aunque mis padres están planteándose montar una buena fiesta este año en lugar de ir a París. Eso espero. ¿Y tú qué vas a hacer en vacaciones? —me preguntó Julian.

—Nada en concreto —contesté.

—Qué suerte tienes.

—Espero que vuelva a nevar —dije—. Tengo un trineo nuevo que es increíble. —Iba a contarles lo de *Rayo*, pero Miles se puso a hablar.

—¡Yo también tengo un trineo nuevo! —dijo—. Mi padre me lo compró en Hammacher Schlemmer. Es tecnología punta.

—¿Cómo va a ser tecnología punta un trineo? —preguntó Julian.

—Le costó unos ochocientos dólares.

—¡Hala!

—Deberíamos ir todos a tirarnos en trineo y hacer una carrera en la colina del Esqueleto —dije.

—Qué cutre —contestó Julian.

—¿Estás de broma? —repuse—. Un niño se partió el cuello allí. Por eso se llama la colina del Esqueleto.

Julian entornó los ojos y me miró como si yo fuese el tío más idiota del mundo.

—Se llama la colina del Esqueleto porque era un antiguo cementerio indio —dijo—. Bueno, ahora deberían llamarla la colina de la Basura, porque aquello está lleno de porquería. La última vez que estuve allí, estaba asqueroso: latas de refresco por todas partes, botellas rotas y yo qué sé qué más —añadió negando con la cabeza.

—Yo dejé allí mi antiguo trineo —dijo Miles—. Era una porquería de trasto… ¡y alguien se lo llevó!

—¡A lo mejor algún vagabundo que quería tirarse en trineo! —contestó Julian riéndose.

—¿Dónde lo dejaste? —pregunté.

—Junto a la roca enorme que hay al pie de la colina. Volví al día siguiente y ya no estaba. ¡No me puedo creer que alguien se lo llevase!

—Os diré lo que podemos hacer —dijo Julian—. La próxima vez que nieve, mi padre podría llevarnos en coche a su campo de golf en Westchester, que mola mucho más que la colina del Esqueleto. Oye, Jack, ¿adónde vas?

Yo ya había echado a andar para alejarme de allí.

—Tengo que sacar un libro de mi taquilla —mentí.

Solo quería alejarme de ellos cuanto antes. No quería que nadie se enterase de que yo era el «vagabundo» que se había llevado el trineo.

En ciencias

No soy el mejor estudiante del mundo. Sé que hay gente a la que le gusta el colegio, pero no puedo decir que yo sea uno de esos. Me gustan algunas cosas del colegio, como la gimnasia y la clase de informática. Y la comida y el recreo. Pero, en general, podría vivir sin el colegio. Y lo que más odio del colegio son todos los deberes que nos mandan. Como si no tuviésemos ya bastante con tener que sentarnos clase tras clase intentando no dormirnos mientras nos llenan la cabeza de un montón de cosas que probablemente nunca necesitemos saber, como por ejemplo cómo calcular la superficie de un cubo o cuál es la diferencia entre la energía cinética y la energía potencial. ¡Qué más me da! Nunca jamás he oído a mis padres pronunciar la palabra «cinética».

La clase que más odio es la de ciencias. Nos mandan tanto trabajo que no tiene ninguna gracia. Y la profesora, la señora Rubin, es muy estricta... ¡hasta en cómo escribimos el título en la parte superior de la página! Una vez me quitó dos puntos de un trabajo porque no había puesto la fecha en la parte de arriba de la página. Qué locura.

Cuando August y yo aún éramos amigos, me iba bien en ciencias porque él se sentaba a mi lado y siempre me dejaba copiar sus apuntes. Nunca en mi vida he visto una letra tan clara como la de August: escribe recto y hace las letras bien redondeadas. Pero ahora que ya no somos amigos no puedo pedirle que me deje copiar sus apuntes.

Hoy estaba intentando tomar apuntes sobre lo que decía la señora Rubin (mi letra es horrible), cuando de pronto se pone a hablar del trabajo de quinto curso para la exposición de ciencias, y de que todos teníamos que elegir un tema para el trabajo.

Mientras lo decía, yo pensaba: «Acabamos de terminar el dichoso trabajo sobre Egipto ¿y ya tenemos que empezar con otro?». Y mentalmente grité: «¡Oh, noooooo!» como el niño de *Solo en casa*, con la boca abierta de par en par y las manos en la cara. Esa era justo la cara que estaba poniendo por dentro. Y luego me puse a pensar en esas imágenes de caras de fantasma derretidas que he visto en alguna parte, con la boca abierta y gritando. Y de repente se me pasó una imagen por la cabeza, un recuerdo, y supe qué había querido decir Summer con aquello de «el malo de *Scream*». Fue muy raro, me di cuenta de repente. En Halloween, alguien del aula de tutoría se había disfrazado del malo de *Scream*. Recuerdo que lo vi a unas mesas de donde yo estaba. Y luego dejé de verlo.

¡Ay, madre! ¡Era August!

Y me había dado cuenta ahora, en clase de ciencias, mientras hablaba la profesora.

¡Ay, madre!

Había estado hablando de August con Julian. Ay, madre. ¡Ya lo entendía! Fui muy cruel. Ni siquiera sé por qué. Ni siquiera estoy seguro de lo que dije, pero fue algo malo. Solo fue un minuto o dos. Sabía que Julian y los demás pensaban que yo era un tío raro por juntarme con August a todas horas, y me sentía idiota. No sé por qué lo dije. Solo estaba siguiéndoles el rollo. Fui un idiota. Soy idiota. Ay, Dios. ¡August iba a ir disfrazado de Boba Fett! Nunca hubiese dicho lo que dije delante de Boba Fett. Pero el malo de *Scream* que había sentado a la mesa, mirándonos, era él. La máscara blanca alargada de la que salía sangre de mentira, con la boca abierta de par en par, como si el fantasma estuviera llorando. Era él.

Me entraron ganas de vomitar.

Compañeros

No oí ni una sola palabra de lo que dijo después la señora Rubin. Bla, bla, bla. Trabajo para la exposición de ciencias. Bla, bla, bla. Compañeros. Bla, bla. Se parecía a cómo hablaban los adultos en las películas de Charlie Brown. Como si alguien estuviera hablando debajo del agua. «Muah muah muahhh, muah muahhh.»

Entonces, de repente, la señora Rubin empezó a señalar a varios alumnos por toda la clase.

—Reid y Tristan, Maya y Max, Charlotte y Ximena, August y Jack —dijo señalándonos—. Miles y Amos, Julian y Henry, Savanna y... —El resto ya no lo oí.

—¿Cómo? —pregunté.

Sonó el timbre.

—¡No olvidéis reuniros con vuestros compañeros para elegir un trabajo de la lista, chicos! —dijo la señora Rubin cuando todos empezaban a marcharse. Levanté la vista para mirar a August, pero ya se había puesto la mochila y estaba prácticamente en la puerta.

Se me debió de quedar cara de tonto, porque Julian se me acercó.

—Parece que a tu amiguito y a ti os ha tocado juntos —dijo con una sonrisita. En ese momento lo odié a muerte—. ¿Hola? Tierra a Jack Will —añadió cuando vio que no le contestaba.

—Cállate, Julian. —Estaba metiendo mi carpeta de anillas en la mochila y no quería que se me acercase.

—Debe de ser un rollo que te hayan puesto con él —dijo—. Deberías decirle a la señora Rubin que quieres cambiar de compañero. Seguro que te deja.

—Seguro que no —contesté.

—Pregúntaselo.

—No quiero.

—¿Señora Rubin? —dijo Julian, girándose y levantando la mano al mismo tiempo.

La señora Rubin estaba borrando la pizarra y se dio media vuelta al oír su nombre.

—¡No, Julian! —susurré.

—¿Qué pasa, chicos? —preguntó impaciente.

—¿Podemos cambiar de compañero? —dijo Julian, haciéndose el inocente—. Jack y yo tenemos una idea para el trabajo de la exposición de ciencias que nos gustaría hacer juntos…

—Bueno, supongo que podríamos arreglarlo… —comenzó a decir.

—No, no pasa nada, señora Rubin —dije rápidamente, echando a andar hacia la puerta—. ¡Adiós!

Julian salió corriendo detrás de mí.

—¿Por qué has hecho eso? —preguntó cuando me alcanzó en las escaleras—. Podríamos haber hecho el trabajo juntos. No tienes por qué ser amigo del monstruo si no quieres…

Y entonces le di un puñetazo. En toda la boca.

Castigado

Hay cosas que no puedes explicar. Que ni siquiera puedes intentar explicar. Que no sabes por dónde empezar. Si abrieses la boca, todas tus frases se enredarían en un nudo gigante. Cualquier palabra que utilizases te saldría mal.

—Jack, este es un asunto muy serio —me dijo el señor Traseronian. Estaba en su despacho, sentado en una silla frente a su mesa y mirando un dibujo de una calabaza colgado de la pared, detrás de él—. ¡Una cosa así es motivo de expulsión, Jack! Sé que eres un buen chico y no quiero que te pase a ti, pero tienes que explicarte.

—Esto no es propio de ti, Jack —dijo mamá. Había acudido del trabajo en cuanto la llamaron. Se notaba que no acababa de decidirse entre estar muy enfadada y muy sorprendida.

—Creía que Julian y tú erais amigos —añadió el señor Traseronian.

—No somos amigos —contesté con los brazos cruzados.

—Pero pegarle un puñetazo en la boca, Jack —dijo mamá levantando la voz—. ¿En qué estabas pensando? —Miró al señor Traseronian—. La verdad es que nunca le había pegado a nadie. Él no es así.

—A Julian le sangraba la boca, Jack —dijo el señor Traseronian—. Y se le ha caído una muela, ¿lo sabías?

—Solo era una muela de leche —contesté.

—¡Jack! —exclamó mamá, negando con la cabeza.

—¡Lo ha dicho la enfermera Molly!

—¡Eso no tiene nada que ver! —gritó mamá.

—Solo quiero saber por qué —me pidió el señor Traseronian, levantando los hombros.

—Eso solo empeorará las cosas —contesté, y solté un suspiro.

—Dímelo, Jack.

Me encogí de hombros, pero no dije nada. No podía. Si le hubiese contado que Julian había llamado monstruo a August, le habría preguntado a Julian y él le habría dicho que yo también había hablado mal de August, y todos sabrían la verdad.

—¡Jack! —dijo mamá.

Me eché a llorar.

—Lo siento…

El señor Traseronian arqueó las cejas y asintió, pero no dijo nada. Se sopló en las manos, como si tuviera frío.

—Jack —dijo—. No sé qué decir. A ver, le has pegado un puñetazo a un niño. Según las normas, te mereces la expulsión automática. Y ni siquiera estás intentando explicarte.

A esas alturas ya estaba llorando a moco tendido. Cuando mi madre me abrazó, empecé a berrear.

—Vamos a… eh… —dijo el señor Traseronian quitándose las gafas para limpiarlas—. Vamos a hacer una cosa, Jack. La semana que viene empiezan las vacaciones de Navidad. Se

214

me ocurre que podrías quedarte en casa el resto de la semana y después de las vacaciones podrías volver y empezar de cero. Borrón y cuenta nueva, como suele decirse.

—¿Estoy expulsado? —pregunté gimoteando.

—Bueno, en teoría sí, pero solo durante un par de días —contestó, encogiéndose de hombros—. Te diré lo que vamos a hacer. Mientras estés en casa, dedícate a pensar en lo que ha pasado. Y si quieres escribirme una carta explicándome lo que ha pasado y otra a Julian pidiéndole disculpas, esto no figurará en tu expediente. Vete a casa y háblalo con tus padres. Puede que mañana lo entiendas todo un poco mejor.

—Parece un buen plan, señor Traseronian —dijo mamá asintiendo—. Gracias.

—Ya verás como todo se arregla —contestó el señor Traseronian echando a andar hacia la puerta, que estaba cerrada—. Sé que eres un buen chico, Jack. Y sé que a veces incluso los buenos chicos hacen tonterías. —Abrió la puerta.

—Gracias por ser tan comprensivo —dijo mamá, estrechándole la mano junto a la puerta.

—De nada. —Se inclinó hacia delante y le comentó algo en voz baja que no pude oír.

—Lo sé, gracias —contestó mamá, confirmándolo con un gesto.

—Bueno, chico —me dijo, poniéndome las manos sobre los hombros—. Piensa en lo que has hecho, ¿vale? Y pásatelo bien durante las vacaciones. ¡Feliz Janucá! ¡Feliz Navidad! ¡Feliz Kwanzaa!*

* Janucá: festividad judaica que conmemora la expulsión de los griegos de Israel. Kwanzaa: fiesta secular de la cultura afroamericana que tiene

Me limpié la nariz con la manga y salí por la puerta.

—Dale las gracias al señor Traseronian —dijo mamá, dándome una palmadita en el hombro.

Me paré y me di media vuelta, pero fui incapaz de mirarlo a la cara.

—Gracias, señor Traseronian —dije.

—Adiós, Jack —contestó.

Y salí por la puerta.

---

su origen en la costumbre de reunirse alrededor de la primera cosecha del año. (N. del E.)

Felicitaciones navideñas

Curiosamente, cuando volvimos a casa y mamá recogió el correo, encontramos felicitaciones navideñas de la familia de Julian y de la de August. La tarjeta de la familia de Julian era una foto de Julian con corbata, como si estuviera a punto de ir a la ópera, o yo qué sé. La de la familia de August era una foto de un simpático perro con cuernos de reno, una nariz roja y unos patucos rojos. Había un bocadillo de texto sobre la cabeza del animal donde ponía: «¡Jo, jo, jo!». En la otra cara de la tarjeta ponía:

Para la familia Will,
paz en la Tierra.
Un abrazo de Nate, Isabel, Olivia, August (y Daisy)

—Qué tarjeta tan mona, ¿eh? —le dije a mamá, que apenas me había dirigido la palabra hasta llegar a casa. Creo que no sabía qué decir—. Este debe de ser su perro.

—¿Quieres contarme qué se te pasa ahora mismo por la cabeza, Jack? —me dijo muy seria.

—Seguro que ponen una foto del perro en la tarjeta todos los años —contesté.

Me quitó la tarjeta de las manos y miró la foto detenidamente. Luego arqueó las cejas, se encogió de hombros y me devolvió la tarjeta.

—Somos muy afortunados, Jack. Hay muchas cosas que no valoramos…

—Lo sé —contesté. Sabía de qué estaba hablando aunque no lo dijese—. He oído que la madre de Julian retocó la cara de August con Photoshop cuando recibió la foto de la clase. Les hizo copias a un par de madres.

—Eso es horrible —dijo mamá—. ¡Cómo es la gente! A veces… no están a la altura.

—Lo sé.

—¿Por eso le has pegado a Julian?

—No.

Y entonces le conté por qué le había pegado a Julian. Y le conté que ahora August ya no era amigo mío. Y le conté lo que había pasado en Halloween.

Cartas, e-mails, Facebook, mensajes de texto

18 de diciembre

Estimado señor Traseronian:

Siento muchísimo haberle pegado un puñetazo a Julian. Estuvo muy mal. A él también voy a escribirle una carta para decírselo. Si no le importa, preferiría no contarle por qué lo hice, porque eso tampoco lo justifica. También preferiría no meter a Julian en un lío por haber dicho algo que no debería haber dicho.

Atentamente,

Jack Will

18 de diciembre

Estimado Julian:

Siento muchísimo haberte pegado. Lo que hice estuvo mal. Espero que estés bien. Espero que te salga pronto el diente definitivo. A mí siempre me salen pronto.

Atentamente,

Jack Will

Estimado Jack:

Muchas gracias por tu carta. Si hay algo que he aprendido después de ser director de secundaria durante veinte años es que casi siempre hay más de dos versiones de una misma historia. Aunque no conozco los detalles, me imagino lo que pudo haber provocado el enfrentamiento con Julian.

Aunque nada justifica pegarle a otro alumno, también sé que a veces vale la pena defender a los buenos amigos. Este ha sido un año muy difícil para muchos alumnos, como suele serlo el primer curso de secundaria.

Sigue así, y sigue siendo el buen chico que todos sabemos que eres.

Afectuosamente,

Lawrence Traseronian
Director de secundaria

Para: ltraseronian@beecherschool.edu
Cc: johnwill@phillipsacademy.edu; amandawill@copperbeeh.org
De: melissa.albans@rmail.com
Asunto: Jack Will

Estimado señor Traseronian:

Ayer hablé con Amanda y John Will y lamentaron que Jack le hubiese pegado un puñetazo en la boca a nuestro hijo Julian. Le escribo para comunicarle que mi marido y yo apoyamos su decisión de permitir que Jack regrese a Beecher después de una expulsión de dos días. Aunque creo que pegarle a un niño podría justificar una expulsión en otros centros, estoy de acuerdo en que en este caso no se aplique una medida tan extrema. Conocemos a la familia Will desde que nuestros hijos estaban en preescolar y estamos seguros de que se tomarán medidas para que esto no vuelva a suceder.

Me pregunto si el comportamiento inesperadamente violento de Jack no se deberá a haber estado sometido a demasiada presión. Me refiero al nuevo alumno con necesidades especiales al que tanto a Jack como a Julian se les pidió que se convirtiesen en amigos suyos. Visto lo que ha pasado, y después de ver al niño en cuestión en varias funciones del colegio y en las fotografías de la clase, creo que quizá se les ha pedido demasiado a nuestros hijos. Desde luego, cuando Julian nos contó que le estaba resultando muy difícil hacerse amigo del niño, le dijimos que no se preocupara. Creemos que la transición a la secundaria ya es bastante difícil sin tener que someter a cargas o dificultades mayores a sus jóvenes e impresionables cabezas. También le diré que, como miembro del consejo escolar, me molestó un poco que, en el proceso de solicitud de este niño, no se tuviese más en cuenta el hecho de que Beecher no es un colegio de inserción. Hay muchos padres, entre los que me cuento, que cuestionan la decisión de haber permitido la entrada de este niño en nuestro colegio. Como mínimo, me preocupa que a este niño no se le aplicasen los mismos niveles estrictos (por ejemplo, la entrevista) que al resto de los alumnos que entraban en secundaria.

Atentamente,

Melissa Perper Albans

Para: melissa.albans@rmail.com
De: ltraseronian@beecherschool.edu
Cc: johnwill@phillipsacademy.edu; amandawill@copperbeeh.org
Asunto: Jack Will

Estimada señora Albans:

Gracias por su correo electrónico en el que explicaba sus preocupaciones. De no estar convencido de que Jack Will lamenta enormemente lo que hizo y que no volverá a repetirlo, puede estar segura de que no le habría permitido volver a Beecher.

En cuanto a sus otras preocupaciones sobre nuestro nuevo alumno, August, por favor tenga en cuenta que no tiene necesidades especiales. Ni está discapacitado, ni minusválido, ni es retrasado mental, así que no había motivo para suponer que alguien tuviese problemas con su admisión en Beecher, fuese o no un colegio de inserción. En cuanto al proceso de solicitud, el director de admisiones y yo nos creímos en nuestro derecho de mantener la entrevista en casa de August por motivos obvios. Pensamos que habernos saltado el protocolo ligeramente estaba justificado, pero que no era en modo alguno perjudicial —en modo alguno— para el informe de solicitud. August es un estudiante excepcionalmente brillante y cuenta con la amistad de algunos jóvenes excepcionales, incluido Jack Will.

A comienzos de curso, cuando solicité que algunos niños fuesen el «comité de bienvenida» para August, lo hice para facilitar su transición a un entorno académico. No pensé que pedirles a esos niños que fuesen especialmente amables con un nuevo alumno resultase una «carga o dificultad» adicional para ellos. Es más, pensaba que les enseñaría un par de cosas sobre la empatía, la amistad y la lealtad.

Al final ha resultado que Jack Will no necesitaba aprender ninguna de estas virtudes, pues ya las tenía en abundancia.

Gracias de nuevo por sus palabras.

Afectuosamente,

Lawrence Traseronian

Para: melissa.albans@rmail.com
De: johnwill@phillipsacademy.edu
Cc: ltraseronian@beecherschool.edu; amandawill@copperbeeh.org
Asunto: Jack

Hola, Melissa:

Gracias por ser tan comprensiva con Jack. Como ya sabes, está muy arrepentido. Espero que aceptes nuestro ofrecimiento de pagar los gastos dentales de Julian.

Nos conmueve tu preocupación sobre la amistad de Jack con August. Debes saber que le hemos preguntado a Jack si sentía una presión excesiva y su respuesta ha sido un rotundo no. Disfruta con la compañía de August y piensa que ha hecho un buen amigo.

Os deseamos un próspero Año Nuevo.

John y Amanda Will

Hola, August:
Jackalope Will quiere ser tu amigo en Facebook.

Jackalope Will
32 amigos en común
Gracias,
El equipo de Facebook

Para: canitopullman@email.com
Asunto: Lo siento!!!!!
Mensaje:

Hola august.

Soy yo Jack Will. He visto q ya no estoy en tu lista d amigos. Espero que vuelvas a ser mi amigo pq lo siento mucho. Solo quería decirtelo. Ya se pq estas enfadado conmigo lo siento no lo dije en serio. Fui un imbecil. Espero q puedas perdonarme.

Espero q volvamos a ser amigos.

Jack

1 nuevo mensaje de texto
De: AUGUST
31 dic 16:47

recibi tu mnsj sabes pq estoy enfadado contigo?? t lo conto Summer?

1 nuevo mensaje de texto
De: JACKWILL
31 dic 16:49

Me dio una pista el malo de scream pero no lo entendi y luego recorde haber visto al malo de scream en clase en Halloween. No sabia q eras tu pensaba q irias d Boba Fett.

1 nuevo mensaje de texto
De: AUGUST
31 dic 16:51

Cambie d opinion en ultimo momento. D verdad le pegaste a Julian?

1 nuevo mensaje de texto
De: JACKWILL
31 dic 16:54

Si le pegue un puñetazo y le salte una muela. Era d leche.

1 nuevo mensaje de texto
De: AUGUST
31 dic 16:55

pq le pegaste un puñetazo?????????

1 nuevo mensaje de texto
De: JACKWILL
31 dic 16:56

No se

1 nuevo mensaje de texto
De: AUGUST
31 dic 16:58

mentiroso. Seguro q dijo algo sobre mi.

1 nuevo mensaje de texto
De: JACKWILL
31 dic 17:02

es un imbecil. Pero yo tambien fui un imbecil. Siento mucho mucho mucho lo q dije. Podemos volver a ser amigos?

1 nuevo mensaje de texto
De: AUGUST
31 dic 17:03

vale

1 nuevo mensaje de texto
De: JACKWILL
31 dic 17:04

mola!!!!

1 nuevo mensaje de texto
De: AUGUST
31 dic 17:06

pero dime la verdad, vale?
d verdad querrias suicidarte si fueras yo???

1 nuevo mensaje de texto
De: JACKWILL
31 dic 17:08

no!!!!!
te lo juro por mi vida
pero tio...
querria suicidarme si fuera Julian ;)

1 nuevo mensaje de texto
De: AUGUST
31 dic 17:10

ja
si tio volvemos a ser amigos :)

Después de las vacaciones de Navidad

A pesar de lo que dijo el señor Traseronian, cuando volví a clase en enero no hubo «borrón y cuenta nueva». De hecho, me di cuenta de que algo pasaba en cuanto llegué a mi taquilla por la mañana. La mía está junto a la de Amos, que siempre ha sido un chaval de lo más correcto. «Eh, ¿qué tal?», le dije, y él se limitó a saludarme con la cabeza, cerró la puerta de su taquilla y se fue. Aquello me pareció raro. Luego le dije: «¿Qué tal?» a Henry, que ni se molestó en sonreír y miró para otro lado.

Vale, algo estaba pasando. Dos personas se habían comportado como si no existiera en menos de cinco minutos. No es que estuviese llevando la cuenta, pero pensé en intentarlo una vez más, con Tristan, y ¡zas!, otra vez lo mismo. Parecía nervioso, como si tuviera miedo de hablar conmigo.

Pensé que era como si fuese yo quien tenía la Peste. Aquella era la venganza de Julian.

Y así siguieron las cosas durante toda la mañana. Nadie habló conmigo. No, no es verdad: las chicas se comportaron conmigo con toda normalidad. Y August sí habló conmigo, claro. Y los dos Max me saludaron. Eso me hizo sentirme fatal por no haberme juntado nunca con ellos en los cinco años que habíamos ido juntos a clase.

Esperaba que en la comida la cosa mejorase, pero me equivoqué. Me senté en la mesa de siempre con Luca e Isaiah. Pensé que, como no estaban en el grupo de los más populares sino en el grupo de los deportistas más o menos buenos, estaría bien con ellos. Pero apenas me hicieron un gesto con la cabeza cuando les saludé. Luego, cuando llamaron a nuestra mesa, pillaron la comida y ya no volvieron. Vi que se sentaron a una mesa en la otra punta de la cafetería. No se sentaron a la mesa de Julian, pero estaban cerca de él, en el límite de la popularidad. El caso es que me habían dejado tirado. Sabía que en quinto había gente que cambiaba de mesa, pero nunca pensé que me sucedería a mí.

Me sentí fatal al quedarme solo en la mesa. Era como si todos estuviesen mirándome. También me sentí como si no tuviese amigos. Decidí saltarme la comida e irme a leer a la biblioteca.

La guerra

Fue Charlotte quien me dio la primicia de por qué todos pasaban de mí. Encontré una nota dentro de la taquilla a última hora de la tarde.

Nos vemos en el aula 301 después de clase. ¡Ven solo!

Charlotte

Ella ya estaba en el aula cuando entré.

—¿Qué hay? —dije.

—Hola —contestó.

Fue hasta la puerta, miró a izquierda y derecha, cerró la puerta y la atrancó desde dentro. Luego me miró y se puso a morderse las uñas mientras hablaba.

—Me siento fatal por lo que está pasando y solo quería contarte lo que sé. Prométeme que no le dirás a nadie que he hablado contigo.

—Lo prometo.

—Julian celebró una fiesta enorme durante las vacaciones —dijo—. Pero enorme de verdad. Una amiga de mi hermana celebró su cumpleaños en el mismo sitio el año pasado. Había unas doscientas personas, o sea que el sitio es enorme de verdad.

—Ya, ¿y qué?

—Pues que… bueno, que allí estaba casi todo el curso.

—Todos no —bromeé.

—Ya, todos no. Pero allí había hasta padres. Los míos, por ejemplo. Ya sabes que la madre de Julian es la vicepresidenta del consejo escolar, ¿no? Conoce a un montón de gente. En fin, lo que pasó en la fiesta fue que Julian les dijo a todos que le habías pegado un puñetazo porque tienes problemas emocionales…

—¿Cómo?

—Y que iban a expulsarte, pero que sus padres le suplicaron al director que no lo hicieran…

—¿Cómo?

—Y que nada de todo eso habría sucedido si Traseronian no te hubiese obligado a hacerte amigo de Auggie. Dijo que su madre pensaba que, abre comillas, habías explotado por culpa de tanta presión, cierra comillas.

No podía creerme lo que estaba oyendo.

—No se lo tragaría nadie, ¿no? —pregunté.

Charlotte se encogió de hombros.

—Esa no es la cuestión. La cuestión es que Julian es muy popular. Y mi madre se ha enterado de que su madre está presionando al colegio para que revise la solicitud de admisión de Auggie.

—¿Puede hacer eso?

—Dice que Beecher no es un colegio de inserción, uno de esos tipos de colegios que mezclan alumnos normales con alumnos con necesidades especiales.

—Qué tontería. Auggie no tiene necesidades especiales.

—Ya, pero dice que si el colegio está cambiando su modo de hacer las cosas…

—¡Pero es que no están cambiando nada!

—Sí, claro que sí. ¿No te diste cuenta de que cambiaron el tema de la exposición de arte de Año Nuevo? En cursos anteriores, los de quinto tenían que pintar un autorretrato, pero este año nos han hecho pintar esos ridículos autorretratos como si fuéramos animales.

—No es para tanto.

—¡Ya lo sé! No te estoy diciendo que esté de acuerdo, solo te digo qué es lo que dice ella.

—Ya lo sé, ya lo sé. Esto es un desastre…

—Sí, ya lo sé. Julian dijo que, según él, ser amigo de Auggie te está deprimiendo, y que por tu propio bien no deberías juntarte tanto con él. Y que si empiezas a perder a todos tus antiguos amigos podrás reaccionar. Así que, por tu propio bien, va a dejar de ser tu amigo.

—Últimas noticias: ¡yo dejé de ser amigo suyo primero!

—Ya, pero ha convencido a todos para que dejen de ser amigos tuyos… por tu propio bien. Por eso nadie quiere hablar contigo.

—Tú estás hablando conmigo.

—Sí, bueno, esto es más cosa de chicos —explicó—. Las chicas son neutrales. Menos el grupo de Savanna, que sale con el grupo de Julian. Pero, para todas las demás, esta guerra es cosa de chicos.

Asentí. Ella ladeó la cabeza e hizo un mohín, como si me compadeciese.

—¿Te parece bien que te haya contado todo esto? —preguntó.

—¡Sí, claro! Me da igual quién me hable o deje de hablarme —mentí—. Todo esto me parece una tontería.

Charlotte asintió con la cabeza.

—Oye, ¿Auggie sabe algo de esto? —pregunté.

—Claro que no. Bueno, yo no se lo he contado.

—¿Y Summer?

—No creo. Oye, tengo que irme. Para que lo sepas, mi madre piensa que la madre de Julian es idiota. Dice que a la gente como ella le preocupa más cómo queda la foto de la clase de su hijo que hacer lo que hay que hacer. Te enteraste de lo del Photoshop, ¿no?

—Sí, eso fue de muy mal gusto.

—Y tanto —contestó—. Bueno, tengo que irme. Solo quería que supieras lo que está pasando y eso.

—Gracias, Charlotte.

—Si me entero de algo más, ya te lo contaré —dijo.

Antes de salir, miró a izquierda y derecha para comprobar que nadie la veía salir. Supuse que, aunque fuese neutral, no quería que la viesen conmigo.

Cambio de mesas

El día siguiente a la hora de comer, tonto de mí, me senté en una mesa con Tristan, Nino y Pablo. Pensé que a lo mejor con ellos estaría a salvo porque nadie los consideraba populares, aunque tampoco se pasaban el recreo jugando a Dungeons & Dragons. Estaban a mitad de camino. Al principio creí que había triunfado, porque fueron lo bastante amables para hacerme ver que me habían visto llegar a su mesa. Todos me saludaron, aunque noté que se miraron los unos a los otros. Pero luego sucedió lo mismo que el día anterior: llamaron a nuestra mesa, pillaron la comida y se fueron a otra mesa en la otra punta de la cafetería.

Por desgracia, la señora G, que era la encargada del comedor ese día, vio lo que pasaba y los persiguió.

—¡Eso no está permitido, chicos! —les reprendió en voz alta—. En este colegio no puede hacerse eso. Volved a vuestra mesa.

Genial, como si eso fuese a ayudarme. Antes de que pudiese obligarlos a sentarse de nuevo a la mesa, me levanté con mi bandeja y me alejé de allí a toda prisa. Oí que la señora G me llamaba, pero hice como que no la oía y seguí andando hasta llegar a la otra punta de la cafetería, al otro lado de la barra.

—Siéntate con nosotros, Jack.

Era Summer. August y ella estaban sentados a su mesa y los dos me estaban haciendo señales con la mano para que me acercase.

Por qué no me senté con August
el primer día de clase

Vale, soy un hipócrita. Ya lo sé. El primer día de clase recuerdo haber visto a August en la cafetería. Todos lo estaban mirando y hablando sobre él. Entonces, nadie se había acostumbrado a su cara ni sabía que iba a Beecher, así que para mucha gente fue un shock verlo allí el primer día de clase. A casi todos les daba miedo acercarse a él.

Cuando lo vi entrar en la cafetería por delante de mí supe que no tendría a nadie con quien sentarse, pero no me apetecía sentarme con él. Había estado con él toda la mañana porque teníamos muchas clases juntos, y supongo que solo quería pasar un rato relajado con otra gente. Cuando vi que ocupaba una mesa al otro lado de la barra, busqué a propósito una mesa tan lejos de la suya como pude. Me senté con Isaiah y Luca, aunque no los conocía de nada, y nos pasamos el rato hablando de béisbol, y también jugué al baloncesto con ellos en el recreo. A partir de entonces fueron mis compañeros de mesa.

Me enteré de que Summer se había sentado con August. Me sorprendió, porque sabía que Traseronian no le había pedido a ella que se hiciese amiga de Auggie. Sabía que solo lo hacía por ser amable, y pensé que era muy valiente por su parte.

Y allí estaba, sentado con Summer y con August, que fueron tan amables conmigo como siempre. Les conté todo lo que me había dicho Charlotte, menos la parte de que había «explotado» por culpa de ser amigo de Auggie, y lo de que la madre de Julian decía que Auggie tenía necesidades especiales, y lo del consejo escolar. De hecho, creo que lo único que les conté era que Julian había celebrado una superfiesta durante las vacaciones y que había puesto a todo el curso en mi contra.

—Se hace muy raro que la gente no te dirija la palabra, como si no existieras —comenté.

Auggie sonrió.

—¿Tú crees? —dijo con tono sarcástico—. ¡Bienvenido a mi mundo!

Bandos

—Estos son los bandos oficiales —dijo Summer en la comida el día siguiente. Sacó un trozo de papel plegado y lo abrió. Había tres columnas con nombres.

Bando de Jack	*Bando de Julian*	*Neutrales*
Jack	Miles	Malik
August	Henry	Remo
Reid	Amos	Jose
Max G	Simon	Leif
Max W	Tristan	Ram
	Pablo	Ivan
	Nino	Russell
	Isaiah	
	Luca	
	Jake	
	Toland	
	Roman	
	Ben	
	Emmanuel	
	Zeke	
	Tomaso	

—¿De dónde lo has sacado? —preguntó Auggie, mirando por encima de mi hombro mientras yo leía la lista.

—Lo ha hecho Charlotte —contestó Summer rápidamente—. Me lo ha dado en la última clase. Me ha dicho que pensaba que debías saber quién está de tu parte, Jack.

—Sí. No son muchos, eso está claro —dije.

—Está Reid —contestó—. Y los dos Max.

—Genial. Los bichos raros están de mi parte.

—No seas malo —dijo Summer—. Por cierto, creo que a Charlotte le gustas.

—Ya lo sé.

—¿Vas a pedirle para salir?

—¿Estás de broma? Ahora que todos se comportan como si tuviese la Peste, no puedo.

En cuanto lo dije me di cuenta de que había metido la pata. Se hizo un incómodo momento de silencio. Miré a Auggie.

—Tranquilo —dijo—. Ya lo sabía.

—Lo siento, tío —contesté.

—Lo que no sabía era que lo llamaban la Peste —dijo—. Pensaba que se llamaría algo así como Tocar el queso.

—Ah, sí, como en el *Diario de Greg* —contesté con un gesto afirmativo.

—Lo de la Peste mola más —bromeó—. Como si alguien pudiese pillar la «peste negra de la fealdad» —añadió, haciendo el gesto de las comillas.

—A mí me parece horrible —dijo Summer, pero Auggie se encogió de hombros mientras bebía de su cartón de zumo.

—El caso es que no voy a pedirle salir a Charlotte.

—Mi madre piensa que somos demasiado jóvenes para salir en plan de novios —contestó Summer.

—¿Y si Reid te pidiese salir? —dije—. ¿Saldrías con él?

Noté que aquello la había sorprendido.

—¡No! —contestó.

—No era más que una pregunta —dije riéndome.

Negó con la cabeza y me sonrió.

—¿Por qué? ¿Sabes algo que yo no sepa?

—¡Nada! ¡Preguntaba por preguntar!

—Yo estoy de acuerdo con mi madre —dijo—. Creo que somos demasiado jóvenes para salir en plan de novios. No sé a qué viene tanta prisa.

—Sí, estoy de acuerdo —dijo August—. Aunque es una pena, con todas las nenas que se echan en mis brazos y esas cosas.

Lo dijo con tanta gracia que la leche que estaba bebiendo se me salió por la nariz al reírme y eso hizo que los tres nos partiésemos de risa.

La casa de August

Ya estábamos a mediados de enero y aún no habíamos decidido qué trabajo íbamos a hacer para la exposición de ciencias. Supongo que lo iba aplazando porque no me apetecía hacerlo.

—Tío, tenemos que hacerlo —dijo August, por fin.

Y fuimos a su casa después de clase.

Estaba muy nervioso porque no sabía si August les había contado a sus padres lo que para nosotros era el Incidente de Halloween. Resulta que su padre no estaba en casa y su madre tuvo que salir a hacer unos recados. Por los dos segundos que hablé con ella, estoy seguro de que Auggie ni lo había mencionado. Fue supermaja y amable conmigo.

—¡Hala, Auggie!, tienes una adicción muy seria a *La guerra de las galaxias* —dije cuando entré por primera vez en la habitación de Auggie.

Tenía un montón de repisas llenas de miniaturas de *La guerra de las galaxias* y un póster enorme de *El Imperio contraataca* colgado de la pared.

—Ya lo sé, ¿vale? —contestó riéndose.

Se sentó en una silla con ruedas junto a la mesa y yo me dejé caer en un puf en el rincón. Entonces su perro entró en la habitación con sus andares de pato y se dirigió hacia mí.

—¡Era el que salía en tu felicitación navideña! —exclamé, dejando que el perro me oliese la mano.

—Es una perra —me corrigió—. Daisy. Puedes acariciarla. No muerde.

Cuando empecé a acariciarla, se tiró al suelo y se puso patas arriba.

—Quiere que le acaricies la barriga —dijo August.

—Vale. Es la perra más mona que he visto en mi vida —contesté, acariciándole la barriga.

—Lo sé. Es la mejor perra del mundo. ¿A que sí, chica?

En cuanto oyó a Auggie decir eso, la perra se puso a mover la cola y se acercó a él.

—¿Y mi chica? ¿Y mi chica? —dijo Auggie mientras la perra le lamía toda la cara.

—Ojalá tuviese un perro —dije—. Mis padres dicen que nuestro piso es demasiado pequeño. —Me puse a mirar las cosas que tenía en su habitación mientras él encendía el ordenador—. ¡Anda, tienes una Xbox 360! ¿Podemos jugar?

—Tío, hemos venido a hacer el trabajo para la exposición de ciencias.

—¿Tienes el *Halo*?

—Pues claro que tengo el *Halo*.

—¿Podemos jugar, por favor?

Auggie se había conectado a la página web de Beecher y estaba bajando por la página de la señora Rubin, donde estaba la lista de trabajos para la exposición de ciencias.

—¿Lo ves desde ahí? —preguntó.

Suspiré y fui a sentarme en un taburete que había a su lado.

—Mola tu iMac —dije.

—¿Qué ordenador tienes tú?

—Tío, si ni siquiera tengo habitación propia, ¿cómo voy a tener ordenador? Mis padres tienen un Dell superantiguo que está prácticamente muerto.

—Vale, ¿qué te parece este? —preguntó, girando la pantalla para que lo viese. Miré rápidamente la pantalla y lo vi todo borroso.

—Hacer un reloj solar —dijo—. Suena guay.

Me eché hacia atrás.

—¿No podemos hacer un volcán?

—Todo el mundo hace un volcán.

—Claro, porque es fácil —dije, acariciando otra vez a Daisy.

—¿Y qué te parece: «Cómo hacer puntas de cristal con sulfato de magnesio»?

—Parece aburrido —contesté—. ¿Y por qué le pusisteis Daisy?

Auggie no apartó la vista de la pantalla.

—Se lo puso mi hermana. Yo quería llamarla Darth. En realidad, su nombre completo es Darth Daisy, pero nunca la hemos llamado así.

—¡Darth Daisy! ¡Qué gracia! ¡Hola, Darth Daisy! —le dije a la perra, que volvió a ponerse patas arriba para que le acariciase la barriga.

—Vale, este sí que sí —dijo August señalando una foto en la pantalla de un montón de patatas con cables asomando—. Cómo construir una pila orgánica con patatas. Este sí que mola. Aquí pone que con ella podrías hacer funcionar una lámpara. Podríamos llamarla la Lámpara Patatil o algo así. ¿Qué te parece?

—Tío, parece demasiado difícil. Ya sabes que las ciencias se me dan fatal.

—Cállate, eso no es verdad.

—¡Claro que sí! En el último control saqué un 3,5. ¡Las ciencias se me dan fatal!

—¡No es verdad! Eso fue solo porque aún estábamos peleados y no te eché una mano. Ahora sí puedo ayudarte. Es un buen trabajo, Jack. Tenemos que hacerlo.

—Vale, lo que tú digas —contesté encogiéndome de hombros.

Entonces llamaron a la puerta. Una adolescente con una melena morena y ondulada asomó la cabeza. No esperaba verme.

—Ah, hola —nos dijo a los dos.

—Hola, Via —contestó August, mirando de nuevo la pantalla del ordenador—. Via, este es Jack. Jack, esta es Via.

—Hola —le dije.

—Hola —respondió, mirándome con detenimiento.

En cuanto Auggie dijo mi nombre supe que a ella sí le había contado todo lo que había dicho yo sobre él. Lo supe por cómo me miró. De hecho, su mirada me hizo pensar que me recordaba de aquel día delante de la heladería de la avenida Amesfort hace unos cuantos años.

—Auggie, tengo un amigo que quiero presentarte, ¿vale? —dijo—. Va a llegar dentro de unos minutos.

—¿Es tu nuevo *novio*? —se burló August.

Via le pegó una patada a su silla.

—Tú pórtate bien —dijo, y salió de la habitación.

—Tío, tu hermana está muy buena —comenté.

—Ya lo sé.

—Me odia, ¿verdad? ¿Le contaste lo del Incidente de Halloween?

—Sí.

—¿Que sí me odia o que sí le contaste lo de Halloween?

—Las dos cosas.

El novio

Dos minutos después, su hermana volvió con un tío que se llamaba Justin. Parecía un tío guay. Tenía el pelo largo y unas gafitas redondas. Llevaba un largo estuche plateado que acababa en punta en un extremo.

—Justin, este es mi hermano pequeño, August —dijo Via—. Y este es Jack.

—Hola, chicos —dijo Justin, estrechándonos las manos. Parecía un poco nervioso. Supongo que era porque era la primera vez que veía a August. A veces se me olvida cuánto impresiona la primera vez que lo ves—. Mola tu habitación.

—¿Eres el novio de Via? —preguntó Auggie maliciosamente, y su hermana le bajó la visera de la gorra.

—¿Qué llevas en el estuche? —dije—. ¿Una metralleta?

—¡Ja! —contestó el novio—. Qué gracia. No, es un… eh… violín.

—Justin es violinista —explicó Via—. Toca en un grupo de zydeco.

—¿Se puede saber qué es un grupo de zydeco? —preguntó Auggie, mirándome.

—Es un estilo de música —dijo Justin—. Es como la música criolla.

—¿Qué es criolla? —pregunté.

—Deberías decirle a la gente que es una metralleta —dijo Auggie—. Así nadie se metería contigo.

—Ja. Supongo que sí —contestó Justin pasándose el pelo por detrás de las orejas—. La música criolla es la que tocan en Luisiana —me dijo.

—¿Eres de Luisiana? —pregunté.

—No, eh… —respondió, recolocándose las gafas—. Soy de Brooklyn.

No sé por qué, cuando oí aquello, me entraron ganas de reírme.

—Vamos, Justin —dijo Via, tirando de él—. Vamos a mi habitación.

—Vale. Nos vemos luego, chicos. Adiós.

—¡Adiós!

—¡Adiós!

En cuanto salió de la habitación, Auggie me miró, sonriente.

—Soy de Brooklyn —dije, y los dos nos echamos a reír como locos.

Quinta parte

JUSTIN

A veces pienso que tengo la cabeza tan grande
porque está llena de sueños.

John Merrick en *El hombre elefante*, de BERNARD POMERANCE

El hermano de Olivia

reconozco que la primera vez que he visto al hermano pequeño de olivia me he quedado muy sorprendido.

no debería haberme sorprendido, claro. olivia me había
hablado de su «síndrome». hasta me había descrito cómo era
físicamente. pero también me había hablado de todas las operaciones a las que se había sometido a lo largo de los años, así
que yo daba por hecho que ya parecería algo más normal. por
ejemplo, cuando nace un niño con el paladar hendido y le
hacen una operación de cirugía plástica para arreglarlo, a veces no se nota la diferencia, salvo la pequeña cicatriz sobre el
labio. supongo que pensaba que su hermano tendría alguna
cicatriz por aquí y por allá, pero no esto. desde luego que no
me esperaba ver al chaval con gorra que ahora mismo está
sentado delante de mí.

en realidad hay dos chavales sentados delante de mí: uno
es un chaval completamente normal con el pelo rubio y riza-
do que se llama jack; el otro es auggie.

me gusta pensar que soy capaz de ocultar mi sorpresa. eso
espero. la sorpresa es uno de esos sentimientos que pueden
resultar muy difíciles de ocultar, tanto si intentas parecer sor-

prendido cuando no lo estás como si intentas no parecer sorprendido cuando sí lo estás.

le estrecho la mano. se la estrecho también al otro chaval. no quiero concentrarme en su cara.

mola tu habitación, digo.

¿eres el novio de via?, pregunta. creo que está sonriendo.

olivia le baja la visera de la gorra.

¿es una metralleta?, pregunta el chaval rubio, como si no me lo hubiesen dicho nunca. hablamos un poco de zydeco y luego via me da la mano y me saca de la habitación. en cuanto cerramos la puerta, oímos que se echan a reír.

¡soy de brooklyn!, canta uno de los dos.

olivia pone los ojos en blanco y sonríe.

vamos a mi habitación, dice.

llevamos dos meses saliendo. en cuanto la vi, en cuanto se sentó a nuestra mesa en la cafetería, supe que me gustaba. no podía dejar de mirarla. es increíblemente guapa. tiene la piel color aceituna y los ojos más azules que he visto en mi vida. al principio se comportaba como si solo quisiera que fuéramos amigos. creo que ella da esa impresión aunque no quiera. no te acerques. ni te molestes. no coquetea como otras chicas. te mira a los ojos cuando te habla, como si te estuviese desafiando. yo también la miraba a los ojos, como si yo también la estuviese desafiando. y entonces le pedí para salir y me dijo que sí. guay.

es una chica increíble y me encanta salir con ella.

no me habló de august hasta nuestra tercera cita. creo que usó la expresión «anormalidad craneofacial» para describir su cara. o a lo mejor fue «anomalía craneofacial». sé que la palabra que no usó fue «deforme», porque no se me habría olvidado.

¿qué te parece?, me pregunta nerviosa en cuanto entramos en su habitación. ¿estás impresionado?

no, miento.

sonríe y mira para otro lado.

estás impresionado.

no, le aseguro. es tal como decías que era.

hace un gesto afirmativo y se deja caer en la cama. qué tierno, aún tiene un montón de animales de peluche sobre la cama. coge uno de ellos, un oso polar, y sin pensar se lo pone sobre el regazo.

me siento en la silla de ruedas que hay junto a su mesa. su habitación está impecable.

cuando era pequeña, dice, había un montón de niñas que venían a jugar a casa, pero no volvían una segunda vez. un montón, te lo digo en serio. si hasta tenía amigas que no venían a mis fiestas de cumpleaños porque iba a estar él. nunca me lo decían así, pero al final me enteraba. hay gente que no sabe qué hacer con auggie, ¿sabes?

asiento.

a lo mejor ni siquiera sabían que estaban siendo crueles, añade. tenían miedo, y ya está. a ver, hay que reconocer que su cara da un poco de miedo, ¿no?

supongo, contesto.

pero ¿tienes algún problema con él?, me pregunta con dulzura. ¿no estás alucinado ni asustado?

no estoy ni alucinado ni asustado, contesto sonriendo.

olivia asiente y mira el oso polar que tiene en el regazo. no sé si me cree o no, pero da un beso en la nariz al oso polar y me lo lanza mientras sonríe. creo que eso significa que me cree. o al menos que quiere creerme.

El Día de los Enamorados

el día de los enamorados le regalo a olivia un colgante con un corazón y ella me regala una bandolera que ha hecho utilizando disquetes antiguos. molan las cosas que hace. pendientes con trozos de una placa base. vestidos con camisetas. mochilas con vaqueros viejos. es muy creativa. yo le digo que de mayor debería ser artista, pero ella quiere ser científica. genetista, precisamente. quiere encontrar la cura para enfermedades como la de su hermano, supongo.

hacemos planes para que por fin conozca a sus padres. el sábado por la noche en un restaurante mexicano en la avenida amesfort, cerca de su casa.

estoy nervioso durante todo el día. y cuando me pongo nervioso, me entran los tics. bueno, los tics siempre están ahí, pero no tienen nada que ver con los que tenía de pequeño: ahora solo guiño los ojos más de lo normal, tuerzo el cuello de vez en cuando... pero si estoy nervioso empeoran... y ahora estoy supernervioso porque voy a conocer a sus padres.

cuando llego al restaurante ya me están esperando dentro. su padre se levanta al verme y me da la mano, y su madre me da un abrazo. entrechoco el puño con el de auggie para saludarlo y a olivia le doy un beso en la mejilla antes de sentarme.

me alegro de conocerte, justin. hemos oído hablar mucho de ti.

sus padres no podrían ser más amables. enseguida me tranquilizo. el camarero nos trae las cartas y me fijo en la cara que pone nada más ver a august. pero hago como que no me doy cuenta. supongo que esta noche todos hacemos como que no vemos ciertas cosas. el camarero. mis tics. la manera que tiene august de triturar los nachos sobre la mesa y meterse las migajas en la boca con la cuchara. miro a olivia y me sonríe. se ha dado cuenta. ella ve la cara del camarero. y mis tics. olivia es una chica que lo ve todo.

nos pasamos toda la cena hablando y riendo. los padres de olivia me preguntan por la música que toco, por cómo me dio por el violín y cosas así. y yo les cuento que antes tocaba el violín clásico, pero me dio por la música folk de los apalaches y luego por el zydeco. y escuchan todo lo que digo como si les interesase de verdad. me dicen que los avise la próxima vez que mi grupo toque en directo para que puedan ir a verme.

no estoy acostumbrado a tanta atención, la verdad. mis padres no tienen ni idea de qué quiero hacer en la vida. nunca preguntan. nunca hablamos así. no creo ni que sepan que cambié mi violín barroco por un violín hardanger de ocho cuerdas hace dos años.

después de cenar vamos a casa de olivia a tomar helado. su perra nos saluda en la puerta. es una perra mayor superdulce. pero había vomitado en el pasillo. la madre de olivia va corriendo a buscar toallitas mientras su padre coge a la perra como si fuera un bebé.

¿qué te pasa, pequeña?, le dice, y la perra está en el séptimo cielo, con la lengua colgándole, moviendo la cola y las patas levantadas formando ángulos raros.

papá, dile a justin cómo conseguiste a daisy, dice olivia.

¡sí!, exclama auggie.

su padre sonríe y se sienta en una silla acunando al perro en brazos. está claro que esa historia la ha contado un montón de veces y que a todos les encanta escucharla.

estaba volviendo a casa del metro, dice, y un vagabundo que nunca había visto por el barrio iba paseando a un chucho de orejas caídas en un carrito, y se me acerca y me dice, eh, amigo, ¿me compra el perro? y, sin pensármelo, digo, claro, ¿cuánto pides? y me dice, diez pavos, y le di los veinte dólares que llevaba en la cartera y me da el perro. te lo digo en serio, justin, ¡en toda tu vida has visto nada que huela tan mal! ¡olía tan mal que ni te lo creerías! la llevé al veterinario que hay en esta misma calle y luego la traje a casa.

¡por cierto, que ni siquiera me llamó primero para ver si me parecía bien que trajese a casa el perro de un vagabundo!, comenta la madre mientras limpia el suelo.

la perra mira a la madre como si entendiese todo lo que dicen sobre ella. es una perra feliz, y es como si supiese que el día que conoció a esta familia le tocó la lotería.

sé cómo se siente. me gusta mucho la familia de olivia. se ríen mucho.

mi familia no es así. mi madre y mi padre se divorciaron cuando yo tenía cuatro años y podría decirse que se odian entre sí. me crié pasando la mitad de la semana en el piso de mi padre en chelsea y la otra mitad en casa de mi madre en brooklyn heights. tengo un hermanastro cinco años mayor que yo que apenas sabe de mi existencia. que yo recuerde, mis padres estaban deseando que fuese lo bastante mayor para cuidar de mí mismo. «puedes ir a la tienda tú solo.» «toma la llave del piso.» es curioso que haya una palabra como sobre-protectores para describir a algunos padres, pero ninguna que quiera decir todo lo contrario. ¿qué palabra se utiliza para des-cribir a los padres que no protegen lo suficiente? ¿infraprotec-tores? ¿negligentes? ¿egocéntricos? ¿cutres? todo lo anterior.

en la familia de olivia siempre están demostrándose que se quieren.

no recuerdo cuándo fue la última vez que alguien de mi familia me dijo algo así.

cuando llego a casa ya se me han pasado todos los tics.

Nuestra ciudad

este curso, para la obra de primavera, vamos a representar *nuestra ciudad*. olivia me desafía a que me presente a las pruebas para interpretar al protagonista, el director de escena, y no sé cómo, pero lo consigo. potra total. nunca había interpretado a ningún protagonista. le digo a olivia que me da buena suerte. desgraciadamente, ella no consigue el papel de la protagonista, emily gibbs. se lo lleva una chica con el pelo rosa que se llama miranda. olivia consigue un papel secundario y también hace de suplente de emily. yo estoy más decepcionado que olivia, que casi parece aliviada. no me gusta que la gente me mire fijamente, dice, algo muy raro viniendo de una chica tan guapa. en parte pienso que lo ha hecho mal en la prueba a propósito.

la obra de primavera es a finales de abril. ahora estamos a mediados de marzo, así que tengo menos de seis semanas para memorizar el papel. eso, además del tiempo para los ensayos. y de los ensayos con mi grupo. y de los exámenes finales. y del tiempo que paso con olivia. van a ser seis semanas muy duras, eso está claro. el señor davenport, el profesor de arte dramático, ya está histérico. para cuando todo haya terminado, nos habrá vuelto locos, eso seguro. me he enterado que tenía pensado representar *el hombre elefante*, pero lo cambió por *nuestra ciudad* en el último momento, y ese cambio nos ha quitado una semana de ensayos.

no quiero ni pensar el próximo mes y medio de locos que me espera.

Mariquita

olivia y yo estamos sentados en el porche de su casa. me está ayudando a memorizar los diálogos. es una cálida tarde de marzo y casi parece que estemos en verano. el cielo aún tiene un color azul claro, pero el sol está bastante bajo y las aceras están surcadas de largas sombras.

recito: sí, el sol ha salido más de mil veces. los veranos y los inviernos han agrietado las montañas un poco más y la lluvia se ha llevado parte del polvo. algunos bebés que aún no habían nacido ya han empezado a hacer frases; y muchas personas que pensaban que eran jóvenes y estaban llenas de vida se han dado cuenta de que no pueden saltar varios escalones como hacían antes sin que el corazón les lata con fuerza...

niego con la cabeza.

de lo demás no me acuerdo.

todo lo que puede suceder en mil días, me sopla olivia, leyendo del texto.

vale, vale, vale, digo, negando con la cabeza. suspiro. estoy hecho polvo, olivia. ¿cómo voy a recordar tanta cantidad de texto?

lo recordarás, contesta con seguridad. estira los brazos y ahueca las manos sobre una mariquita que aparece no se sabe de dónde. ¿lo ves? es señal de buena suerte, dice, levantando lentamente una mano para dejar a la vista la mariquita paseándose por la palma de su otra mano.

de buena suerte o simplemente el calor, bromeo.

pues claro que de buena suerte, contesta, mirando cómo le sube la mariquita por la muñeca. deberíamos poder pedir un deseo con las mariquitas. auggie y yo lo hacíamos con las luciérnagas cuando éramos pequeños. vuelve a ahuecar la mano sobre la mariquita. vamos, pide un deseo. cierra los ojos.

le hago caso y cierro los ojos. pasa un segundo largo y vuelvo a abrirlos.

¿has pedido un deseo?, pregunta.

sí.

olivia sonríe, abre las manos y la mariquita, como si le hubiesen dado la señal, despliega las alas y se aleja revoloteando.

¿quieres saber lo que he pedido?, pregunto, y la beso.

no, contesta tímidamente, mirando al cielo que, en este preciso momento, es del color de sus ojos.

yo también he pedido un deseo, dice haciéndose la misteriosa, pero ella podría desear tantas cosas que no tengo ni idea de qué será.

La parada del autobús

la madre de olivia, auggie, jack y daisy bajan por la escalera de la entrada justo cuando estoy despidiéndome de olivia. es una situación un poco incómoda, ya que estamos en mitad de un largo y bonito beso.

hola, chicos, dice su madre, haciendo como que no ha visto nada, pero a los dos niños les entra la risa tonta.

hola, señora pullman.

por favor, llámame isabel, justin, repite. es la tercera vez que me lo dice, así que más me vale llamarla así.

me voy a casa, digo, como justificándome.

ah, ¿vas hacia el metro?, pregunta, siguiendo a la perra con un periódico. ¿puedes acompañar a jack a la parada del autobús?

claro.

¿te parece bien, jack?, le pregunta la madre, y él se encoge de hombros. justin, ¿puedes quedarte con él hasta que llegue el autobús?

¡pues claro!

todos nos despedimos. olivia me guiña un ojo.·

no hace falta que te quedes, dice jack mientras camina-
mos. yo siempre cojo el autobús solo. la madre de auggie es
demasiado sobreprotectora.

tiene una voz grave y áspera, como si fuera un pequeño
tipo duro. se parece a uno de esos golfillos de las películas en
blanco y negro. no desentonaría con una gorra de repartidor
de periódicos y unos pantalones bombachos.

llegamos a la parada del autobús y en el horario pone que
el siguiente autobús llegará dentro de ocho minutos.

esperaré contigo, le digo.

como quieras, dice encogiéndose de hombros. ¿me dejas
un dólar?, quiero comprar chicle.

saco un dólar del bolsillo y lo veo cruzar la calle hasta la
tienda de comestibles de la esquina. no sé por qué, pero parece demasiado pequeño para ir por ahí él solo. luego caigo en
la cuenta de que cuando yo era así de pequeño cogía el metro
solo. demasiado pequeño. algún día voy a ser un padre sobre-
protector, lo sé. mis hijos sabrán que me preocupo por ellos.

cuando llevo un par de minutos esperando veo a tres niños caminando por la acera desde la otra dirección. pasan
por delante de la tienda, pero uno de ellos mira dentro y les
da un codazo a los otros dos, y todos vuelven y miran dentro.
se nota que están tramando algo, dándose codazos y riéndose. uno de ellos es de alto como jack, pero los otros dos
parecen mucho más altos, como si fuesen adolescentes. se
esconden detrás del puesto de fruta, en la puerta de la tienda,
y cuando jack sale, lo siguen y hacen ruidos como de vomitar. jack se da la vuelta al llegar a la esquina para ver quiénes
son y los chicos salen corriendo, chocando esos cinco y riéndose. imbéciles.

jack cruza la calle como si no hubiera pasado nada y se queda plantado a mi lado en la parada del autobús haciendo un globo de chicle.

¿amigos tuyos?, pregunto por fin.

ja, dice. intenta sonreír, pero veo que está molesto.

unos imbéciles de mi colegio, dice. un chaval que se llama julian y sus dos gorilas, henry y miles.

¿te molestan mucho?

no, nunca lo habían hecho. en el colegio no lo hacen porque los expulsarían. julian vive a dos manzanas de aquí, ha sido mala suerte encontrarme con él.

ah, vale, digo.

no es para tanto, me asegura.

los dos miramos automáticamente hacia la avenida amesfort para ver si llega el autobús.

estamos en una especie de guerra, dice pasado un minuto, como si eso lo explicase todo. Luego se saca un trozo de papel arrugado del bolsillo de los vaqueros y me lo da. lo abro y veo una lista de nombres en tres columnas. ha vuelto en mi contra a todo el curso, dice jack.

a todo el curso, no, señalo, mirando la lista.

me deja notas en mi taquilla que dicen cosas como «todos te odian».

deberías contárselo a tu profesor.

jack me mira como si fuese idiota y niega con la cabeza.

bueno, todos estos son neutrales, digo, señalando la lista. si los convences para que se pasen a tu bando, las cosas se equilibrarán un poco.

sí, ya, como si eso fuera a suceder, dice sarcásticamente.

¿y por qué no?

vuelve a mirarme como si yo fuera el tío más estúpido con el que ha hablado en su vida.

¿qué?, pregunto.

niega con la cabeza como si yo no tuviese remedio.

digamos que soy amigo de alguien que no es precisamente el chaval más popular del colegio.

entonces entiendo qué es lo que no quiere decir abiertamente: august. todo esto es porque es amigo de august. y no quiere contármelo porque soy el novio de su hermana. claro, tiene sentido.

vemos el autobús que se acerca por la avenida amesfort.

tienes que aguantar, le digo, devolviéndole el papel. la secundaria es muy dura, pero luego la cosa mejora. todo se arreglará.

se encoge de hombros y se guarda la lista en el bolsillo.

nos despedimos cuando se sube en el autobús y lo veo marcharse.

cuando llego a la estación de metro, a dos manzanas de allí, veo a los tres chicos en la puerta de la panadería. siguen riéndose y fingiendo que vomitan, como si fueran unos pandilleros, niños ricos con pantalones de pitillo caros haciéndose los duros.

no sé qué me da, pero me quito las gafas, me las guardo en el bolsillo y me meto bajo el brazo el estuche del violín para que la punta quede hacia arriba. me acerco a ellos con el ceño fruncido y cara de malo. cuando me ven, las risas se les hielan en los labios y los cucuruchos de helado se les tuercen en las manos.

escuchad. no os metáis con jack, digo muy lentamente, apretando los dientes, con un tono de voz de tío duro, a lo

clint eastwood. si os volvéis a meter con él, lo lamentaréis.
y luego le doy una palmadita al estuche del violín para impresionarlos.

¿entendido?

los tres lo confirman a la vez, con el helado chorreándoles por las manos.

bien. asiento con la cabeza, haciéndome el misterioso, y me pongo a bajar los escalones del metro de dos en dos.

Ensayo

a medida que nos acercamos a la noche del estreno, la obra me ocupa cada vez más tiempo. tengo que memorizar un montón de diálogos. largos monólogos en los que solo hablo yo. a olivia se le ocurrió una idea que me está ayudando mucho. me subo el violín al escenario y toco un poco mientras hablo. no está en la obra, pero el señor davenport piensa que el hecho de que el director de escena toque el violín le añade un elemento muy campechano. y a mí me viene genial porque cada vez que necesito un segundo para recordar la siguiente frase, me pongo a tocar «soldier's joy» en el violín y gano un poco de tiempo.

he llegado a conocer mucho mejor a los alumnos que intervienen en la obra, sobre todo a la chica de pelo rosa que interpreta a emily. resulta que no es tan estirada como parecía, teniendo en cuenta la gente con la que se relaciona. su novio es un tío cachas que es toda una autoridad en las competiciones deportivas. para mí es otro mundo con el que no tengo nada que ver, por eso me sorprende que la tal miranda sea más o menos simpática.

un día estábamos sentados en el suelo, entre bastidores, esperando a que los técnicos arreglasen el foco principal.

¿cuánto tiempo lleváis saliendo olivia y tú?, me pregunta sin esperármelo.

unos cuatro meses, contesto.

¿conoces ya a su hermano?, pregunta con indiferencia.

me parece tan inesperado que no puedo ocultar mi sorpresa.

¿conoces al hermano de olivia?, pregunto.

¿via no te lo ha dicho? antes éramos buenas amigas. conozco a auggie desde que era un bebé.

ah, sí, creo que ya lo sabía. no quiero que note que olivia no me lo ha contado. no quiero que note cuánto me sorprende que la llame via. nadie salvo la familia de olivia la llama via, y ahora resulta que una chica con el pelo rosa, a la que tenía por una desconocida, la llama via.

miranda se ríe y niega con la cabeza, pero no dice nada. se hace un silencio incómodo y ella se pone a rebuscar en su bolso y saca la cartera. mira un par de fotografías y me pasa una. es de un niño pequeño en un parque un día de sol. lleva pantalones cortos y una camiseta… y un casco de astronauta que le tapa toda la cabeza.

aquel día el termómetro marcaba casi cuarenta grados, dice, sonriendo al ver la foto. pero él no quería quitarse el casco de astronauta por nada del mundo. lo llevó unos dos años seguidos. en invierno, en verano, en la playa. qué locura.

sí, he visto fotos en casa de olivia.

ese casco se lo regalé yo, dice. parece orgullosa de ese hecho. coge la foto y vuelve a meterla con cuidado en la cartera.

guay, contesto.

¿te parece bien?, pregunta, mirándome.

la miro sin entenderla.

¿si me parece bien el qué?

arquea las cejas como si no me creyese.

ya sabes a qué me refiero, dice, y le da un largo trago a la botella de agua. hay que reconocer, añade, que el universo no se portó bien con auggie pullman.

Pájaro

¿por qué no me contaste que miranda navas y tú erais amigas?, le pregunto a olivia al día siguiente. estoy enfadado con
ella por no habérmelo contado.

no es para tanto, contesta a la defensiva, mirándome
como si fuese un bicho raro.

pues claro que es para tanto. seguro que le parecí idiota.
¿cómo has podido no contármelo? siempre te has comportado como si no la conocieses.

no la conozco, se apresura a contestar. no sé quién es esa
animadora de pelo rosa. la chica a la que conocía era una
boba que coleccionaba muñecas.

anda ya, olivia.

¿cómo que anda ya?

podrías habérmelo dicho en algún momento, digo en voz
baja, haciendo como que no veo el lagrimón que de pronto le
corre por la mejilla.

se encoge de hombros e intenta no llorar más.

no pasa nada, no estoy enfadado, digo, pensando que las
lágrimas son por mí.

sinceramente, me da igual que estés enfadado, dice despechada.

ah, genial, replico.

no dice nada. está a punto de echarse a llorar.

¿qué pasa, olivia?, pregunto.

niega con la cabeza, como si no quisiera hablar del tema, pero de repente se echa a llorar a lo bestia.

lo siento, no es por ti, justin. no lloro por ti, dice por fin gimoteando.

¿y por qué lloras?

porque soy mala persona.

pero ¿qué dices?

se limpia las lágrimas con la palma de la mano sin mirarme.

no les he contado a mis padres lo de la obra, se apresura a decir.

niego con la cabeza porque no entiendo lo que intenta decirme.

no pasa nada, digo. aún no es demasiado tarde, aún quedan entradas...

no quiero que vayan a la obra, justin, me interrumpe impaciente. ¿es que no entiendes lo que digo? ¡no quiero que vayan! si van, llevarán a auggie, y no me apetece...

vuelve a echarse a llorar y no puede acabar la frase. le paso el brazo por encima de los hombros.

¡soy mala persona!, dice sin dejar de llorar.

no eres mala persona, le susurro.

¡claro que sí!, dice entre sollozos. ha sido estupendo estar en un instituto donde nadie lo conoce. nadie cuchichea a mis espaldas. ha sido estupendo, justin. pero, si va a la obra, todo el mundo hablará de él, todos lo sabrán… no sé por qué me siento así… te juro que nunca antes me había avergonzado de él.

ya lo sé, ya lo sé, digo, tranquilizándola. tienes todo el derecho, olivia. durante toda tu vida has tenido que soportar muchas cosas.

a veces olivia me recuerda a un pájaro, a cómo se le erizan las plumas cuando se enfada. y cuando se vuelve frágil, como ahora, parece un pajarito perdido buscando su nido.

por eso le presto mi ala para que se esconda debajo.

El universo

esta noche no puedo dormir. tengo la cabeza llena de pensamientos que no se apagan. de frases de mis monólogos. de elementos de la tabla periódica que debería memorizar. de teoremas que debería haber comprendido. de olivia. de auggie.

no puedo dejar de pensar en las palabras de miranda: «el universo no se portó bien con auggie pullman».

pienso mucho en ellas y en todo lo que significan. tiene razón, el universo no se portó bien con auggie pullman. ¿qué hizo el pobre chaval para merecer esa condena? ¿qué hicieron sus padres? ¿qué hizo olivia? una vez me dijo que un médico les había dicho a sus padres que la probabilidad de que alguien tuviese la misma combinación de síndromes era de una entre cuatro millones. ¿acaso eso no convierte al universo en una lotería gigante? compras un billete cuando naces y solo depende del azar que el billete sea bueno o que sea malo. todo es cuestión de suerte.

la cabeza me da vueltas, pero luego unos pensamientos más ligeros me tranquilizan, como una tercera menor en un acorde mayor. no, no, no todo depende del azar. si todo dependiese del azar, el universo nos abandonaría por completo. y el universo no nos abandona. cuida de sus creaciones más frágiles de un modo invisible. por ejemplo, con unos padres que te adoran ciegamente. y una hermana mayor que se siente culpable por sentirse humana. y un chaval de voz áspera que se ha quedado sin amigos por ti. e incluso una chica de pelo rosa que lleva una foto tuya en la cartera. quizá sea una lotería, pero el universo acaba compensándolo. el universo cuida de todos sus pájaros.

Sexta parte

AUGUST

¡Qué obra de arte es un hombre! ¡Qué noble en su razón! ¡Qué infinito en sus facultades! ¡Qué explícito y admirable en forma y movimiento! ¡Qué parecido a un ángel en sus actos! ¡Qué semejante a un dios en su percepción! ¡Es la belleza del mundo...!

SHAKESPEARE, *Hamlet*

El polo Norte

La Lámpara Patatil fue todo un éxito en la exposición de ciencias. A Jack y a mí nos pusieron un sobresaliente. Era el primer sobresaliente que Jack había sacado en todo el curso, así que estaba flipado.

Todos los trabajos de la exposición de ciencias estaban puestos sobre mesas en el gimnasio. Era el mismo montaje que para el Museo Egipcio en diciembre, solo que esta vez sobre las mesas había volcanes y dioramas moleculares en lugar de pirámides y faraones. Y en lugar de ser nosotros quienes les enseñábamos los trabajos de los demás a nuestros padres, teníamos que quedarnos plantados junto a nuestras mesas mientras todos los padres se paseaban por la sala de mesa en mesa.

Hagamos cuentas: sesenta alumnos en todo el curso equivalen a sesenta pares de padres, eso sin contar a los abuelos. O sea, un mínimo de ciento veinte pares de ojos mirándome a mí. Unos ojos que no están tan acostumbrados a mí como los de sus hijos. Es como la aguja de una brújula, que siempre apunta al norte mires a donde mires. Todos esos ojos son como brújulas, y para ellos yo soy como el polo Norte.

Por eso siguen sin gustarme los actos del colegio a los que acuden los padres. No los odio tanto como cuando empezó el curso. Como por ejemplo la fiesta de las donaciones en Acción de Gracias: creo que esa fue la peor. Fue la primera vez que tuve que enfrentarme a todos los padres a la vez. Luego pasó lo del Museo Egipcio, pero ese no estuvo mal, porque me disfracé de momia y nadie se fijó en mí. Luego dimos el concierto de Navidad, que fue horrible porque tuve que cantar en el coro. No solo soy un negado cantando, sino que me sentí como si estuviera en un escaparate. La exposición de arte no fue tan mal, pero aun así estuve incómodo. Colgaron nuestros cuadros en los pasillos por todo el colegio y los padres fueron a verlos. Era como empezar el colegio de cero y tener que cruzarme con adultos desprevenidos por las escaleras.

En fin, no es que me importe que la gente reaccione al verme. Ya lo he dicho un millón de veces: ya estoy acostumbrado. No dejo que me afecte. Es como cuando sales a la calle y está chispeando. Cuando chispea no te pones las botas de agua. Ni siquiera abres el paraguas. Caminas bajo la lluvia y apenas te das cuenta de que se te está mojando el pelo.

Pero cuando se trata de un gimnasio lleno de padres, las gotas de agua se convierten en un huracán. Todos los ojos se estrellan contra ti como una pared de agua.

Mamá y papá estuvieron un buen rato al lado de mi mesa junto a los padres de Jack. Es curioso, los padres acaban formando los mismos grupos que sus hijos. Por ejemplo, mis padres, los padres de Jack y la madre de Summer se llevan muy bien. Veo que los padres de Julian se juntan con los de Henry y los de Miles. Si hasta los padres de los dos Max se juntan. Qué gracia.

Luego, cuando volvíamos a casa, se lo conté a mamá y papá y les pareció una observación muy curiosa.

—Debe de ser verdad eso de cada oveja con su pareja —dijo mamá.

El muñeco de Auggie

Durante un tiempo, solo hablábamos de la «guerra». Febrero fue el peor mes. Entonces, prácticamente nadie nos dirigía la palabra, y Julian había empezado a dejarnos notas en las taquillas. Las notas que recibía Jack eran estúpidas, en plan: «¡Apestas, queso gigante!» y «¡Ya no le caes bien a nadie!».

Las que recibía yo eran en plan: «¡Monstruo!». Había otra que decía: «¡Largo de nuestro colegio, orco!».

Summer nos dijo que debíamos enseñarle las notas a la señora Rubin, que era la jefa de estudios de secundaria, o incluso al señor Traseronian, pero pensamos que eso sería como chivarnos. Nosotros también dejábamos notas, pero no tan crueles, sino más bien graciosas y sarcásticas.

Una decía: «¡Qué guapo eres, Julian! Te quiero. ¿Quieres casarte conmigo? Besos, Beulah».

Otra: «¡Me encanta tu pelo! Besos y abrazos, Beulah».

Y otra más: «Eres un cielo. Hazme cosquillas en los pies. Besos, Beulah».

Beulah era una persona inventada que se nos había ocurrido a Jack y a mí. Tenía unas costumbres de lo más asquerosas, como por ejemplo comerse esa cosa verde que tenía entre los dedos de los pies y chuparse los nudillos. Nos imaginamos que alguien así podría estar colada de verdad por Julian, que se comportaba como alguien salido de un concurso de cantantes para niños.

También fue en febrero cuando Julian, Miles y Henry le gastaron un par de bromas a Jack. Creo que a mí no me lo hacían porque sabían que si los pillaban «acosándome» les caería una buena. Debieron de pensar que Jack era un objetivo más fácil. Una vez le robaron los pantalones cortos de gimnasia y jugaron a pasárselos de uno a otro en el vestuario. En otra ocasión, Miles, que se sentaba al lado de Jack en el aula de tutoría, le robó la hoja de ejercicios de la mesa, hizo una bola con ella y se la lanzó a Julian, que estaba en la otra punta de la clase. Eso no habría sucedido si la señora Petosa hubiese estado allí, claro, pero aquel día había un sustituto y los sustitutos nunca se enteran de nada. Jack aguantaba bien. Nunca dejaba que notasen que estaba enfadado, aunque creo que a veces sí se enfadaba.

En quinto todo el mundo sabía lo de la guerra. Menos el grupo de Savanna. Al principio las chicas eran neutrales, pero hacia marzo ya estaban hartas del tema. Igual que algunos de los chicos. Por ejemplo, un día que Julian estaba echando las virutas del sacapuntas en la mochila de Jack, Amos, que normalmente siempre estaba de su parte, le quitó la mochila a Julian y se la devolvió a Jack. Parecía que la mayoría de los chicos ya no se creían las mentiras de Julian.

Unas cuantas semanas atrás, Julian se puso a propagar un rumor de lo más ridículo: dijo nada menos que Jack había contratado a un «asesino a sueldo» para «cargárselos»: a Miles, a Henry y a él. Aquella mentira era tan cutre que la gente empezó a reírse de él a sus espaldas. En ese momento, todos los chicos que aún seguían en su bando desertaron y se pasaron al bando neutral. A finales de marzo, solo Miles y Henry seguían con Julian… y creo que ellos también se estaban cansando ya de la guerra.

Estoy seguro de que todos habían dejado de jugar a la Peste. Ya nadie pega un salto si me tropiezo con esa persona, y la gente me pide prestados los lápices sin hacer como si el lápiz tuviese piojos.

La gente ya hasta bromea conmigo. El otro día vi a Maya escribiéndole una nota a Ellie en un trozo de papel de esos muñecos tan feos que se llaman Uglydoll.

—¿Sabías que el creador de los Uglydolls se inspiró en mí? —le dije, no sé por qué.

Maya me miró con los ojos como platos, como si se lo hubiera creído. Luego, cuando se dio cuenta de que estaba de broma, le pareció lo más gracioso del mundo.

—¡Qué gracioso eres, August! —dijo, y les contó a Ellie y a otras chicas lo que acababa de decir, y a todas les pareció divertido. Al principio se quedaron impresionadas, pero cuando vieron que me reía, comprendieron que no pasaba nada si ellas también se reían.

Al día siguiente me encontré un llavero de Uglydoll sobre mi silla con una simpática nota de Maya que decía: «¡Para el Muñeco Auggie más simpático del mundo! Besos, Maya».

Hace seis meses una cosa así no podría haber pasado, pero cada vez me pasa más.

La gente también se ha portado muy bien con el tema de los audífonos que he empezado a llevar.

Lobot

Desde que era pequeño, los médicos les han dicho a mis padres que algún día necesitaría llevar audífonos. No sé por qué siempre me ha asustado un poco: quizá sea porque cualquier cosa que tenga que ver con mis orejas me molesta mucho.

Cada vez oía peor, pero no se lo había contado a nadie. El sonido del mar que estaba siempre en mi cabeza había subido de volumen. Ya ahogaba las voces de los demás, como si estuviese bajo el agua. Si me sentaba en el fondo de la clase, no oía a los profesores. Pero sabía que, si se lo contaba a mamá o a papá, acabaría llevando audífonos... y tenía la esperanza de poder pasar quinto sin tener que llevarlos.

Pero en mi revisión anual en octubre fallé la prueba de audición.

—Amigo, ha llegado el momento —dijo el médico, y me mandó a un especialista que me sacó moldes de las orejas.

De todos mis rasgos, las orejas son los que menos soporto. Son como puñitos cerrados a los lados de mi cara. También están demasiado bajas. Parecen dos trozos de masa de pizza aplastados que me sobresalen de la parte de arriba del cuello. Vale, a lo mejor estoy exagerando un poco, pero es que no las soporto.

Cuando el médico del oído sacó los audífonos para que los viésemos mamá y yo, se me cruzaron los cables.

—No pienso ponérmelos —anuncié, cruzándome de brazos.

—Ya sé que te parecerán grandes —dijo el otorrino—. Pero tenemos que sujetarlos con una cinta del pelo, porque no hay otro modo de que se te queden fijos en las orejas.

Los audífonos normales tienen una pieza que encaja en el oído externo para que el auricular no se mueva del sitio. Pero en mi caso, como no tengo oído externo, tuvieron que poner los auriculares en una especie de cinta para el pelo de un material muy resistente que tenía que sujetarme a la cabeza.

—No puedo ponerme eso, mamá —protesté.

—Casi ni te darás cuenta de que los llevas —dijo mamá, intentando animarme—. Parecen unos cascos.

—¿Unos cascos? ¡Míralos, mamá! —exclamé enfadado—. ¡Voy a parecerme a Lobot!

—Quién es Lobot? —preguntó mamá con mucha calma.

—¿Lobot? —dijo el médico del oído sonriendo mientras miraba los auriculares y hacía algunos ajustes—. ¿El de *El Imperio contraataca*? ¿El tío calvo del radiotransmisor superguay que se sujeta a la cabeza?

—Ni idea —contestó mamá.

—¿Sabe cosas de aparatos de *La guerra de las galaxias*? —le pregunté al médico.

—¿Que si sé cosas de aparatos de *La guerra de las galaxias*? —contestó, sujetándomelo a la cabeza—. ¡Podría decirse que yo inventé los aparatos de *La guerra de las galaxias*! —Se reclinó en su silla para ver cómo me quedaba la cinta y luego volvió a quitármela.

—A ver, Auggie, quiero explicarte qué es esto —dijo, señalando los diferentes componentes de uno de los audífonos—. Esta pieza curva de plástico va conectada al tubo que hay sobre el molde del oído. Por eso sacamos esos moldes en diciembre, para que esta parte que va dentro del oído se acople perfectamente. Esta pieza de aquí es el amplificador, ¿vale? Y esta es la pieza especial que hemos conectado al auricular.

—La pieza de Lobot —dije amargado.

—Oye, Lobot mola —dijo el médico del oído—. Si te parecieras a Jar Jar, eso sí que sería grave. —Volvió a colocarme los auriculares en la cabeza con cuidado—. Ya está, August. ¿Qué te parece?

—¡Es superincómodo! —exclamé.

—Te acostumbrarás enseguida —contestó.

Me miré al espejo. Empezaron a llorarme los ojos. Lo único que alcanzaba a ver eran unos tubos que me salían de los lados de la cabeza, como si fuesen antenas.

—¿De verdad tengo que llevarlos, mamá? —pregunté, intentando no llorar—. No los soporto. ¡No noto ninguna diferencia!

—Dame un segundo, amigo —dijo el médico—. Aún no los he encendido. Espera a oír la diferencia: ya verás como querrás llevarlos.

—¡Ni hablar!

Y entonces los encendió.

Oír con claridad

¿Cómo puedo describir lo que oí cuando el médico encendió los audífonos? ¿O lo que no oí? Es muy difícil decirlo con palabras. Digamos que el mar ya no vivía dentro de mi cabeza. Se había ido. Podía oír sonidos que eran como luces brillantes en mi cerebro. Era como cuando estás en una habitación donde una de las bombillas del techo está fundida, pero no te das cuenta de lo oscuro que está hasta que alguien cambia la bombilla y de repente, ¡hala, cuánta claridad! No sé si hay alguna palabra que signifique lo mismo que «claridad» en términos de audición, pero ojalá la hubiese, porque ahora oía con claridad.

—¿Cómo suena, Auggie? —me preguntó el médico—. ¿Me oyes bien, amigo?

Lo miré y sonreí, pero no dije nada.

—Cielo, ¿oyes algo diferente? —preguntó mamá.

—No hace falta que grites, mamá —contesté asintiendo felizmente.

—¿Oyes mejor? —preguntó el médico.

—Ya no oigo ese ruido —contesté—. En mis oídos hay silencio.

—Ya no oyes el ruido blanco —dijo, confirmándolo—. Me miró y me guiñó un ojo—. Ya te he dicho que te gustaría lo que ibas a oír, August —añadió, y se puso a hacer más ajustes en el audífono izquierdo.

—¿Suena muy diferente, cielo? —preguntó mamá.

—Sí —contesté—. Suena… más ligero.

—Eso es porque ahora tienes un oído biónico, amigo —dijo el médico del oído mientras hacía ajustes en el audífono derecho—. Toca esto. —Me puso la mano detrás del audífono—. ¿Lo notas? Es el volumen. Tendrás que encontrar el volumen que mejor te vaya. Ahora lo probamos. Bueno, ¿qué te parece? —Cogió un espejito y me hizo mirar en el espejo grande cómo quedaban los audífonos por detrás. Mi pelo tapaba casi toda la cinta. Lo único que asomaba era el tubo.

—¿Te parecen bien tus nuevos audífonos biónicos de Lobot? —preguntó el médico, mirándome en el espejo.

—Sí —contesté—. Gracias.

—Muchas gracias, doctor James —dijo mamá.

El primer día que acudí a clase con los audífonos, pensé que la gente se reiría de mí, pero nadie se rió. Summer se alegró de que pudiese oír mejor y Jack dijo que parecía un agente del FBI. Nada más. El señor Browne me preguntó en clase de lengua, pero no en plan: «¿Qué es eso que llevas en la cabeza?».

—Si alguna vez necesitas que repita algo, Auggie, dímelo, ¿vale? —dijo.

Visto ahora, no sé por qué me ponía tan nervioso este tema. Es curioso: a veces te preocupas un montón por algo que al final resulta no ser nada.

El secreto de Via

Un par de días después de las vacaciones de primavera, mamá se enteró de que Via no le había contado que la semana siguiente se representaba una obra en su instituto. Mamá se enfadó mucho. Mamá no se enfada a menudo (aunque no creo que papá esté de acuerdo), pero estaba muy enfadada con Via. Las dos discutieron a lo bestia. Oí que se gritaban la una a la otra en la habitación de Via. Mis oídos biónicos de Lobot oyeron a mamá decir:

—¿Qué te pasa últimamente, Via? Estás de mal humor, taciturna y todo son secretos...

—¿Qué tiene de malo que no os haya hablado de una estúpida obra de teatro? —Via estaba prácticamente gritando—. ¡Ni siquiera tengo un papel con diálogos!

—¡Pero tu novio sí! ¿No quieres que lo veamos actuar?

—¡No! ¡La verdad es que no!

—¡Deja de gritar!

—¡Tú has gritado primero! Déjame en paz, ¿quieres? ¡Se te ha dado de maravilla dejarme sola durante toda mi vida, así que no tengo ni idea de por qué ahora que voy al instituto te interesas por mí de repente…!

No sé qué le contestó mamá porque de repente se quedaron calladas y ni siquiera mis oídos biónicos de Lobot pudieron captar alguna señal.

Mi cueva

A la hora de cenar ya parecían haber hecho las paces. Papá tenía que quedarse a trabajar hasta tarde. Daisy estaba durmiendo. Había vomitado mucho durante el día y mamá pidió hora para llevarla al veterinario a la mañana siguiente.

Estábamos los tres sentados sin que nadie dijese nada.

—¿Vamos a ver a Justin actuar en una obra de teatro? —dije por fin.

Via no contestó, pero se quedó mirando su plato.

—¿Sabes qué, Auggie? —contestó mamá en voz baja—, no me había dado cuenta de qué obra era, y es una que no va a resultarle interesante a alguien de tu edad.

—O sea, que no estoy invitado —dije, mirando a Via.

—Yo no he dicho eso —contestó mamá—. Lo que pasa es que no creo que fueras a disfrutarla.

—Te aburrirías como una ostra —dijo Via, como acusándome de algo.

—¿Vais a ir papá y tú? —pregunté.

—Irá papá —dijo mamá—. Yo me quedaré en casa contigo.

—¿Cómo? —gritó Via—. Genial, así que vas a castigarme por haber sido sincera no yendo a ver la obra.

—Para empezar, eras tú quien no quería que fuésemos, ¿recuerdas? —contestó mamá.

—¡Pero ahora que sabes por qué, claro que quiero que vayáis! —dijo Via.

—Bueno, pues tengo que tener en cuenta los sentimientos de *todos*, Via —repuso mamá.

—¿De qué estáis hablando? —grité.

—¡De nada! —me soltaron las dos al mismo tiempo.

—De algo del instituto de Via que no tiene nada que ver contigo —dijo mamá.

—Mentira —contesté.

—¿Cómo dices? —replicó mamá, escandalizada. Hasta Via parecía sorprendida.

—¡Digo que es mentira! —grité—. ¡Es mentira! —le grité a Via mientras me levantaba—. ¡Sois las dos unas mentirosas! ¡Me mentís a la cara como si fuese idiota!

—¡Siéntate, Auggie! —dijo mamá, agarrándome del brazo.

Me libré de ella y señalé a Via.

—¿Crees que no sé lo que pasa? —grité—. ¡Que no quieres que tus nuevos amigos del instituto se enteren de que tu hermano es un monstruo!

—¡Auggie! —gritó mamá—. ¡Eso no es verdad!

—¡Deja de mentirme, mamá! —chillé—. ¡Deja de tratarme como a un bebé! ¡No soy retrasado! ¡Sé lo que pasa!

Eché a correr por el pasillo hasta llegar a mi habitación y cerré la puerta con tanta fuerza que oí caer unos trocitos de pared dentro del marco. Luego me dejé caer sobre la cama y me tapé con las mantas. Me tapé mi cara asquerosa con las almohadas y amontoné todos mis peluches sobre las almohadas, como si estuviese dentro de una cueva. Si pudiese pasearme por ahí con una almohada sobre la cara a todas horas, lo haría.

Ni siquiera sabía por qué me había enfadado tanto. Al empezar la cena no estaba enfadado. Ni siquiera estaba triste. Pero de pronto exploté. Sabía que Via no quería que fuese a su estúpida obra de teatro. Y sabía por qué.

Pensé que mamá me seguiría hasta mi habitación enseguida, pero no lo hizo. Quería que me encontrase dentro de mi cueva hecha de animales de peluche, así que esperé un poco más, pero pasados diez minutos aún no había ido a buscarme. Estaba muy sorprendido. Siempre va a ver cómo estoy cuando me meto en mi habitación molesto por algo.

Me imaginé a mamá y a Via hablando de mí en la cocina. Supuse que Via se sentiría fatal. Me imaginé a mamá asumiendo toda la culpa. Y papá también se enfadaría con ella cuando volviese a casa.

Hice un agujero a través del montón de almohadas y animales de peluche y miré el reloj que hay colgado de la pared. Había pasado media hora y mamá aún no había acudido a mi habitación. Escuché atentamente para ver si oía algo en las otras habitaciones. ¿Aún estarían cenando? ¿Qué estaba pasando?

Por fin, se abrió la puerta. Era Via. Ni siquiera se molestó en acercarse a mi cama, y no entró suavemente como me había imaginado, sino bruscamente.

Despedida

—Auggie —dijo Via—, ven, deprisa. Mamá tiene que hablar contigo.

—¡No pienso pedir perdón!

—¡No tiene nada que ver contigo! —gritó—. ¡No todo lo que sucede en el mundo tiene que ver contigo, Auggie! Date prisa. Daisy está enferma. Mamá se la va a llevar al veterinario de urgencia. Ven a despedirte de ella.

Aparté las almohadas que tenía sobre la cara y la miré. Entonces vi que estaba llorando.

—¿A qué te refieres con despedirme de ella?

—¡Vamos! —dijo, tendiéndome la mano.

La cogí de la mano y la seguí por el pasillo hasta la cocina. Daisy estaba tumbada de lado en el suelo con las patas estiradas al frente. Jadeaba un montón, como si hubiese estado corriendo por el parque. Mamá estaba arrodillada a su lado, acariciándole la cabeza.

—¿Qué ha pasado? —pregunté.

—Se ha puesto a gimotear de repente —contestó Via arrodillándose junto a mamá.

Miré a mamá, que también estaba llorando.

—Voy a llevarla al hospital veterinario que hay en el centro —dijo—. El taxi está a punto de llegar para recogerme.

—El veterinario hará que se ponga bien, ¿no? —pregunté. Mamá me miró.

—Eso espero, cielo —dijo en voz baja—. Pero la verdad es que no lo sé.

—¡Pues claro que sí! —exclamé.

—Daisy vomita mucho últimamente, Auggie. Y es mayor…

—Pero podrán curarla —dije, mirando a Via para que me diese la razón, pero Via no levantó la vista.

A mamá le temblaban los labios.

—Creo que ha llegado el momento de despedirnos de Daisy, Auggie. Lo siento.

—¡No! —grité.

—No queremos que sufra, Auggie —dijo.

Sonó el teléfono. Lo cogió Via.

—Vale, gracias —contestó, y colgó.

—El taxi está ahí fuera —dijo, secándose las lágrimas con el dorso de la mano.

—Auggie, ¿puedes abrirme la puerta, cielo? —preguntó mamá mientras cogía a Daisy con mucho cuidado, como si fuese un enorme bebé que se dejase caer.

—Por favor, mamá, no —dije llorando, colocándome entre ella y la puerta.

—Cielo, por favor —contestó mamá—. Pesa mucho.

—¿Y papá? —repuse llorando.

—Irá directamente al hospital —dijo mamá—. Él tampoco quiere que Daisy sufra, Auggie.

Via me apartó de delante de la puerta y se la abrió a mamá.

—Tengo el móvil conectado por si necesitáis cualquier cosa —le dijo mamá a Via—. ¿Puedes taparla con la manta?

Via asintió, pero estaba llorando como una loca.

—Despedíos de Daisy, chicos —dijo mamá con las lágrimas cayéndole a mares por la cara.

—Te quiero, Daisy —dijo Via, y le dio un beso a Daisy en la nariz—. Te quiero mucho.

—Adiós, chica… —le susurré al oído—. Te quiero…

Mamá bajó los escalones que daban a la calle con Daisy en brazos. El taxista había abierto la puerta de atrás y la vimos entrar. Antes de cerrar la puerta, mamá nos miró, allí plantados junto a la entrada, y nos saludó con la mano. Creo que nunca la he visto tan triste.

—¡Te quiero, mamá! —dijo Via.

—¡Yo también, mamá! —añadí yo—. ¡Lo siento, mamá!

Mamá nos lanzó un beso y cerró la puerta. Vimos cómo se iba el taxi y Via cerró la puerta de casa. Me miró durante un segundo y luego me dio un abrazo fortísimo mientras los dos nos hinchábamos a llorar.

Los juguetes de Daisy

Justin llegó a casa una hora después y me dio un fuerte abrazo.

—Lo siento, Auggie —me dijo.

Nos sentamos todos en el salón sin decir nada. Por algún motivo, Via y yo habíamos reunido todos los juguetes de Daisy, que estaban desperdigados por toda la casa, y los habíamos puesto en un montoncito sobre la mesa baja. Estábamos mirando fijamente ese montoncito.

—Es la mejor perra del mundo —dijo Via.

—Lo sé —contestó Justin, pasándole la mano por la espalda.

—¿Ha empezado a gimotear de repente? —pregunté.

Via asintió con la cabeza.

—Dos segundos después de irte tú de la mesa —contestó—. Mamá iba a seguirte a tu habitación, pero Daisy ha empezado a gimotear.

—¿Cómo? —pregunté.

—Pues gimoteando. No sé —dijo Via.

—¿Como si aullase? —pregunté.

—¡Gimoteando, Auggie! —contestó impaciente—. Se ha puesto a gemir, como si algo le hiciese mucho daño. Y jadea-

ba como loca. Entonces se ha dejado caer y mamá ha intentado levantarla, pero evidentemente le debía de doler mucho y
le ha pegado un mordisco a mamá.

—¿Cómo?

—Cuando mamá ha intentado tocarle la barriga, Daisy le
ha mordido en la mano —explicó Via.

—¡Daisy nunca le muerde a nadie! —contesté.

—No era la misma de siempre —añadió Justin—. Está
claro que le dolía mucho.

—Papá tenía razón —dijo Via—. No deberíamos haber
dejado que empeorase tanto.

—¿Qué quieres decir? —pregunté—. ¿Papá sabía que estaba enferma?

—Auggie, mamá la ha llevado al veterinario unas tres veces en los dos últimos meses. No paraba de vomitar, ¿es que
no te has dado cuenta?

—¡Pero no sabía que estuviese enferma!

Via no dijo nada, pero me rodeó los hombros con el brazo y me atrajo hacia ella. Me eché a llorar de nuevo.

—Lo siento, Auggie —me dijo en voz baja—. Lo siento
mucho. Todo. ¿Me perdonas? Sabes cuánto te quiero, ¿verdad?

Hice un gesto afirmativo. La pelea de antes apenas tenía
ya importancia.

—¿A mamá le ha salido sangre? —pregunté.

—No ha sido más que un mordisco —contestó Via—.
Aquí. —Se señaló la parte baja del pulgar para mostrarme
exactamente dónde le había mordido Daisy a mamá.

—¿Le ha dolido?

—Mamá está bien, Auggie. Tranquilo.

Mamá y papá llegaron a casa dos horas después. En cuanto abrieron la puerta y no vimos a Daisy supimos que había muerto. Nos sentamos todos en el salón alrededor del montón de juguetes de Daisy. Papá nos contó lo que había pasado en el hospital veterinario. El veterinario le había hecho unas radiografías y le había sacado sangre, y luego había vuelto para decirles que tenía un tumor enorme en el estómago. Le costaba respirar. Mamá y papá no querían que sufriera más, así que papá la cogió en brazos como siempre le gustaba hacer, con las patas hacia arriba, y mamá y él le dieron un beso tras otro de despedida y le susurraron cosas mientras el veterinario le pinchaba en la pata. Un minuto después murió en brazos de papá. Papá dijo que estaba muy tranquila y que no le dolía nada, que parecía como si fuese a quedarse dormida. Mientras hablaba, a papá le tembló un par de veces la voz y tuvo que carraspear.

Nunca he visto llorar a papá, pero esa noche lo vi llorar. Entré en la habitación de mamá y papá buscando a mamá para que me arropase, pero vi a papá sentado en el borde de la cama, quitándose los calcetines. Estaba de espaldas a la puerta, así que no me vio entrar. Al principio pensé que estaba riéndose, porque le temblaban los hombros, pero entonces se llevó las palmas de las manos a los ojos y comprendí que estaba llorando. Eran los sollozos más silenciosos que había oído en mi vida. Parecían un susurro. Iba a acercarme a él, pero entonces pensé que a lo mejor estaba llorando bajito porque no quería que ninguno de nosotros le oyésemos. Salí de la habitación y fui a la de Via. Allí vi a mamá tumbada junto a Via en la cama, y mamá estaba susurrándole algo mientras mi hermana lloraba.

Me fui a la cama y me puse el pijama sin que nadie me lo dijese, encendí la lamparita de noche, apagué la luz y me arrastré hasta la montaña de animales de peluche que había dejado antes sobre la cama. Era como si aquello hubiese sucedido un millón de años antes. Me quité los audífonos, los puse sobre la mesita de noche, me tapé hasta las orejas con las mantas y me imaginé a Daisy acurrucada contra mí, lamiéndome toda la cara con su enorme lengua húmeda como si la mía fuese su cara favorita. Y así me quedé dormido.

El cielo

Me desperté un rato después y aún era de noche. Me levanté y fui a la habitación de mis padres.

—¿Mamá? —susurré. Estaba totalmente a oscuras, así que no veía si abría los ojos—. ¿Mamá?

—¿Estás bien, cielo? —preguntó medio dormida.

—¿Puedo dormir con vosotros?

Mamá se echó hacia el lado de papá y yo me acurruqué a su lado. Me dio un beso en el pelo.

—¿Cómo tienes la mano? Via me ha dicho que Daisy te ha mordido.

—Solo ha sido un pellizco —me susurró al oído.

—Mamá… —Me eché a llorar—. Siento mucho lo que he dicho.

—Chist… No hay nada que sentir —dijo con una voz tan baja que apenas la oí. Estaba acariciándome la cara con su mejilla.

—¿Via se avergüenza de mí? —pregunté.

—No, cielo, no. Ya sabes que no. Solamente le está costando acostumbrarse al instituto. No es fácil.

—Ya lo sé.

—Ya sé que lo sabes.

—Siento mucho haberte llamado mentirosa.

—Duérmete, cariño. Te quiero mucho.

—Y yo a ti, mamá.

—Buenas noches, cielo —me susurró.

—Mamá, ¿ahora Daisy está con la abuela?

—Supongo.

—¿Están en cielo?

—Sí.

—Cuando va al cielo, ¿la gente tiene la misma pinta que aquí?

—No lo sé. No creo.

—Entonces, ¿cómo se reconocen?

—No lo sé, cariño. —Parecía cansada—. Lo sienten y ya está. ¿A que tú no necesitas los ojos para ver? Lo sientes por dentro. Así es el cielo. Todo es amor y nadie olvida a sus seres queridos.

Me dio otro beso.

—Y ahora duérmete, cariño. Es muy tarde y estoy muy cansada.

Pero no pude dormirme ni siquiera cuando noté que mamá ya se había dormido. También oía a papá mientras dormía, y me imaginé que podía oír a Via mientras dormía al otro lado del pasillo, en su habitación. Me pregunté si Daisy estaría durmiendo en el cielo en esos momentos. Y si estaba durmiendo, ¿estaría soñando conmigo? Me pregunté cómo sería estar en el cielo algún día sin que mi cara le importase a nadie. Igual que nunca le importó a Daisy.

La suplente

Via llevó a casa tres entradas para la obra del instituto unos días después de la muerte de Daisy. Nunca volvimos a hablar de la discusión que habíamos tenido durante la cena. La noche de la obra, justo antes de que Justin y ella se fuesen para llegar temprano al instituto, me dio un fuerte abrazo y me dijo que me quería y que estaba orgullosa de ser mi hermana.

Era la primera vez que iba al instituto de Via. Era mucho más grande que su antiguo colegio, y mil veces más grande que el mío. Más pasillos. Más espacio. Lo único malo de mis audífonos biónicos de Lobot era que ya no podía llevar gorra. En situaciones así, las gorras son muy útiles. A veces desearía poder seguir llevando aquel viejo casco de astronauta que llevaba de pequeño. Lo creáis o no, a la gente le impresionaba mucho menos ver a un niño con un casco de astronauta que verme la cara. En fin, que iba con la cabeza gacha mientras seguía a mamá por aquellos pasillos largos y relucientes.

Seguimos al resto del público hasta el auditorio, donde algunos alumnos repartían programas en la entrada. Encontramos unos asientos libres en la quinta fila, cerca de la parte central. En cuanto nos sentamos, mamá se puso a rebuscar en el bolso.

—¡No me puedo creer que se me hayan olvidado las gafas! —dijo.

Papá negó con la cabeza. Mamá siempre se dejaba olvidadas las gafas, o las llaves, o cualquier otra cosa. Es así de rara.

—¿Quieres sentarte más cerca? —preguntó papá.

Mamá entornó los ojos y miró hacia el escenario.

—No, veo bien.

—Habla ahora o calla para siempre —dijo papá.

—No pasa nada.

—Mira, aquí está Justin —le dije a papá, señalando una foto de Justin en el programa.

—Bonita foto —contestó.

—¿Cómo es que no hay foto de Via? —pregunté.

—Es una suplente —aclaró mamá—. Pero mira: aquí pone su nombre.

—¿Por qué la llaman suplente? —pregunté.

—Vaya, fíjate en la foto de Miranda —le dijo mamá a papá—. Creo que no la habría reconocido.

—¿Por qué la llaman suplente? —repetí.

—Así llaman a quien sustituye a un actor si este no puede actuar por algún motivo —contestó mamá.

—¿Te has enterado de que Martin va a volver a casarse? —le preguntó papá a mamá.

—Será broma, ¿no? —contestó mamá, como si le sorprendiese mucho.

—¿Quién es Martin? —pregunté.

—El padre de Miranda —dijo mamá, y añadió dirigiéndose a papá—: ¿Quién te lo ha dicho?

—Me he encontrado con la madre de Miranda en el metro. No está nada contenta. Martin está esperando un bebé.

—¡Vaya! —exclamó mamá, negando con la cabeza.

—¿De qué estáis hablando? —pregunté.

—De nada —contestó papá.

—Pero ¿por qué lo llaman suplente? —insistí.

—No lo sé, Canito —me dijo papá—. A lo mejor porque se tienen que estudiar el texto para suplir a los actores principales. No lo sé, de verdad.

Iba a decir algo más, pero entonces se apagaron las luces. El público se calló enseguida.

—Papá, ¿puedes hacer el favor de no volver a llamarme Canito? —le susurré al oído.

Papá me sonrió, asintió y levantó un pulgar en señal de aprobación.

Empezó la obra. Se abrió el telón. El escenario estaba totalmente vacío. Bueno, estaba Justin, sentado en una antigua silla destartalada afinando el violín. Llevaba un traje pasado de moda y un sombrero de paja.

—Esta obra se titula *Nuestra ciudad* —le dijo al público. La escribió Thornton Wilder y la ha producido y dirigido Philip Davenport... El nombre de la ciudad es Grover's Corners, en New Hampshire... al otro lado de la línea Massachusetts: latitud, cuarenta y dos grados y cuarenta minutos; longitud, setenta grados y treinta y siete minutos. El primer acto muestra cómo es un día en nuestra ciudad. La fecha: el 7 de mayo de 1901, justo antes de amanecer.

En ese preciso momento supe que iba a gustarme la obra. No se parecía a otras obras del colegio a las que había asistido, como *El mago de Oz* o *Lluvia de albóndigas*. No, aquello parecía para un público mayor y me sentí más listo al estar allí viéndola.

Cuando ya hacía un rato que había empezado la obra, el personaje de la señora Webb llama a su hija, Emily. Por el programa sabía que ese era el papel que representaba Miranda, así que me incliné hacia delante para verla mejor.

—Esa es Miranda —me susurró mamá, mirando hacia el escenario con los ojos entornados cuando salió Emily—. Qué cambiada_está…

—No es Miranda —dije entre dientes—. Es Via.

—¡Ay, Dios mío! —exclamó mamá, inclinándose hacia delante en el asiento.

—¡Chist! —dijo papá.

—Es Via —le susurró mamá.

—Ya lo sé —contestó papá, sonriente—. ¡Chist!

El final

La obra fue increíble. No quiero contar el final, pero es la clase de final que hace que a las personas del público se les queden los ojos llorosos. Mamá perdió los papeles cuando Via, que interpretaba a Emily, dijo:

—¡Adiós, adiós, mundo! Adiós, Grover's Corners… Mamá y papá. Adiós a los relojes que hacen tictac y a los girasoles de mamá. Y a la comida y el café. Y a los vestidos recién planchados y a los baños calientes… y a dormir y despertarme. ¡Ay, Tierra, eres demasiado maravillosa para que nadie te comprenda!

Via estaba llorando de verdad mientras lo decía. Lágrimas de verdad. Veía cómo le caían por las mejillas. Fue increíble.

Cuando bajó el telón, todo el público comenzó a aplaudir. Luego los actores fueron saliendo uno por uno. Via y Justin fueron los últimos en salir y, cuando aparecieron, todo el público se puso en pie.

—¡Bravo! —gritó papá usando sus manos como altavoz.

—¿Por qué se han levantado todos? —pregunté.

—Todos se han puesto en pie para aplaudir —dijo mamá levantándose.

Yo también me levanté y aplaudí, y seguí aplaudiendo hasta que me dolieron las manos. Por un segundo imaginé lo que molaría ser Via y Justin en ese momento, con toda aquella gente en pie ovacionándolos. Debería haber una norma que dijese que todo el mundo debería recibir una ovación del público puesto en pie al menos una vez en su vida.

Al final, después de no sé cuántos minutos, la fila de actores dio un paso atrás y el telón bajó delante de sus narices. Pararon los aplausos, subió la intensidad de las luces y el público empezó a levantarse para marcharse.

Mamá, papá y yo intentamos avanzar hasta la parte de atrás del escenario. Había un montón de gente felicitando a los intérpretes, rodeándolos, dándoles palmaditas en la espalda. Vimos a Via y a Justin en medio del gentío, sonriendo a todo el mundo, riéndose y hablando.

—¡Via! —gritó papá, saludándola con la mano mientras se abría paso a través de la gente. Cuando estuvo lo bastante cerca, la abrazó y la levantó un poco del suelo—. ¡Has estado increíble, cielo!

—¡Ay, Dios mío, Via! —exclamó mamá, que gritaba de la emoción—. ¡Ay, Dios mío! ¡Ay, Dios mío! —Abrazó a Via con tanta fuerza que pensé que iba a ahogarla, pero Via no paraba de reírse.

—¡Has estado espectacular! —dijo papá.

—¡Espectacular! —repitió mamá, asintiendo y negando con la cabeza al mismo tiempo.

—Y tú, Justin —dijo papá, estrechándole la mano y dándole un abrazo al mismo tiempo—, has estado fantástico.

—¡Fantástico! —repitió mamá. La pobre tenía los nervios a flor de piel y apenas podía hablar.

—¡Qué impresión me he llevado al verte ahí arriba, Via! —dijo papá.

—¡Mamá ni siquiera te ha reconocido al principio! —añadí.

—¡No te he reconocido! —dijo mamá, tapándose la boca con la mano.

—Miranda se ha puesto enferma justo antes de que empezase la representación —contestó Via sin aliento—. Ni siquiera ha dado tiempo a anunciarlo.

Hay que reconocer que Via estaba bastante rara, porque llevaba un montón de maquillaje y nunca antes la había visto así.

—¿Y la has sustituido en el último momento? —preguntó papá—. ¡Vaya!

—Ha estado increíble, ¿verdad? —dijo Justin abrazando a Via.

—Toda la sala se ha emocionado un montón —contestó papá.

—¿Miranda se encuentra bien? —pregunté, pero nadie me oyó.

En ese momento, un hombre que creo que era su profesor se acercó a Justin y Via sin dejar de aplaudir.

—¡Bravo, bravo! ¡Olivia y Justin! —Le dio un beso a Via en cada mejilla.

—He metido la pata en un par de frases —dijo Via, negando con la cabeza.

—Pero has sabido salir del paso —contestó el hombre, sonriendo de oreja a oreja.

—Señor Davenport, le presento a mis padres —dijo Via.

—¡Deben de estar muy orgullosos de su hija! —exclamó, estrechándoles las manos.

—¡Por supuesto!

—Y este es mi hermano pequeño, August —dijo Via.

El profesor estuvo a punto de decir algo, pero se quedó helado al mirarme.

—Señor D —dijo Justin, tirándole del brazo—. Venga, le presentaré a mi madre.

Via estaba a punto de decirme algo, pero alguien apareció y se puso a hablar con ella. Antes de darme cuenta, estaba solo entre toda aquella gente. Bueno, sabía dónde estaban mamá y papá, pero había tanta gente a nuestro alrededor que no paraba de empujarme, de hacerme girar, de mirarme de ese modo tan característico, que empecé a sentirme mal. No sé si fue porque tenía calor o qué, pero empecé a marearme. Veía borrosas las caras de la gente y oía sus voces a un volumen tan alto que casi me dolían los oídos. Intenté bajar el volumen en mis auriculares de Lobot, pero me confundí y lo subí, y eso me asustó aún más. Luego miré hacia arriba y no vi ni a mamá, ni a papá, ni a Via.

—¿Via? —grité. Empecé a avanzar entre la gente para buscar a mamá—. ¡Mamá! —No veía nada aparte de las barrigas y las corbatas de la gente—. ¡Mamá!

De pronto alguien me agarró por detrás.

—¡Vaya, mira quién está aquí! —dijo alguien cuya voz me resultó familiar y que me abrazó con fuerza.

Al principio pensé que era Via, pero, cuando me giré, me llevé una sorpresa.

—¡Hola, Comandante Tom! —dijo.

—¡Miranda! —contesté, y la abracé con todas mis fuerzas.

Séptima parte

MIRANDA

Olvidé que podía ver
tantas cosas hermosas.
Olvidé que podía necesitar
descubrir lo que la vida me podía dar.

Andain, «Beautiful things»

Mentiras de campamento

Mis padres se divorciaron el verano antes de entrar en noveno. Mi padre enseguida se buscó una nueva pareja. De hecho, aunque mi madre no me lo dijo, creo que esa fue la razón por la que se divorciaron.

Después del divorcio, apenas veía a mi padre. Y mi madre se comportaba de una manera muy rara. No es que fuese inestable ni nada por el estilo: simplemente era fría. Distante. Mi madre es la clase de persona que siempre les pone buena cara a los demás, pero a mí casi nunca. Nunca ha hablado demasiado conmigo; ni sobre sus sentimientos, ni sobre su vida. No sé gran cosa de cómo era cuando tenía mi edad. No sé gran cosa de lo que le gustaba o dejaba de gustarle. Las pocas veces que ha nombrado a sus padres, a los que no conozco, era para decir cuánto deseaba alejarse de ellos en cuanto pudiese. Nunca me ha dicho por qué. Le he preguntado en varias ocasiones, pero siempre ha hecho como que no me había oído.

Aquel verano no quise ir al campamento. Me hubiese gustado quedarme con ella, ayudarla con lo del divorcio, pero se empeñó en que me fuese. Pensé que querría pasar tiempo a solas, así que le hice caso.

El campamento fue horrible. Lo pasé fatal. Pensaba que sería mejor al ser monitora, pero no fue así. No repitió ni una sola persona de las que habían estado el año anterior, así que no conocía a nadie. Ni a uno. No sé por qué, pero empecé a jugar a inventarme cosas con las chicas del campamento. Si me preguntaban algo sobre mí, me lo inventaba: «Mis padres están en Europa», les conté. «Vivo en una casa enorme en la mejor calle de North River Heights.» «Tengo una perra que se llama Daisy.»

Un buen día les solté que tenía un hermano pequeño deforme. No tengo ni idea de por qué lo dije, me pareció algo interesante. Y, claro está, la reacción de las niñas del bungalow fue dramática. «¿De verdad?» «¡Cuánto lo siento!» «¡Debe de ser muy difícil!» Etcétera, etcétera. Por supuesto, me arrepentí de haberlo dicho en cuanto se me escapó de los labios: me sentí una mentirosa sin escrúpulos. Si Via se enteraba, pensaría que soy una tía rara. Y me sentía como una tía rara. Pero tengo que reconocer que había una parte de mí que se sentía con derecho a contar aquella mentira. Conozco a Auggie desde que tenía seis años. Lo he visto crecer. He jugado con él. Por él me he visto los seis episodios de *La guerra de las galaxias*, para poder hablar con él de los alienígenas, de los cazarrecompensas y de todo lo demás. Fui yo quien le regaló el casco de astronauta que apenas se quitó durante dos años. Con esto quiero decir que más o menos me he ganado el derecho a pensar en él como si fuera mi hermano.

Y lo más curioso de todo es que aquellas mentiras que contaba, aquellas ficciones, hacían que mi popularidad subiese como la espuma. Las otras monitoras se enteraron por las campistas y no hablaban de otra cosa. Nunca jamás me han considerado una de las chicas «populares» en nada, pero aquel verano en el campamento, fuera por lo que fuese, era la persona con la que todo el mundo quería juntarse. Hasta las chicas del bungalow 32 estaban como locas conmigo. Me refiero a las chicas que están en lo más alto de la cadena alimenticia. Decían que les gustaba mi pelo (aunque me cambiaron el color). Decían que les gustaba cómo me maquillaba (aunque eso también lo cambiaron). Me enseñaron a hacer tops con camisetas. Fumábamos. Nos escapábamos por la noche y atravesábamos el bosque para llegar al campamento de los chicos. Salíamos con chicos.

Cuando volví a casa del campamento, llamé a Eva enseguida para hacer planes con ella. No sé por qué no llamé a Via. Supongo que no me apetecía hablar de ciertas cosas con ella. Me habría preguntado por mis padres y por el campamento. En cambio, Eva nunca me hacía preguntas. En ese sentido, era una amiga más fácil. No era tan seria como Via. Era divertida. Cuando me teñí el pelo de rosa le pareció guay. Quería que le hablase de aquellas escapadas por el bosque a altas horas de la noche.

El instituto

Este curso apenas he visto a Via, y cuando me cruzaba con ella, la situación era muy incómoda. Era como si me estuviese juzgando. Sabía que no le gustaba mi nuevo aspecto. Sabía que no le gustaba mi grupo de amigos. A mí tampoco me gustaban los suyos. No llegamos a discutir; simplemente nos fuimos alejando. Con Eva hablábamos mal de Via: que si es una mojigata, que si esto, que si lo otro. Sabíamos que estábamos siendo crueles, pero era más fácil olvidarla convenciéndonos de que era ella la que nos había hecho algo malo. La verdad es que Via no había cambiado en absoluto: éramos nosotras las que habíamos cambiado. Nosotras nos habíamos convertido en otras personas, mientras que ella seguía siendo la misma de siempre. Eso me molestaba muchísimo y no sabía por qué.

De vez en cuando miraba para ver dónde se sentaba en el comedor, o comprobaba la lista de optativas para ver en cuáles se había matriculado. Pero, menos unos cuantos saludos con la cabeza en los pasillos y algún «hola» ocasional, no volvimos a hablar.

Me fijé en Justin a mitad de curso, más o menos. Antes no me había fijado en él; bueno, sabía que era un tío flacucho y guapito con gafas de culo de vaso y el pelo largo que iba a todas partes con su violín. Un buen día lo vi a las puertas del instituto con el brazo por encima de los hombros de Via. «¡Vaya, Via tiene novio!», le dije a Eva, burlándome un poco. No sé por qué me extrañó que tuviese novio. De las tres, era la más guapa: tenía los ojos azules y el pelo largo y ondulado. Pero parecía que no le interesaban los chicos. Se comportaba como si fuese demasiado lista para esas cosas.

Yo también tenía novio: un tío llamado Zack. Cuando le dije que iba a matricularme en la optativa de teatro, negó con la cabeza y me dijo: «Ten cuidado, no vayas a convertirte en una flipada del teatro». No es el tío más comprensivo del mundo, pero es muy guapo. Y es de los más populares del instituto. Es una estrella de las competiciones deportivas.

Al principio no tenía pensado elegir teatro. Entonces vi el nombre de Via en la hoja de solicitud y escribí mi nombre en la lista. Ni siquiera sé por qué. Logramos evitarnos durante casi todo el semestre, como si no nos conociéramos. Un día llegué a clase de teatro antes de tiempo y Davenport me pidió que hiciese más copias de la obra que tenía pensado que representásemos para la función de primavera: *El hombre elefante*. Había oído hablar de ella, pero no sabía de qué iba, así que me puse a hojearla mientras esperaba a que se quedase libre la fotocopiadora. Trataba de un hombre que vivió hace más de cien años llamado John Merrick, alguien terriblemente deforme.

—No podemos representar esta obra, señor D —le dije nada más volver a clase. Y le expliqué por qué—: Mi hermano pequeño tiene un defecto de nacimiento y tiene la cara deformada, así que esta obra me afectaría demasiado.

Pareció molesto y poco comprensivo, pero le dije que mis padres tendrían un buen problema con el instituto por aquella obra. Al final acabó cambiándola por *Nuestra ciudad*.

Creo que me presenté al papel de Emily Gibbs porque sabía que Via también iría a por él. Lo que no se me pasó por la cabeza fue que el papel sería mío.

Lo que más echo de menos

Una de las cosas que más echo de menos de ser amiga de Via es su familia. Quería mucho a sus padres. Siempre fueron muy simpáticos y acogedores conmigo. Sabía que querían a sus hijos más que nada en el mundo. Siempre me sentí segura con ellos: más segura que en ninguna otra parte de mi mundo. Qué patético, sentirme más segura en casa de otra persona que en la mía propia, ¿eh? Y, claro está, quería a Auggie. A mí nunca me dio miedo, ni siquiera cuando era pequeña. Tenía amigas que no se podían creer que fuera a casa de Via. «Su cara me da miedo», decían. «Tú eres tonta», contestaba yo. La cara de Auggie no es tan desagradable cuando te acostumbras.

Un día llamé a casa de Via solo para saludar a Auggie. Puede que una parte de mí estuviese deseando que contestase Via, no sé.

—¡Hola, Comandante Tom! —dije, usando el apodo con el que siempre le lamaba.

—¡Miranda! —Parecía tan contento de oír mi voz que me desconcertó un poco—. ¡Ahora voy a un colegio normal! —me dijo emocionado.

—¿De verdad? ¡Qué bien! —contesté, totalmente impresionada. Nunca pensé que acabaría yendo a un colegio normal. Sus padres siempre lo habían protegido mucho. Pensaba que siempre sería aquel niño con el casco de astronauta que le había regalado. Al hablar con él me di cuenta de que no tenía ni idea de que Via y yo ya no éramos tan buenas amigas.

—En el instituto es distinto —le expliqué—. Acabas relacionándote con un montón de gente diferente.

—En mi nuevo colegio tengo algunos amigos —me contó—. Un chico que se llama Jack y una chica que se llama Summer.

—¡Uau, es genial!, Auggie —dije—. Bueno, solo llamaba para decirte que te echo de menos y para desearte un feliz Año Nuevo. Llámame siempre que te apetezca, ¿vale, Auggie? Ya sabes que siempre te querré.

—¡Y yo a ti, Miranda!

—Saluda a Via de mi parte. Dile que la echo de menos.

—Se lo diré. ¡Adiós!

—¡Adiós!

Extraordinaria, pero sin nadie que lo vea

Ni mi madre ni mi padre podían ir a ver la obra de teatro la noche del estreno: mi madre porque tenía algún compromiso del trabajo, y mi padre porque su nueva mujer iba a dar a luz en cualquier momento, y tenía que estar pendiente.

Zack tampoco podía ir al estreno: tenía un partido de voleibol contra un equipo universitario que no podía perderse. Es más, me había pedido que yo faltase al estreno para ir a animarlo a él. Todas mis «amigas» fueron al partido, claro, porque todos sus novios jugaban. Ni siquiera Eva fue a verme. Pudiendo elegir, prefirió ir con los demás.

Por lo tanto, la noche del estreno allí no había nadie ni remotamente cercano a mí. La cuestión es que ya en el tercer o el cuarto ensayo de la obra me di cuenta de que se me daba bien la interpretación. Me creía el papel. Comprendía las palabras que pronunciaba. Leía las frases como si me saliesen del cerebro y el corazón. Sabía que la noche del estreno iba a salirme mejor que bien: iba a estar maravillosa. Iba a estar extraordinaria, pero no habría nadie para verlo.

Estábamos todos entre bambalinas, nerviosos, repasando mentalmente nuestras intervenciones. Miré a través del telón para ver a la gente que ya se sentaba en el auditorio. Entonces vi a Auggie en el pasillo con Isabel y Nate. Ocuparon tres asientos en la quinta fila, cerca de la parte central. Auggie llevaba pajarita y miraba a su alrededor, emocionado. Había crecido un poco desde la última vez que lo había visto, casi un año antes. Tenía el pelo más corto y ahora llevaba una especie de audífono. Pero su cara no había cambiado nada.

Davenport estaba ocupado con unos cambios de última hora con el decorador. Vi a Justin paseándose nervioso por el lado izquierdo del escenario, recitando sus textos entre dientes.

—Señor Davenport —dije, sorprendiéndome a mí misma mientras hablaba—. Lo siento, pero esta noche no puedo actuar.

Davenport se dio media vuelta lentamente.

—¿Cómo? —dijo.

—Lo siento.

—¿Estás de broma?

—Es que estoy… —farfullé, mirando al suelo—. No me encuentro bien. Lo siento. Creo que voy a vomitar. —Aquello era mentira.

—Son los nervios del último momento…

—¡No! ¡No puedo! Se lo digo en serio.

Davenport parecía furioso.

—Miranda, esto es intolerable.

—¡Lo siento!

Davenport respiró hondo, como si estuviera intentando contenerse. A decir verdad, pensé que estaba a punto de explotar. La frente se le puso de un color rosa intenso.

—¡Miranda, esto es inadmisible! Respira hondo y...

—¡No voy a actuar! —dije en voz alta, y me puse a llorar con mucha facilidad.

—¡Muy bien! —gritó sin mirarme, y se volvió hacia un chico llamado David, que era decorador—. ¡Busca a Olivia en el puesto de iluminación! ¡Dile que tiene que sustituir a Miranda esta noche!

—¿Cómo? —contestó David, que no destacaba por su rapidez.

—¡Corre! —le gritó Davenport a la cara—. ¡Ahora! —Los otros actores habían oído algo y se habían reunido a nuestro alrededor.

—¿Qué pasa? —preguntó Justin.

—Cambio de planes de última hora —dijo Davenport—. Miranda no se encuentra bien.

—Tengo ganas de vomitar —expliqué, intentando que lo pareciese.

—¿Y qué haces aquí? —me espetó Davenport enfadado—. ¡Cállate, quítate el vestido y dáselo a Olivia! ¿Vale? ¡Vamos todos! ¡Vamos, vamos!

Corrí al vestuario tan rápido como pude y empecé a quitarme el vestido. Dos segundos después llamaron a la puerta y Via asomó la cabeza.

—¿Qué pasa? —preguntó.

—Corre, póntelo —contesté, dándole el vestido.

—¿Te encuentras mal?

—¡Sí! ¡Date prisa!

Via parecía aturdida. Se quitó la camiseta y los vaqueros y se coló el vestido por la cabeza. Yo se lo bajé y le abroché la cremallera a la espalda. Afortunadamente, Emily Webb no salía hasta que la obra llevaba ya diez minutos, así que la peluquera y la maquilladora pudieron recogerle el pelo y maquillarla rápidamente. Nunca había visto a Via tan maquillada: parecía una modelo.

—No estoy segura de poder acordarme de mis diálogos —dijo Via mirándose en el espejo—. Bueno, tus diálogos.

—Lo harás muy bien —contesté.

Me miró en el espejo.

—¿Por qué lo haces, Miranda?

—¡Olivia! —susurró Davenport desde la puerta—. Entras dentro de dos minutos. ¡Ahora o nunca!

Via salió por la puerta detrás de él, así que no tuve ocasión de contestar su pregunta. No sé qué habría dicho, la verdad. No estaba segura de cuál era la respuesta.

La representación

Vi el resto de la obra entre bambalinas, junto a Davenport. Justin estuvo increíble. Y Via, en esa última escena desgarradora, estuvo alucinante. Hubo una frase en la que se lió un poco, pero Justin le echó un cable y nadie del público se dio cuenta. Oía a Davenport farfullar: «Bien, bien, bien». Estaba más nervioso que todos los alumnos juntos: los actores, los decoradores, el equipo de iluminación y el que subía y bajaba el telón. La verdad es que Davenport tenía los nervios destrozados.

El único momento en que me arrepentí un poco, si es que a eso se le puede llamar arrepentirse, fue al final de la obra, cuando todos salieron a saludar. Via y Justin fueron los últimos actores que salieron al escenario y todo el público se puso en pie cuando hicieron la reverencia. Reconozco que ese momento fue un poco agridulce. Pero unos minutos después vi a Nate, a Isabel y a Auggie detrás del escenario y parecían muy contentos. Todos estaban felicitando a los actores y dándoles palmaditas en la espalda. Era el típico caos que se da entre bambalinas cuando los actores, sudorosos, están eufóricos mientras la gente acude a adorarlos durante unos segundos. Entre tanta gente, vi que Auggie estaba un poco perdido. Fui hacia donde estaba tan rápido como pude y aparecí detrás de él.

—¡Hola, Comandante Tom! —dije.

Después de la obra

No sé por qué estaba tan contenta de ver a Auggie después de tanto tiempo, ni por qué me sentó tan bien su abrazo.

—No me lo puedo creer. Has crecido muchísimo —le dije.

—¡Creía que ibas a salir en la obra! —me dijo.

—No me encontraba bien —contesté—. Pero Via lo ha hecho de maravilla, ¿no crees?

Hizo un gesto de aprobación. Dos segundos después nos encontró Isabel.

—¡Miranda! —exclamó alegremente, y me dio un beso en la mejilla antes de dirigirse a August—: No vuelvas a desaparecer así.

—Eres tú quien ha desaparecido —le contestó Auggie.

—¿Cómo te encuentras? —me dijo Isabel—. Via nos ha dicho que estabas indispuesta…

—Estoy mucho mejor —contesté.

—¿Ha venido tu madre? —preguntó Isabel.

—No, tenía un compromiso del trabajo, pero no pasa nada —dije sinceramente—. Aún quedan dos funciones más, aunque no creo que interprete a Emily tan bien como Via esta noche.

Llegó Nate y tuvimos básicamente la misma conversación.

—Oye, vamos a cenar para celebrar el éxito de la obra —dijo Isabel—. ¿Te apetece venir con nosotros? ¡Nos encantaría que vinieras!

—Eh… no… —empecé a decir.

—Por favoooor —dijo Auggie.

—Debería irme a casa —contesté.

—Insistimos —replicó Nate.

Entonces llegaron Via y Justin con su madre. Via me pasó el brazo por encima de los hombros.

—Pues claro que vienes —dijo, sonriéndome como en los viejos tiempos.

Salimos todos juntos de aquel gentío y tengo que reconocer que por primera vez en mucho, mucho tiempo, fui completamente feliz.

Octava parte

AUGUST

Vas a llegar al cielo.
Vuela... hermosa criatura.

Eurythmics, «Beautiful child»

Los campamentos de quinto curso

Cada año, en primavera, los alumnos de quinto de Beecher pasan tres días y dos noches en un lugar llamado la Reserva Natural Broarwood, en Pensilvania. Se tardan cuatro horas en llegar en autobús. Los alumnos duermen en cabañas con literas. Se hacen hogueras, se tuestan nubes de azúcar y se dan largos paseos por el bosque. Los profesores llevan todo el curso preparándonos para esto, así que todos están muy emocionados… todos menos yo. No es que no esté emocionado, porque un poco sí que lo estoy; lo que pasa es que nunca he dormido fuera de casa y ando un poco nervioso.

Casi todos los niños de mi edad han dormido alguna vez fuera de casa. Muchos ya han ido a campamentos, o se han quedado en casa de sus abuelos a dormir, o yo qué sé. Yo no, a menos que cuenten las estancias en un hospital, pero incluso en ese caso mamá o papá se quedaban siempre conmigo durante la noche. Nunca me he quedado a dormir en casa de los abuelitos, ni en casa de la tía Kate y el tío Po. Cuando era muy pequeño, era porque había demasiadas complicaciones médicas, como tener que limpiar el tubo traqueal cada hora, o volver a meterme el tubo de la comida si se me soltaba. Pero después nunca me ha apetecido pasar la noche en ningún otro sitio. Una vez estuve a punto de quedarme a dormir en casa de Christopher. Tendríamos unos ocho años y aún éramos muy buenos amigos. Nuestra familia había ido de visita a su casa y Christopher y yo nos lo estábamos pasando en grande jugando con las piezas de Lego de *La guerra de las galaxias*. Cuando llegó la hora de irnos, yo no quería irme. «Por favor, por favor, por favor, ¿puedo quedarme a dormir?», pregunté. Nuestros padres dijeron que sí, y mamá, papá y Via se fueron a casa. Christopher y yo nos quedamos levantados hasta las doce de la noche, jugando, hasta que Lisa, su madre, dijo: «Chicos, ya es hora de acostarse». En ese momento me entró el pánico. Lisa intentó ayudarme a que me durmiese, pero me eché a llorar y quise irme a casa. A la una de la mañana, Lisa llamó a mis padres, y papá volvió a Bridgeport para recogerme. No llegamos a casa hasta las tres. La única vez que he intentado dormir fuera de casa fue un desastre, por eso me pone un poco nervioso lo del campamento.

Pero también estoy superemocionado.

Famoso por…

Le pedí a mamá que me comprase una nueva bolsa de viaje, porque la mía era de *La guerra de las galaxias* y no pensaba llevármela al campamento. Por mucho que me guste *La guerra de las galaxias*, no quiero ser famoso por eso. En secundaria, todo el mundo es famoso por algo. Por ejemplo, Reid es famoso por ser un apasionado de la vida marina, los océanos y esas cosas. Amos, por jugar muy bien al béisbol. Charlotte, por haber salido en un anuncio de la tele cuando tenía seis años. Y Ximena es famosa por ser muy lista.

Lo que quiero decir es que en secundaria eres famoso por lo que te gusta, y hay que tener cuidado con esas cosas. Por ejemplo, a Max G y a Max W seguirán recordándoles durante toda la vida su obsesión por Dungeons & Dragons.

Por eso intentaba librarme un poco de *La guerra de las galaxias*. Siempre ha sido especial para mí, igual que para el médico que me puso los audífonos. Pero no quiero ser famoso por eso. No sé por qué quiero ser famoso, pero por eso no.

No es del todo cierto: sé de sobra por qué soy famoso, pero con eso no puedo hacer nada. Con lo de la bolsa de viaje de *La guerra de las galaxias*, sí.

El equipaje

Mamá me ayudó a hacer el equipaje la noche anterior al gran viaje. Pusimos sobre la cama toda la ropa que iba a llevarme y ella iba doblándola y poniéndola dentro de la bolsa de viaje mientras yo la miraba. Por cierto, era una bolsa de viaje azul, sin letras ni dibujos.

—¿Y si no puedo dormir por las noches? —pregunté.

—Llévate un libro. Si no puedes dormir, saca la linterna y lee un rato hasta que te dé sueño —contestó.

Asentí con la cabeza.

—¿Y si tengo una pesadilla?

—Tus profesores estarán allí, cielo. Y Jack. Y tus amigos.

—Puedo llevarme a Baboo —dije. De pequeño era mi animal de peluche favorito. Es un osito negro con la nariz negra y suave.

—Pero si ya no duermes con él —contestó mamá.

—No, pero lo guardo en el armario por si me despierto durante la noche y no puedo volver a dormirme —dije—. Podría esconderlo en la bolsa de viaje. Nadie lo sabría.

—Pues haremos eso —repuso mamá, y sacó a Baboo del armario.

—Ojalá nos dejasen llevarnos el móvil —dije.

—¡Eso digo yo! Aunque sé que vas a pasártelo muy bien, Auggie. ¿Seguro que quieres que meta a Baboo?

—Sí, pero en el fondo, para que no lo vea nadie.

Metió a Baboo en el fondo de la bolsa y le puso encima las últimas camisetas.

—¡Cuánta ropa para dos días!

—Tres días y dos noches —la corregí.

—Eso —contestó sonriendo—. Tres días y dos noches. —Cerró la cremallera de la bolsa y la levantó—. No pesa tanto. Prueba.

Levanté la bolsa.

—Está bien —dije, encogiéndome de hombros.

Mamá se sentó en la cama.

—Oye, ¿qué le ha pasado a tu póster de *El Imperio contraataca*?

—Ah, lo quité hace un montón de tiempo —contesté.

—Vaya, no me había dado cuenta —dijo mamá negando con la cabeza.

—Estoy intentando cambiar de imagen un poco —le expliqué.

—Vale —contestó, sonriendo y asintiendo como si lo entendiese—. Oye, cielo, tienes que prometerme que no te olvidarás de ponerte el spray para los mosquitos, ¿vale? En las piernas, sobre todo cuando vayáis a dar un paseo por el bosque. Está en el primer bolsillo.

—Sí…

—Y ponte la protección solar —añadió—. No querrás quemarte. Y que no se te olvide, repito, que no se te olvide quitarte los audífonos si vas a bañarte.

—¿Podría electrocutarme?

—No, pero tendrías que vértelas con papá, porque esos trastos cuestan una fortuna —dijo, y se echó a reír—. También te he metido el impermeable en el primer bolsillo. Lo mismo te digo si se pone a llover, Auggie. Acuérdate de tapar los audífonos con la capucha.

—Señor, sí, señor —contesté haciendo el saludo militar. Mamá sonrió.

—No me puedo creer todo lo que has crecido este año, Auggie —dijo en voz baja, poniéndome las manos a los lados de la cara.

—¿Parezco más alto?

—Y tanto —me contestó.

—Sigo siendo el más bajo del curso.

—No me refiero a tu estatura —dijo.

—¿Y si aquello no me gusta nada?

—Vas a pasártelo en grande, Auggie.

Asentí. Mamá se levantó y me dio un beso en la frente.

—Deberías acostarte ya.

—¡Solo son las nueve, mamá!

—El autobús sale a las seis de la mañana. No querrás llegar tarde. Vamos. Corre, corre. ¿Te has lavado ya los dientes?

Dije que sí con la cabeza y me subí a la cama. Mamá se tumbó a mi lado.

—Esta noche no hace falta que me acuestes, mamá —dije—. Voy a leer yo solo hasta que me dé sueño.

—¿De verdad? —me preguntó, impresionada. Me apretó la mano y le dio un beso—. Muy bien. Buenas noches, cielo. Que duermas bien.

—Tú también.

Encendió la lamparita que hay junto a la cama.

—Te escribiré cartas —dije mientras se iba—. Aunque es probable que vuelva antes de que las recibáis.

—Entonces las leeremos juntos —contestó, y me lanzó un beso.

Cuando salió de la habitación, cogí mi ejemplar de *El león, la bruja y el armario* de la mesita de noche y me puse a leer hasta que me quedé dormido.

... aunque la bruja conocía la existencia de la Magia Insondable, existe una Magia Más Insondable aún que ella desconoce. Sus conocimientos se remontan únicamente a los albores del tiempo; pero si hubiera podido mirar un poco más atrás, a la quietud y la oscuridad que existía antes del amanecer del tiempo, habría leído allí un sortilegio distinto.

Al amanecer

A la mañana siguiente me desperté muy temprano. Mi habitación aún estaba a oscuras y fuera aún estaba más oscuro, aunque sabía que no tardaría en amanecer. Me di media vuelta, pero ya no tenía sueño. Entonces vi a Daisy sentada junto a mi cama. Bueno, ya sé que no era Daisy, pero durante un segundo vi una sombra que parecía ella. En ese momento no pensé que fuera un sueño, pero, visto ahora, sé que tuvo que serlo. No me puse triste al verla, sino que fue una sensación muy agradable. Un segundo después ya no estaba, y no volví a verla en la oscuridad.

La habitación se fue iluminando poco a poco. Cogí los audífonos y me los puse: el mundo por fin había despertado. Oí los camiones de la basura haciendo ruido en la calle y los pájaros en el jardín. Al otro lado del pasillo sonó la alarma del despertador de mamá. El fantasma de Daisy me hizo sentirme superfuerte por dentro. Sabía que, fuese a donde fuese, ella estaría conmigo.

Me levanté y fui hasta la mesa para escribirle una nota a mamá. Luego fui al salón y vi mi equipaje junto a la puerta. Abrí la bolsa y rebusqué hasta que encontré lo que buscaba.

Me llevé a Baboo a mi habitación, lo puse sobre la cama y le pegué al pecho una nota para mamá. Luego lo tapé con la manta para que mamá lo descubriese más tarde. La nota ponía:

Querida mamá:

No voy a necesitar a Baboo, pero si me echas de menos puedes acurrucarte contra él.

Besos,

Auggie

El primer día

El viaje en autobús fue muy rápido. Me senté junto a la ventana y Jack se puso a mi lado, en la parte del pasillo. Summer y Maya estaban delante de nosotros. Todo el mundo estaba de buen humor. Hablaban en voz alta, se reían un montón. Enseguida me di cuenta de que Julian no iba en nuestro autobús, aunque Henry y Miles sí iban. Pensé que estaría en el otro autobús, pero entonces oí que Miles le contaba a Amos que Julian había pasado del viaje porque pensaba que aquello del campamento en plena naturaleza era «una chorrada». Fue un alivio, porque pensar en tener que enfrentarme a Julian durante tres días seguidos —y dos noches— era una de las principales razones por las que me ponía nervioso aquel viaje. Ahora que sabía que no estaba, podía relajarme y no preocuparme por nada.

Llegamos a la reserva natural a eso de mediodía. Lo primero que hicimos fue dejar nuestras cosas en las cabañas. En cada habitación había tres literas, así que Jack y yo nos jugamos quién dormiría en la litera de arriba a piedra, papel o tijera y gané yo. Viva. Los otros chicos que había en la habitación eran Reid y Tristan, y Pablo y Nino.

Después de comer en la cabaña principal, fuimos a dar un paseo guiado de dos horas por el bosque. Pero aquel bosque no era como el de Central Park: aquel era un bosque de verdad. Había árboles gigantes que tapaban casi por completo la luz del sol, marañas de hojas y troncos caídos. Y aullidos, gorjeos y chillidos de pájaros. También había una leve niebla, una especie de humo azul pálido que nos envolvía. Qué guay. El guía nos lo iba señalando todo: los diferentes tipos de árboles que nos encontrábamos, los insectos que había dentro de los troncos caídos en mitad del camino, las huellas de ciervos y osos, la clase de pájaros que estaban cantando y dónde podíamos encontrarlos. Me di cuenta de que mis audífonos de Lobot me hacían oír mejor que casi todos los demás, porque casi siempre era yo el primero en oír el reclamo de un pájaro nuevo.

Mientras volvíamos al campamento se puso a llover. Saqué el impermeable y me puse la capucha para que no se me mojasen los audífonos, pero cuando llegamos a las cabañas tenía empapados los vaqueros y los zapatos. Todos acabamos mojados. Pero era divertido. En la cabaña hicimos una pelea de calcetines mojados.

Como estuvo lloviendo el resto del día, nos pasamos casi toda la tarde haciendo el ganso en la sala de recreo. Tenían una mesa de ping-pong y máquinas recreativas antiguas como el *Comecocos* y el *Missile Command* a las que jugamos hasta la hora de cenar. Menos mal que para entonces ya había dejado de llover y pudimos cenar al aire libre con una hoguera de verdad. Los bancos alrededor de la hoguera aún estaban un poco húmedos, pero nos sentamos sobre las chaquetas y nos reunimos alrededor del fuego, tostamos nubes de azúcar y comimos los mejores perritos calientes que he probado en mi vida. Mamá tenía razón con lo de los mosquitos: había un montón. Menos mal que me había echado el spray antes de salir de la cabaña, porque no me comieron vivo como a otros.

Me encantó estar junto a la hoguera después de anochecer. Me encantó ver cómo las chispas del fuego subían flotando y desaparecían en la noche. Y cómo el fuego iluminaba las caras de la gente. También me encantó el sonido de la fogata. Y que el bosque fuese tan oscuro que no se veía nada de lo que había alrededor, y que si mirabas hacia arriba podías ver un millón de estrellas. En North River Heights el cielo no es así. Pero en Montauk es parecido: es como si alguien hubiese espolvoreado sal sobre una mesa negra brillante.

Cuando volví a la cabaña estaba tan cansado que no necesité sacar el libro para leer. Me dormí nada más apoyar la cabeza sobre la almohada. Y a lo mejor soñé con las estrellas, no sé.

La feria

El día siguiente fue tan increíble como el primero. Por la mañana salimos a montar a caballo y por la tarde rapelamos por unos árboles gigantes con la ayuda de los guías. Cuando regresamos a las cabañas para cenar, todos volvíamos a estar cansados. Después de cenar nos dijeron que teníamos una hora para descansar y que después iríamos en autobús hasta la feria para ver una película al aire libre.

Aún no había podido escribirles una carta a mamá, papá y Via, así que les escribí una contándoles todo lo que habíamos hecho durante ese día y el anterior. Me imaginé leyéndosela en voz alta cuando volviese, porque era imposible que la carta llegase a casa antes que yo.

Cuando llegamos a la feria, el sol ya se estaba poniendo. Eran las siete y media. Las sombras se alargaban sobre la hierba y las nubes eran de color rosa y naranja. Era como si alguien hubiese cogido tiza de la de pintar en las aceras y hubiese difuminado los colores por todo el cielo con los dedos. No es que no haya visto atardeceres bonitos en la ciudad, porque sí que los he visto —rodajas de atardecer entre edificios—, pero no estaba acostumbrado a ver tanto cielo en todas direcciones. Allí, en la feria, entendí por qué antiguamente la gente pensaba que el mundo era plano y el cielo una bóveda que se cerraba en lo más alto. Eso era lo que parecía desde la feria, en mitad de aquel campo enorme.

Como éramos el primer colegio en llegar, pudimos correr por el campo todo lo que quisimos hasta que los profesores nos dijeron que pusiéramos los sacos de dormir en el suelo y eligiésemos un buen sitio para ver la película. Abrimos los sacos y los pusimos sobre la hierba, como si fuesen mantas de picnic, delante de la gigantesca pantalla de cine que había en mitad del campo. Luego fuimos a la hilera de caravanas de comida que había aparcadas a un lado del campo para comprar refrescos y algo de comer. También había puestos, como en el mercado, donde vendían cacahuetes tostados y algodón de azúcar. Y un poco más allá había una hilera corta de puestos de feria, de esos donde puedes ganar un animal de peluche si cuelas una pelota en una cesta. Jack y yo intentamos ganar algo, aunque no lo conseguimos, pero nos enteramos de que Amos había ganado un hipopótamo amarillo y se lo había regalado a Ximena. Era el cotilleo de moda: el deportista y la empollona.

Desde los puestos de comida se veían los tallos del maíz que había plantado detrás de la pantalla de cine. Ocupaban una tercera parte del terreno. El resto estaba totalmente rodeado de árboles. A medida que el sol se iba poniendo, los altos árboles de la entrada parecían tener un color azul cada vez más oscuro.

Cuando llegaron al aparcamiento los otros autobuses escolares, volvimos a nuestros sitios sobre los sacos de dormir, justo delante de la pantalla. Nosotros teníamos los mejores sitios. Todo el mundo compartía cosas de comer y se lo pasaba en grande. Jack, Summer, Reid, Maya y yo jugamos al Pictionary. Oíamos el ruido de los otros colegios al llegar, las risas y las conversaciones de gente que llegaba al campo por nuestra derecha y nuestra izquierda, pero no los veíamos. Aunque aún quedaba algo de luz en el cielo, el sol se había puesto del todo y en el suelo todo se había vuelto de un color morado. Las nubes ya no eran más que sombras. Nos costaba ver las cartas del Pictionary incluso poniéndolas delante de nuestras propias narices.

Y entonces, sin previo aviso, se encendieron los focos que había en las cuatro esquinas del terreno. Se parecían a los enormes focos de los estadios. Me recordó a aquella escena de *Encuentros en la tercera fase* cuando aterriza la nave extraterrestre y suena esa música: «duh-dah-du-da-dunnn». Todo el mundo se puso a aplaudir y a gritar como si acabara de suceder algo increíble.

Portaos bien con la naturaleza

Por los enormes altavoces que había junto a los focos comenzó a sonar un anuncio:

—Bienvenidos a la vigésimo tercera noche anual de cine en la Reserva Natural Broarwood. Bienvenidos, profesores y alumnos de… la Escuela de Secundaria 342, el Colegio William Heath. —Se oyó una enorme ovación desde el lado izquierdo del campo—. Bienvenidos, profesores y alumnos de la Academia Glover. —Se oyó otra ovación, esta vez desde el lado derecho del campo—. Y bienvenidos, profesores y alumnos del… colegio de secundaria Beecher. —Nuestro grupo gritó todo lo fuerte que pudo—. Nos encanta teneros como invitados esta noche, y nos encanta también que no nos haya fallado el tiempo. De hecho, hace una noche preciosa. —Todos volvimos a gritar y a aullar—. Mientras preparamos la película, os rogamos que dediquéis un momento a escuchar este importante anuncio. La Reserva Natural Broarwood, como ya sabéis, se dedica a proteger nuestros recursos naturales y el medio ambiente. Os rogamos que no dejéis basura. Limpiad lo que ensuciéis. Portaos bien con la naturaleza y ella se portará bien con vosotros. Os pedimos que lo tengáis en cuenta. No paséis al otro lado de los conos anaranjados que hay en el borde del recinto ferial. No entréis en los campos de maíz ni en el bosque. Por favor, no os pongáis a dar vueltas. Aunque no os apetezca ver la película, quizá vuestros compañeros no piensen igual, así que por favor sed educados: no habléis, no pongáis música y no corráis. Los servicios están al otro lado de los puestos. Cuando acabe la película será muy de noche, por eso os pedimos que no os separéis de vuestro grupo y volváis a los autobuses. Profesores, en las noches de cine de Broarwood casi siempre se pierde alguien: ¡que no os pase a vosotros! La película de esta noche es… ¡*Sonrisas y lágrimas*!

Me puse a aplaudir, aunque ya la había visto unas cuantas veces, porque era la película favorita de Via. Me sorprendió que unos cuantos chicos (que no eran del cole) se pusiesen a silbar y a reírse. Alguien del lado derecho del campo lanzó una lata de refresco a la pantalla, lo cual sorprendió al señor Traseronian. Vi que se levantó y miró hacia el lugar desde donde habían lanzado la lata, aunque sabía que no vería nada en aquella oscuridad.

Enseguida empezó la película. Los focos perdieron intensidad. María, la novicia, estaba en lo alto de la montaña dando vueltas y más vueltas. De repente había refrescado, así que me puse mi sudadera amarilla de Montauk, ajusté el volumen de los audífonos, me recosté sobre la mochila y me puse a ver la película.

«El dulce cantar…»

El bosque está vivo

En algún momento de esa parte aburrida en que el tío que se llama Rolf y la hija mayor cantan «Cumplirás diecisiete años», Jack me dio un codazo.

—Tío, tengo que ir a mear —dijo.

Los dos nos levantamos y pasamos por encima de todo el mundo que estaba sentado o tumbado sobre los sacos de dormir con cuidado de no pisarlos. Summer me saludó al pasar y yo le devolví el saludo.

Había un montón de gente de los otros colegios por la zona de las caravanas de comida, jugando en los puestos de feria o no haciendo nada en concreto.

Claro está, la cola para los servicios era enorme.

—Déjalo, buscaré un árbol —dijo Jack.

—No seas bruto, Jack. Vamos a esperar —contesté.

Pero Jack echó a andar hacia la fila de árboles que había justo donde acababa el campo, al otro lado de los conos anaranjados que nos habían dado órdenes concretas de no cruzar. Yo lo seguí, claro. No llevábamos las linternas porque se nos había olvidado cogerlas. Aquello estaba tan oscuro que, mientras caminábamos hacia los árboles, no se veía nada a diez pasos por delante. Afortunadamente, la película daba algo de luz, así que cuando vimos el haz de una linterna que salía del bosque y avanzaba hacia nosotros, enseguida supimos que eran Henry, Miles y Amos. Supongo que ellos tampoco habían querido hacer cola para entrar en los servicios.

Miles y Henry seguían sin hablarle a Jack, pero Amos se había olvidado de la guerra hacía mucho tiempo. Nos saludó con la cabeza al cruzarnos.

—¡Tened cuidado con los osos! —gritó Henry, y Miles y él se echaron a reír mientras se alejaban.

Amos negó con la cabeza como queriendo decir que no les hiciésemos ni caso.

Jack y yo nos alejamos un poco más hasta entrar en el bosque. Jack buscó el árbol perfecto y por fin hizo lo que tenía que hacer, aunque a mí me pareció que tardaba una eternidad.

En el bosque se oían extraños sonidos, gorjeos y graznidos, como si una muralla de ruidos fuese saliendo de los árboles. Luego empezamos a oír unos chasquidos cerca de donde estábamos, como el ruido que hace una pistola de perdigones, que desde luego no procedía de ningún insecto. A lo lejos, como si viniese de otro mundo, oímos la canción «Gotas de rocío en las rosas y bigotes de gatitos».

—Ah, esto ya es otra cosa —dijo Jack, subiéndose la cremallera.

—Ahora tengo que mear yo —contesté, y lo hice en el árbol que tenía más cerca. Ni de broma iba a alejarme más que Jack.

—¿Lo hueles? Huele a petardos —preguntó Jack acercándose a mí.

—Sí, huele a eso exactamente —contesté, subiéndome la cremallera—. Qué raro.

—Vámonos.

Alien

Volvimos por donde habíamos llegado, en dirección a la pantalla gigante. Entonces nos tropezamos con un grupo de chicos que no conocíamos. Ellos salían de entre los árboles, de hacer algo que estoy seguro que a sus profesores no les hubiese gustado. Olía a humo de petardos y a cigarrillos. Nos iluminaron con una linterna. Eran seis: cuatro chicos y dos chicas. Parecían de séptimo.

—¿De qué colegio sois? —preguntó uno de los chicos.

—De Beecher —comenzó a decir Jack, cuando de repente una de las chicas se puso a gritar.

—¡Dios mío! —gritó, tapándose los ojos con la mano como si estuviera llorando. Pensé que a lo mejor un bicho enorme se había chocado contra su cara.

—¡No puede ser! —gritó uno de los chicos, y se puso a sacudir la mano, como si acabase de tocar algo muy caliente. Luego se tapó la boca con esa misma mano—. ¡No puede ser, tío! ¡No puede ser!

Todos se echaron a reír y a taparse los ojos mientras se empujaban entre sí y soltaban tacos en voz alta.

—¿Qué es eso? —dijo el chico que nos estaba iluminando con la linterna, y solo entonces me di cuenta de que me estaba enfocando la cara y que era yo de quien estaban hablando... o más bien gritando.

—Vámonos de aquí —me dijo Jack en voz baja. Y me tiró de la manga de la sudadera y echamos a andar para alejarnos de ellos.

—¡Espera, espera, espera! —gritó el chico de la linterna, cerrándonos el paso. Volvió a enfocarme la cara con la linterna. Ya solo estaba a un metro y medio de distancia—. ¡Ay, madre! ¡Ay, madre! —dijo, negando con la cabeza y con la boca abierta de par en par—. ¿Qué le ha pasado a tu cara?

—Déjalo, Eddie —dijo una de las chicas.

—¡No sabía que esta noche ponían *El señor de los anillos*! —exclamó—. ¡Mirad, chicos, es Gollum!

El comentario hizo que sus amigos se partiesen de risa.

Intentamos de nuevo alejarnos de ellos, pero el tal Eddie volvió a cortarnos el paso. Le sacaba a Jack una cabeza por lo menos, y Jack ya me sacaba una cabeza a mí, así que aquel tío me parecía enorme.

—¡No, tío, es *Alien*! —dijo otro de los chicos.

—No, no, no, tío. ¡Es un orco! —contestó Eddie entre risas, volviendo a iluminarme la cara con la linterna. Ahora lo teníamos justo delante.

—Déjalo en paz, ¿vale? —dijo Jack, apartando la mano con la que sostenía la linterna.

—¿Vas a obligarme? —preguntó Eddie, iluminando ahora la cara de Jack.

—¿Qué problema tienes, tío? —dijo Jack.

—¡Tu novio es mi problema!

—Vámonos, Jack —dije, agarrándolo del brazo.

—¡Vaya, pero si habla y todo! —gritó Eddie, iluminándome otra vez la cara con la linterna. Entonces uno de los otros chicos nos tiró un petardo a los pies.

Jack intentó pasar junto a Eddie, pero Eddie puso sus manos sobre los hombros de Jack y lo empujó con fuerza. Jack se cayó hacia atrás.

—¡Eddie! —gritó una de las chicas.

—Oye —dije, interponiéndome entre Jack y él y levantando las manos como si fuese un guardia de tráfico—. Somos mucho más pequeños que vosotros…

—¿Estás hablando conmigo, Freddy Krueger? No creo que quieras meterte conmigo, monstruo —contestó Eddie.

En ese momento supe que debía echar a correr todo lo rápido que pudiese, pero Jack seguía en el suelo y no pensaba dejarlo tirado.

—¡Eh, colega! —dijo una nueva voz a nuestras espaldas—. ¿Qué pasa, tío?

Eddie se dio media vuelta y apuntó con la linterna hacia el lugar de donde salía la voz. Durante un segundo no pude creerme quién era.

—Déjalos en paz, tío —dijo Amos, con Miles y Henry detrás de él.

—¿Quién lo dice? —preguntó uno de los chicos que iban con Eddie.

—Que los dejéis en paz, tío —repitió Amos con mucha calma.

—¿Tú también eres un monstruo? —preguntó Eddie.

—¡Sois todos una panda de monstruos! —dijo uno de sus amigos.

Amos no contestó, pero nos miró y añadió:

—Vamos, chicos. El señor Traseronian nos está esperando.

Sabía que era mentira, pero ayudé a Jack a levantarse y echamos a andar hacia Amos. Entonces, sin venir a cuento, el tal Eddie me agarró de la capucha mientras pasaba junto a él, tiró de ella con fuerza y me caí de espaldas al suelo. Me llevé un buen golpe y me hice bastante daño en un codo con una piedra. No vi qué pasó luego. Bueno, sí, vi que Amos embistió a Eddie como si fuese una camioneta de esas con ruedas gigantes y los dos cayeron al suelo junto a mí.

Después todo fue una locura. Alguien me agarró de la manga y gritó: «¡Corre!» mientras otro gritaba: «¡A por ellos!» al mismo tiempo, y durante unos segundos tuve a dos personas tirándome de las mangas de la sudadera, cada una en una dirección. Los dos soltaban tacos. De pronto, la sudadera se desgarró y el primer chico me agarró del brazo y tiró de mí para que corriese detrás de él. Lo hice lo mejor que pude. Oía ruido de pasos detrás de nosotros, persiguiéndonos, y voces y chicas gritando, pero estaba tan oscuro que no sabía de quién era cada voz. Todo sonaba como si estuviéramos bajo el agua. Corríamos como locos en la oscuridad más absoluta, y cada vez que intentaba ir más despacio, el chico que me tiraba del brazo gritaba: «¡No te pares!».

Voces en la oscuridad

Al final, después de una carrera que a mí se me hizo eterna, alguien gritó:

—¡Creo que los hemos despistado!

—¿Amos?

—¡Aquí estoy! —dijo Amos a unos pasos detrás de nosotros.

—¡Podemos parar! —gritó Miles desde más allá.

—¡Jack! —chillé.

—¡Uf! —dijo Jack—. Aquí estoy.

—¡No veo nada!

—¿Estás seguro de que los hemos despistado? —preguntó Henry, soltándome el brazo. Entonces comprendí que era él quien había tirado de mí mientras corríamos.

—Sí.

—¡Chist! ¡Vamos a escuchar!

Todos nos quedamos supercallados mientras escuchábamos a ver si oíamos pasos en la oscuridad. Lo único que se oía eran los grillos, las ranas y nuestros jadeos exagerados. Estábamos sin aliento, nos dolía la barriga y doblábamos el cuerpo hacia delante.

—Los hemos despistado —dijo Henry.

—¡Hala! ¡Ha sido increíble!

—¿Qué ha pasado con la linterna?

—¡Se me ha caído!

—¿Cómo sabíais lo de esos tíos? —preguntó Jack.

—Los habíamos visto antes.

—Parecían unos capullos.

—¡Has embestido contra él! —le dije a Amos.

—Sí, ya lo sé —contestó Amos riéndose.

—¡No se lo esperaba! —dijo Miles.

—Dice: «¿Tú también eres un monstruo?» y vas tú y ¡zas! —contestó Jack.

—¡Zas! —repitió Amos, dando un puñetazo al aire—. Pero después de tirarlo al suelo, me he dicho: «¡Corre, Amos, pedazo de imbécil, que es diez veces más alto que tú!». Me he levantado y he echado a correr tan rápido como he podido.

Todos soltamos una carcajada.

—Yo he agarrado a Auggie y le he dicho: «¡Corre!» —dijo Henry.

—¡No sabía que eras tú quien tiraba de mí! —contesté.

—Ha sido increíble.

—Superincreíble.

—Te sale sangre del labio, tío.

—Me han dado un par de puñetazos —contestó Amos, limpiándose el labio.

—Yo creo que eran de séptimo.

—Eran enormes.

—¡Pringados! —gritó Henry, pero todos le hicimos callar.

Nos quedamos escuchando durante unos segundos para comprobar que nadie lo había oído.

—¿Se puede saber dónde narices estamos? —preguntó Amos—. Ni siquiera se ve la pantalla.

—Creo que estamos en los maizales —contestó Henry.

—¿No me digas? ¿Estamos en los maizales? —replicó Miles, empujándolo con una planta de maíz.

—Ya sé dónde estamos —dijo Amos—. Tenemos que volver en esa dirección. Así llegaremos a la otra punta del campo.

—Eh, tíos —contestó Jack, levantando una mano—. Ha sido guay que hayáis vuelto a por nosotros. Guay de verdad. Gracias.

—De nada —dijo Amos, entrechocando la palma de la mano con él.

Miles y Henry también hicieron lo mismo.

—Sí, tíos, gracias —dije yo, levantando la mano igual que había hecho Jack, pero no estaba seguro de si a mí también me la entrechocarían.

Amos me miró y asintió.

—Te has defendido bien, pequeñín —dijo, chocándome esos cinco.

—Sí, Auggie —dijo Miles, chocando palmas conmigo—. Con eso de: «Somos más pequeños que vosotros»…

—No sabía qué otra cosa decir —contesté, riéndome.

—Ha estado guay —dijo Henry, y él también me chocó esos cinco—. Siento haberte roto la sudadera.

Miré hacia abajo y vi que tenía la sudadera completamente desgarrada por la mitad. Me habían arrancado una manga y la otra estaba tan estirada que me colgaba hasta las rodillas.

—Oye, te sangra el codo —señaló Jack.

—Ya. —Me encogí de hombros. Estaba empezando a dolerme mucho.

—¿Te encuentras bien? —preguntó Jack al verme la cara.

Asentí. De pronto tenía ganas de llorar y estaba intentando por todos los medios no hacerlo.

—¡Espera, te han desaparecido los audífonos! —dijo Jack.

—¿Cómo? —grité, tocándome las orejas. No llevaba los audífonos. Por eso me parecía que estaba bajo el agua—. ¡Oh, no! —dije, y entonces ya no pude más. Todo lo que me había pasado me superó de repente y no pude evitarlo: me eché a llorar. Pero a llorar a lo bestia, «como una Magdalena», que decía mamá. Me dio tanta vergüenza que escondí la cabeza bajo el brazo, pero no pude evitar que las lágrimas continuaran saliendo.

Los cuatro se portaron superbién. Me dieron palmaditas en la espalda.

—Tranquilo, tío. No pasa nada —dijeron.

—Eres un tío valiente, ¿sabes? —dijo Amos, pasándome el brazo por encima de los hombros.

Y como no podía parar de llorar, me abrazó con los dos brazos igual que habría hecho mi padre y me dejó llorar.

La guardia del emperador

Retrocedimos sobre nuestros propios pasos durante unos diez minutos para ver si podíamos encontrar los audífonos, pero estaba demasiado oscuro y no se veía nada. Teníamos que agarrarnos de las camisetas y caminar en fila india para no tropezar el uno con el otro. Era como si alguien hubiese vertido tinta negra a nuestro alrededor.

—Es inútil —dijo Henry—. Podrían estar en cualquier parte.

—A lo mejor podríamos volver con una linterna —contestó Amos.

—No, no pasa nada —dije—. Mejor regresamos. Gracias, de todos modos.

Volvimos hacia los maizales y los cruzamos hasta que vimos de nuevo la parte de atrás de la pantalla gigante. Como estaba de espaldas a nosotros, no nos dio nada de claridad hasta que volvimos al lugar donde acababan los árboles. Allí empezamos a ver un poco de luz.

No había ni rastro de los de séptimo por ninguna parte.

—¿Dónde pensáis que se habrán metido? —preguntó Jack.

—Habrán vuelto a las caravanas de comida —contestó Amos—. Se pensarán que vamos a chivarnos.

—¿Vamos a chivarnos? —preguntó Henry.

Todos me miraron. Negué con la cabeza.

—Vale —dijo Amos—. Pero oye, pequeñín, no vuelvas a pasearte solo por aquí, ¿vale? Si necesitas ir a alguna parte, dínoslo y te acompañaremos.

—Vale —contesté.

Al acercarnos a la pantalla, oí «Iba un pastor por el monte solo» y olí el algodón de azúcar de uno de los puestos que había junto a las caravanas de comida. Había un montón de chicos pululando por allí, así que me tapé la cabeza con lo que quedaba de la sudadera y miré al suelo, con las manos en los bolsillos, mientras pasábamos entre la gente. Hacía mucho tiempo que no salía a la calle sin los audífonos y era como estar a muchos kilómetros bajo el suelo. Me sentía como en esa canción que me cantaba Miranda: «Control de tierra a Comandante Tom, su equipo no funciona, hay un problema…».

Mientras caminaba me di cuenta de que Amos se había quedado a mi lado. Y Jack estaba pegado a mí por el otro lado. Miles iba delante de nosotros y Henry, detrás. Todos me rodeaban mientras caminábamos entre la multitud. Como si tuviera mi propia guardia del emperador.

El sueño

Salieron entonces del estrecho valle y enseguida vio el motivo del ruido. Allí estaban Peter, Edmund y el resto del ejér-
cito de Aslan combatiendo desesperadamente con la multitud de criaturas horribles que la niña había visto la noche
anterior; solo que en aquel momento, a la luz del día, parecían aún más extrañas, más diabólicas y más deformes.

Lo dejé ahí. Llevaba más de una hora leyendo y aún no tenía
sueño. Eran casi las dos de la mañana. Todos los demás estaban dormidos. Tenía la linterna encendida debajo del saco,
y a lo mejor esa era la razón de que no pudiese dormir, pero
me daba demasiado miedo apagarla. Me daba miedo lo oscuro que estaba todo fuera del saco de dormir.

Cuando volvimos a nuestro sitio delante de la pantalla,
nadie se había dado cuenta de que habíamos desaparecido. El
señor Traseronian, la señora Rubin, Summer y todos los demás seguían viendo la película. No tenían ni idea de lo que
nos había pasado a Jack y a mí. Es curioso que para uno pueda ser la peor noche de su vida y para todos los demás sea una

noche de lo más normal. En mi calendario de casa pensaba marcar aquel día como uno de los días más horribles de mi vida. Aquel y el día que murió Daisy. Pero para todos los demás era un día normal. O puede que hasta fuese un buen día. Puede que alguien hubiese ganado la lotería.

Amos, Miles y Henry nos acompañaron a Jack y a mí hasta nuestro sitio, junto a Summer, Maya y Reid, y fueron a sentarse a su sitio, con Ximena, Savanna y su grupo. En cierto modo, todo volvía a ser exactamente igual a como había sido hasta el momento en que habíamos decidido ir a buscar los lavabos. El cielo era igual. La película era la misma. Las caras de todo el mundo eran las mismas. La mía también.

Pero algo era diferente. Algo había cambiado.

Vi que Amos, Miles y Henry les contaban a los de su grupo lo que había pasado. Supe que estaban hablando de eso porque no paraban de mirarme mientras hablaban. Aunque la película aún no había acabado, la gente hablaba en susurros en la oscuridad. Esa clase de noticias corren como la pólvora.

En el viaje de vuelta en autobús era el tema de conversación. Todas las niñas, hasta las niñas a las que apenas conocía, me preguntaron si me encontraba bien. Todos los niños decían que había que vengarse del grupo de imbéciles de séptimo y que había que intentar averiguar de qué colegio eran.

No pensaba contarles a los profesores lo que había pasado, pero se enteraron de todos modos. Quizá fue la sudadera desgarrada y el codo que sangraba. O quizá es que los profesores lo oyen todo.

Cuando volvimos al campamento, el señor Traseronian me llevó a la oficina de primeros auxilios y, mientras la enfermera del campamento me limpiaba y me vendaba el codo, el señor Traseronian y el director del campamento estaban en la habitación de al lado hablando con Amos, Jack, Henry y Miles, intentando obtener una descripción de los gamberros. Cuando me preguntaron a mí un rato después, dije que no me acordaba de sus caras, pero no era cierto.

Cada vez que cerraba los ojos para dormir veía sus caras. La mirada de terror en la cara de la chica cuando me vio por primera vez. La manera que tenía de mirarme Eddie, el de la linterna, mientras me hablaba, como si me odiase.

Como un cordero al matadero. Recordé las palabras de papá. Parecía que había pasado una eternidad, pero acababa de entender lo que significaba.

Después de todo

Cuando llegó el autobús, mamá me estaba esperando delante del colegio con los demás padres. El señor Traseronian me dijo en el autobús que habían llamado a mis padres para contarles que había habido un «incidente» la noche anterior, pero que todo el mundo estaba bien. Dijo que el director del campamento y varios monitores habían estado buscando los audífonos por la mañana mientras nosotros nos bañábamos en el lago, pero que no habían encontrado nada. Dijo que Broarwood nos reembolsaría el coste de los audífonos. Se sentían fatal por lo que había pasado.

Me pregunté si Eddie se habría llevado los audífonos como recuerdo. Como un recuerdo del orco.

Cuando bajé del autobús mamá me dio un abrazo muy fuerte, pero no me avasalló con preguntas como pensaba que haría. Su abrazo me sentó bien y no intenté soltarme como hacían otros niños con los abrazos de sus padres.

El conductor del autobús se puso a descargar nuestros equipajes y yo fui a por el mío mientras mamá hablaba con el señor Traseronian y la señora Rubin, que se habían acercado

364

a ella. Mientras volvía con mi bolsa, un montón de niños que normalmente no me dirigían la palabra me saludaron con un gesto de la cabeza o me dieron palmaditas en la espalda.

—¿Nos vamos? —me preguntó mamá al verme.

Cogió mi bolsa de viaje y yo no intenté aferrarme a ella: me parecía bien que me la llevase. Sinceramente, si hubiese querido llevarme a hombros, también me habría parecido bien.

Cuando ya nos íbamos, el señor Traseronian me dio un abrazo rápido e intenso, pero no dijo nada.

En casa

Mamá y yo no hablamos mucho en el camino de vuelta a casa. Cuando llegamos al porche, miré automáticamente a la ventana de la fachada porque por un momento se me había olvidado que Daisy no estaría allí como siempre, subida al sofá y con las patas delanteras en el alféizar, esperando que volviésemos a casa. Eso me puso un poco triste. Nada más entrar, mamá soltó mi bolsa de viaje, me abrazó y me besó en la cabeza y en la cara como si quisiese aspirarme.

—Tranquila, mamá, estoy bien —dije sonriente.

Hizo un gesto de aprobación y me cogió la cara con las manos. Le brillaban los ojos.

—Ya lo sé —contestó—. Te he echado mucho de menos, Auggie.

—Y yo a ti.

Se notaba que quería decir muchas cosas pero se estaba controlando.

—¿Tienes hambre? —preguntó.

—Estoy muerto de hambre. ¿Me haces un sándwich de queso?

—Claro —contestó, e inmediatamente se puso a hacerme el sándwich mientras yo me quitaba la chaqueta y me sentaba a la mesa de la cocina.

—¿Dónde está Via? —pregunté.

—Hoy la recoge papá. Hay que ver lo que te ha echado de menos, Auggie —dijo mamá.

—Ah, ¿sí? Le habría gustado la reserva natural. ¿Sabes qué película pusieron? *Sonrisas y lágrimas*.

—Eso tienes que contárselo.

—¿Qué quieres escuchar primero, la parte buena o la parte mala? —pregunté pasados unos minutos, apoyando la cabeza en la mano.

—La que más te apetezca contar —contestó.

—Bueno, quitando lo de anoche, me lo he pasado de miedo —dije—. Pero de miedo de verdad. Por eso estoy tan asqueado. Es como si me hubiesen estropeado todo el viaje.

—No, cielo, no permitas que hagan eso. Has estado allí más de cuarenta y ocho horas, y la parte mala duró una hora. No dejes que te quiten eso, ¿vale?

—Lo sé —le contesté—. ¿Te ha contado el señor Traseronian lo de los audífonos?

—Sí, nos ha llamado esta mañana.

—¿Papá se ha enfadado por lo caros que son?

—Claro que no, Auggie. Lo único que quería saber era si estabas bien. Eso es lo único que nos importa. Y que no dejes que esos… matones… te estropeen el viaje.

Me reí por cómo había dicho aquella palabra: «matones».

—¿Qué? —preguntó.

—«Matones» —dije, burlándome de ella—. Es una palabra pasada de moda.

—Vale, pues imbéciles, idiotas, estúpidos —contestó, dándole la vuelta al sándwich en la sartén—. *Cretinos*, que habría dicho mi madre. Llámalos como quieras. Si me los encontrase por la calle, iba a… —Negó con la cabeza.

—Eran muy grandes, mamá —repuse sonriendo—. Eran de séptimo, creo.

Mamá volvió a negar con la cabeza.

—¿De séptimo? El señor Traseronian no nos lo dijo. ¡Cielo santo!

—¿Te contó que Jack me defendió? —pregunté—. Y Amos, ¡zas!, embistió al jefe del grupo. Los dos se cayeron al suelo, como en las peleas de verdad. Fue increíble. A Amos le sangraba el labio y todo.

—Nos dijo que hubo una pelea, pero… —dijo, mirándome con las cejas arqueadas—. No sabía… ¡uf!… Menos mal que Amos, Jack y tú estáis bien. Solo de pensar lo que podría haber pasado… —Su voz se fue apagando y le dio la vuelta de nuevo al sándwich.

—Mi sudadera de Montauk está completamente desgarrada.

—Bueno, eso puede sustituirse —contestó. Puso el sándwich en un plato y me lo colocó delante, sobre la mesa—. ¿Leche o zumo de uva?

—Un batido de chocolate, por favor. —Empecé a devorar el sándwich—. Esto…, ¿puedes hacerlo así, como lo haces tú, con espuma?

—¿Cómo acabasteis Jack y tú en el bosque? —preguntó, echando la leche en un vaso alto.

—Jack tenía que ir al baño —contesté con la boca llena. Mientras hablaba, ella echó el chocolate en polvo y lo batió muy rápido—. Pero había una cola enorme y él no quería esperar. Por eso fuimos hacia los árboles para mear. —Me miró mientras lo batía. Sé que estaba pensando que no deberíamos haberlo hecho. El batido de chocolate tenía ya una capa de espuma de cinco centímetros—. Así está bien, mamá. Gracias.

—¿Y qué paso después? —preguntó, poniéndome el vaso delante.

Le di un buen trago al batido de chocolate.

—¿Te parece bien que dejemos el tema para luego?

—Ah. Vale.

—Te prometo que te lo contaré luego, cuando papá y Via vuelvan a casa. Te contaré hasta el último detalle, pero es que no quiero tener que contar la historia una y otra vez, ¿sabes?

—Claro.

Me acabé el sándwich en dos bocados y me bebí el batido de un trago.

—Vaya, te lo has comido en un santiamén. ¿Quieres otro? —preguntó.

Negué con la cabeza y me limpié la boca con el dorso de la mano.

—¿Mamá? ¿Siempre voy a tener que preocuparme por unos idiotas como esos? —pregunté—. Cuando sea mayor, ¿siempre va a ser así?

No contestó inmediatamente. Se llevó el plato y el vaso, los dejó en el fregadero y los enjuagó con agua.

—Siempre habrá idiotas en el mundo, Auggie —dijo mirándome—. Pero creo, y papá también lo cree, que en este mundo hay más gente buena que mala, y la gente buena se preocupa por los demás y cuida de los demás. Igual que Jack cuidó de ti. Y Amos. Y esos otros chicos.

—Sí, Miles y Henry —contesté—. También se portaron fenomenal. Es curioso, porque Miles y Henry no se han portado bien conmigo durante todo el curso.

—A veces la gente nos sorprende —dijo, frotándome la cabeza con la mano.

—Supongo.

—¿Quieres otro batido de chocolate?

—No. Gracias, mamá. La verdad es que estoy un poco cansado. Esta noche no he dormido demasiado bien.

—Deberías dormir un rato. Por cierto, gracias por dejarme a Baboo.

—¿Leíste mi nota?

Sonrió.

—He dormido con él las dos noches. —Estaba a punto de decir algo más cuando le sonó el móvil y contestó. Mientras escuchaba se le fue dibujando una sonrisa de oreja a oreja—. Madre mía, ¿de verdad? ¿Cómo es? —preguntó emocionada—. Sí, está aquí. Iba a dormir un rato. ¿Queréis saludarlo? Vale, nos vemos dentro de dos minutos —añadió, y cortó.

—Era papá —dijo emocionada—. Via y él están a una manzana de aquí.

—¿Hoy no trabaja?

—Ha salido antes porque estaba deseando verte —contestó, así que tu siesta tendrá que esperar un poco.

Cinco segundos después papá y Via entraban por la puerta. Corrí a abrazar a papá, que me levantó, me dio una vuelta y me besó. Tardó un minuto en soltarme.

—Papá, ya vale —le dije.

Y entonces le llegó el turno a Via, que me besó por todas partes como hacía cuando era pequeño.

Cuando paró me fije en una enorme caja de cartón blanca que habían traído.

—¿Qué es? —pregunté.

—Ábrela —contestó papá, sonriendo, y mamá y él se miraron como si solo ellos conociesen el secreto.

—¡Vamos, Auggie! —dijo Via.

Abrí la caja. Dentro estaba el perrito más mono que he visto en mi vida. Era negro y peludo y tenía el hocico puntiagudo, los ojos negros y las orejitas caídas.

Oso

Al perrito lo llamamos Oso porque cuando mamá lo vio por primera vez dijo que parecía una cría de oso. «¡Pues así lo llamaremos!», dije yo, y todos estuvieron de acuerdo en que era el nombre perfecto.

Al día siguiente no fui a clase; no porque me doliese el codo, que me dolía, sino para poder pasarme el día jugando con Oso. Mamá dejó que Via tampoco fuese a clase para que pudiésemos turnarnos para abrazar a Oso y a jugar a tira y afloja con él. Habíamos conservado todos los juguetes de Daisy, así que los sacamos para ver cuáles eran sus favoritos.

Fue muy divertido pasar el día con Via, nosotros solos. Fue como en los viejos tiempos, como antes de empezar a ir al colegio. Antes siempre estaba deseando que Via llegase a casa del colegio para jugar con ella antes de ponerse a hacer los deberes. Ahora que somos mayores y tengo que ir al colegio y me junto con mis amigos, ya nunca lo hacemos.

Por eso fue divertido pasar el día con ella, riéndonos y jugando. Creo que a ella también le gustó.

El cambio

Cuando volví al colegio al día siguiente, lo primero que me llamó la atención fue que las cosas habían cambiado mucho. Y habían cambiado de una manera monumental. De una manera sísmica. Puede que incluso de una manera cósmica. Fuera como fuese, se había producido un gran cambio. Todos —y no solo en nuestro curso, sino en todos los cursos— se habían enterado de lo que había pasado entre nosotros y los de séptimo, así que de repente ya no era famoso por lo que siempre he sido famoso, sino por aquello que había sucedido. Y la historia de lo que había sucedido se había ido haciendo más y más grande cada vez que alguien la contaba. Dos días después, la historia que circulaba por ahí decía que Amos se había liado a puñetazos con el otro chaval, y Miles, Henry y Jack también les habían arreado algún puñetazo a los otros. Incluso la huida a través del campo se había convertido en una larga aventura a través de un laberinto con forma de maizal hasta llegar al bosque oscuro. La versión de la historia que contaba Jack seguramente era la mejor, porque es muy gracioso, pero, fuera cual fuese la versión e independientemente de quién la contase, había dos cosas que no cambiaban: se habían metido conmigo por mi cara y Jack me había defendido, y los otros —Amos, Henry y Miles— me habían protegido. Y ahora que me habían protegido, para ellos era diferente. Era como si ahora fuese uno de los suyos. Todos empezaron a llamarme «pequeñín», hasta los más deportistas. Aquellos grandullones a los que apenas conocía ahora me saludaban entrechocando sus nudillos con los míos.

Sucedió otra cosa: Amos se volvió superpopular y Julian, como se lo había perdido, se quedó fuera del círculo de los populares. Miles y Henry empezaron a juntarse con Amos, como si hubieran cambiado de amigo del alma. Me gustaría poder decir que Julian empezó a tratarme mejor, pero no sería cierto. Seguía mirándome mal en clase y seguía sin hablar ni conmigo ni con Jack, pero ya era el único que lo hacía. Y a Jack y a mí nos importaba un pito.

Patos

El penúltimo día de clase, el señor Traseronian me llamó a su despacho para decirme que habían averiguado los nombres de los alumnos de séptimo de las colonias. Me leyó un montón de nombres que no me sonaron de nada hasta que pronunció el último:

—Edward Johnson.

Asentí con la cabeza.

—¿Reconoces ese nombre? —preguntó.

—Lo llamaban Eddie.

—Ya. Mira lo que han encontrado en la taquilla de Edward. —Me entregó lo que quedaba de mis audífonos. Faltaba la parte derecha y la izquierda estaba destrozada. La pieza que conectaba las dos, la que parecía de Lobot, estaba doblada por la mitad.

—Su colegio quiere saber si vas a presentar cargos —dijo el señor Traseronian.

Miré mis audífonos.

—No, creo que no. —Me encogí de hombros—. Van a hacerme unos nuevos.

—Hummm. ¿Por qué no lo comentas con tus padres esta noche? Mañana yo llamaré a tu madre para hablarlo con ella también.

—¿Irían a la cárcel? —pregunté.

—No, a la cárcel no. Pero seguramente los juzgaría un tribunal de menores. Y quizá así aprendiesen la lección.

—Fíese de mí: ese tal Eddie no va a aprender ninguna lección —contesté bromeando.

El director se sentó en su silla.

—Auggie, ¿por qué no te sientas un momento?

Me senté. Las cosas que tenía sobre la mesa eran las mismas que cuando había entrado por primera vez en su despacho el verano anterior: el mismo cubo de espejos, el mismo globo terráqueo que flotaba en el aire. Parecía que había pasado una eternidad.

—Cuesta creer que casi haya acabado el curso, ¿eh? —dijo, como si me hubiese leído el pensamiento.

—Sí.

—¿Ha sido un buen curso para ti, Auggie? ¿Ha estado bien?

—Sí, ha sido bueno —contesté asintiendo.

—Ya sé que académicamente te ha ido muy bien. Eres uno de nuestros mejores alumnos. Enhorabuena por la lista de matrículas de honor.

—Gracias. Sí, mola.

—Pero sé que el curso ha tenido sus altibajos —dijo arqueando las cejas—. Desde luego, esa noche en la reserva natural fue uno de los peores momentos.

—Sí. Pero también tuvo su parte buena.

—¿En qué sentido?

—Ya sabe. Hubo gente que me defendió y todo eso.

—Eso fue maravilloso —contestó sonriendo.

—Sí.

—Sé que en el colegio las cosas se pusieron feas con Julian en algún momento.

Tengo que reconocer que con aquello me pilló por sorpresa.

—¿Sabe todas esas cosas? —pregunté.

—A los directores de secundaria se nos da muy bien saber muchas cosas.

—¿Es que tienen cámaras de seguridad escondidas por los pasillos? —bromeé.

—Y micrófonos por todas partes —contestó entre risas.

—¿En serio?

Volvió a reírse.

—No, no es en serio.

—¡Ah!

—Pero los profesores sabemos más de lo que los alumnos pensáis, Auggie. Ojalá Jack y tú me hubieseis contado las notas crueles que dejaron en vuestras taquillas.

—¿Y eso cómo lo sabe? —pregunté.

—Te lo voy a confesar: los directores de secundaria lo sabemos *todo*.

—No fue para tanto —contesté—. Y nosotros también escribimos algunas notas.

Sonrió.

—No sé si la gente ya lo sabe —dijo—, aunque muy pronto se sabrá: Julian Albans no va a matricularse el curso que viene en Beecher.

—¿Cómo? —No pude ocultar mi sorpresa.

—Sus padres piensan que Beecher no es un buen colegio para él —prosiguió el señor Traseronian, encogiéndose de hombros.

—Vaya noticia —dije.

—Sí. Pensé que deberías saberlo.

De repente me di cuenta de que el retrato de calabaza que había detrás de su mesa había desaparecido y era un dibujo mío, mi *Autorretrato como un animal* que había dibujado para la exposición de Año Nuevo, el que estaba enmarcado y colgado detrás de su mesa.

—¡Eh, ese es mío! —señalé.

El señor Traseronian se volvió, como si no supiese de qué le estaba hablando.

—¡Ah, es verdad! —dijo, dándose unos golpecitos en la frente con la mano—. Hacía meses que quería enseñártelo.

—Mi autorretrato como un pato —contesté, asintiendo.

—Me encanta, Auggie —dijo—. Cuando tu profesora de dibujo me lo enseñó, le pregunté si podía quedármelo para mi pared. Espero que no te importe.

—¡Qué va! Claro que no. ¿Qué ha sido del retrato de la calabaza?

—Lo tienes detrás.

—Ah, sí. Guay.

—Te lo quería preguntar desde que lo colgué —dijo, mirándolo—. ¿Por qué elegiste representarte como un pato?

—¿Qué quiere decir? —contesté—. De eso se trataba.

—Sí, pero ¿por qué un pato? —dijo—. ¿Puedo suponer que era por la historia del... eh... patito que se convierte en cisne?

—No —contesté, riéndome y negando con la cabeza—. Es porque parezco un pato.

—¡Oh! —dijo el señor Traseronian, con los ojos como platos. Él también se echó a reír—. ¿En serio? Eh… Yo estaba buscando algún simbolismo, alguna metáfora y… eh… ¡a veces, un pato no es más que un pato!

—Sí, supongo —dije, sin saber por qué le había parecido gracioso.

Estuvo riéndose para sus adentros durante unos treinta segundos.

—Bueno, Auggie, gracias por hablar conmigo. Quiero que sepas que es un placer tenerte aquí en Beecher, y estoy deseando que llegue el próximo curso. —Estiró el brazo sobre la mesa y nos dimos la mano—. Nos vemos mañana en la ceremonia de graduación.

—Nos vemos mañana, señor Traseronian.

El último precepto

Esto era lo que había escrito en la pizarra cuando entramos en la última clase de lengua:

EL PRECEPTO DEL MES DE JUNIO DEL SEÑOR BROWNE:
¡SIGUE EL DÍA E INTENTA TOCAR EL SOL!
(The Polyphonic Spree)
¡Que tengáis unas buenas vacaciones de verano, clase de 5.º B!

Ha sido un curso estupendo y habéis sido unos alumnos maravillosos.

Si os acordáis, haced el favor de enviarme una postal este verano con VUESTRO precepto personal. Puede ser algo que os hayáis inventado o algo que hayáis leído en alguna parte y que tenga un significado especial para vosotros. (En este caso, no olvidéis decir de quién es, por favor.) Estoy deseando recibirlas.

Tom Browne
563 Sebastian Place
Bronx, NY 10053

Antes de bajar del coche

La ceremonia de graduación iba a celebrarse en el auditorio de la escuela superior Beecher. El otro edificio del campus solo estaba a quince minutos andando de casa, pero papá me llevó en coche porque iba muy bien vestido y llevaba unos zapatos negros nuevos que apenas me había puesto y no quería que me doliesen los pies. Los alumnos debían llegar al auditorio una hora antes del comienzo de la ceremonia, pero llegamos antes todavía, así que nos quedamos sentados en el coche para hacer tiempo. Papá puso un CD y sonó nuestra canción favorita. Los dos sonreímos y comenzamos a mover la cabeza al ritmo de la música.

—«Andy se cruzaría la ciudad en bicicleta para llevarte caramelos» —cantó papá siguiendo la canción.

—¿Llevo recta la corbata? —pregunté.

Me miró y la estiró un poco mientras seguía cantando:

—«Y John te compraría un vestido para ponértelo en el baile del instituto…».

—¿Qué tal llevo el pelo? —pregunté.

Papá sonrió y asintió.

—Perfecto —dijo—. Estás estupendo, Auggie.

—Via me ha puesto un poco de gomina esta mañana —contesté, bajando el parasol. Me miré en el espejito—. ¿No parece demasiado hinchado?

—No. Te queda muy bien, Auggie. Creo que nunca lo habías llevado tan corto, ¿verdad?

—No, me lo corté ayer. Creo que así parezco mayor, ¿no?

—¡Y tanto! —Sonrió mientras me miraba y asentía—. «Pero soy el tío con más suerte del Lower East Side, porque tengo coche y a ti te apetece dar un paseo». ¡Mírate, Auggie! —añadió, sonriendo de oreja a oreja—. Mírate, lo grande y lo estupendo que estás. ¡No me puedo creer que vayas a graduarte de quinto!

—Ya lo sé. Es increíble, ¿eh?

—Y parece que fue ayer cuando empezaste.

—¿Recuerdas que aún tenía aquella trenza de *La guerra de las galaxias* colgándome de la parte de atrás de la cabeza?

—Ay, madre. Es verdad —dijo, pasándose la palma de la mano por la frente.

—Odiabas aquella trenza, ¿verdad, papá?

—«Odiar» es una palabra demasiado fuerte, pero podría decirse que no me gustaba.

—La odiabas. Venga, reconócelo —bromeé.

—No, no la odiaba —contestó sonriendo y negando con la cabeza—. Pero reconozco que sí odiaba aquel casco de astronauta que llevabas, ¿te acuerdas?

—¿El que me regaló Miranda? ¡Pues claro que me acuerdo! Lo llevaba a todas horas.

—Dios mío, ese sí que lo odiaba —dijo riéndose para sus adentros.

—Me fastidió un montón que se perdiera.

—Ah, pero si no se perdió —contestó despreocupadamente—. Lo tiré yo.

—Espera. ¿Cómo dices? —Pensaba que no lo había oído bien.

—«El día es precioso, y tú también» —cantó.

—¡Papá! —exclamé, bajando el volumen.

—¿Qué?

—¿Lo tiraste?

Por fin me miró a la cara y vio lo enfadado que estaba. No me podía creer que no se diera cuenta. Para mí era toda una revelación, y él hacía como si no fuera nada del otro mundo.

—Auggie, no podía soportar ver que esa cosa te tapase la cara —reconoció con torpeza.

—¡Papá, me encantaba ese casco! ¡Para mí significaba mucho! Cuando se perdió me fastidió una barbaridad, ¿es que no te acuerdas?

—Pues claro que me acuerdo, Auggie —dijo en voz baja—. Ay, Auggie, no te enfades. Lo siento mucho, pero es que no soportaba seguir viéndote con esa cosa en la cabeza. Pensaba que no era bueno para ti. —Intentaba mirarme a los ojos, pero yo no quería mirarlo—. Vamos, Auggie, intenta entenderlo —prosiguió, poniéndome la mano bajo la barbilla e inclinándome la cara hacia él—. Llevabas el casco a todas horas. Y la verdad de la buena era que echaba de menos ver tu cara, Auggie. Ya sé que a ti no siempre te gusta, pero tienes que comprender… que a mí me encanta. Me encanta tu cara, Auggie. La amo apasionadamente. Y me partía el corazón que siempre estuvieses tapándotela.

No paraba de mirarme, como si de verdad quisiera que lo entendiese.

—¿Mamá lo sabe? —pregunté.

Abrió los ojos como platos.

—Ni hablar. ¿Bromeas? ¡Me habría matado! —contestó con tono de miedo.

—Puso la casa patas arriba buscando el casco, papá —dije—. Se pasó una semana buscándolo en cada armario, en la lavandería… en todas partes.

—Ya lo sé —contestó asintiendo—. ¡Por eso me mataría!

Y entonces me miró, y vi algo en su cara que me hizo reír. Eso hizo que él abriese la boca de par en par, como si acabase de darse cuenta de algo.

—Un momento, Auggie —continuó, señalándome con el dedo—. Tienes que prometerme que nunca se lo contarás a mamá.

Sonreí y me froté las palmas de las manos como si de repente fuese alguien muy codicioso.

—Veamos —dije, acariciándome la barbilla—. Quiero la nueva Xbox cuando salga el mes que viene. Y quiero tener coche propio dentro de unos seis años, un Porsche rojo estaría bien, y…

Se echó a reír con ganas. Me encanta ser yo quien hace reír a papá, ya que él acostumbra ser el payaso que siempre nos hace reír a todos.

—Ay, madre. Ay, madre —dijo, negando con la cabeza—. Vaya si has crecido.

Empezó a sonar entonces la parte de la canción que más nos gusta cantar, así que subí el volumen y los dos nos pusimos a cantar.

—«Soy el tío más feo del Lower East Side, pero tengo coche y a ti te apetece dar un paseo. Te apetece dar un paseo. Te apetece dar un paseo. Te apetece dar un paseeeeeeeeeeeeeeeeeeeeeo.»

Esa última parte siempre la cantábamos a grito pelado, intentando sostener la última nota tanto como el cantante, pero siempre acabábamos partiéndonos de risa. Mientras nos reíamos, vi que Jack había llegado y se acercaba a nuestro coche. Me preparé para salir.

—Espera —dijo papá—. Solo quiero asegurarme de que me has perdonado.

—Sí, te perdono.

Me miró agradecido.

—Gracias.

—¡Pero no vuelvas a tirarme nada sin decírmelo!

—Te lo prometo.

Abrí la puerta y salí justo cuando Jack llegaba junto al coche.

—Hola, Jack —dije.

—Hola, Auggie. Hola, señor Pullman.

—¿Qué tal, Jack? —preguntó papá.

—Hasta luego, papá —dije, cerrando la puerta.

—¡Buena suerte, chicos! —gritó papá, bajando la ventanilla delantera—. ¡Nos vemos al otro lado de quinto curso!

Lo saludamos con la mano mientras arrancaba el coche y se disponía a salir, pero me acerqué corriendo y él paró el coche. Puse la mano en la ventana para que Jack no oyese lo que estaba diciendo.

—¿Podéis hacer el favor de no besarme mucho después de la graduación? —pregunté en voz baja—. Es bastante vergonzoso.

—Haré lo que pueda.

—¿Se lo dirás a mamá?

—No creo que pueda resistirse, Auggie, pero se lo diré.

—Adiós, mi viejo y cansado padre.

—Adiós, mi niño, mi niño —contestó papá sonriendo.

Tomad asiento

Jack y yo entramos en el edificio detrás de un par de alumnos de sexto y los seguimos hasta el auditorio.

La señora G estaba en la entrada, repartiendo los programas de mano y diciéndole a la gente adónde tenía que ir.

—Los de quinto, siguiendo el pasillo a la izquierda —dijo—. Los de sexto, a la derecha. Pasad todos. Vamos. Buenos días. Id a vuestra zona. Los de quinto, a la izquierda, y los de sexto, a la derecha…

El auditorio era grandísimo. Había unas enormes arañas brillantes, paredes de terciopelo rojo, y filas y más filas de sillas que llevaban hasta el enorme escenario. Recorrimos el amplio pasillo y seguimos las indicaciones para llegar a la zona de quinto, que estaba en una gran sala a la izquierda del escenario. Dentro había cuatro filas de sillas plegables que miraban hacia la parte frontal de la sala, que era donde estaba la señora Rubin saludándonos nada más entrar.

—Muy bien, chicos, tomad asiento. Tomad asiento —dijo, señalando las filas de sillas—. No olvidéis que tenéis que sentaros por orden alfabético. Vamos, sentaos todos.

Aún no habían llegado demasiados alumnos, y los que ya estaban allí no le hacían caso. Jack y yo estábamos luchando con nuestros programas de mano enrollados como si fuesen espadas.

—Hola, chicos.

Era Summer, que avanzaba hacia nosotros. Llevaba un vestido rosa claro y, creo, un poco de maquillaje.

—Vaya, Summer, estás increíble —le dije, y lo pensaba de verdad.

—¿En serio? Gracias. Tú también, Auggie.

—Sí, estás muy bien, Summer —añadió Jack, como si tal cosa.

Y por primera vez me di cuenta de que Jack estaba colado por ella.

—¿A que es emocionante? —dijo Summer.

—Sí, más o menos —contesté.

—Vaya, fíjate en el programa —dijo Jack, rascándose la frente—. Vamos a pasarnos aquí todo el día.

Miré el programa.

Palabras de bienvenida del director:
Prof. Harold Jansen

Discurso del director de secundaria:
Sr. Lawrence Traseronian

«Light and Day»:
Coro de secundaria

Discurso de los alumnos de quinto grado:
Ximena Chin

Pachelbel: «Canon en Re mayor»
Grupo de música de cámara de secundaria
Discurso de los alumnos de sexto grado:
Mark Antoniak

«Under Pressure»:
coro de secundaria

Discurso de la jefa de estudios de secundaria:
Sra. Jennifer Rubin

Presentación de premios (véase al dorso)

Se irá llamando a los alumnos por su nombre

—¿Por qué lo piensas? —pregunté.

—Porque los discursos del señor Jansen duran una eternidad —contestó Jack—. ¡Es aún peor que Traseronian!

—Mi madre dice que ella dio unas cuantas cabezadas cuando habló el año pasado —añadió Summer.

—¿Qué es la «Presentación de premios»? —pregunté.

—Es cuando les dan medallas a los empollones —contestó Jack—. O sea, que Charlotte y Ximena los ganarán todos en quinto, igual que lo ganaron todo en cuarto y en tercero.

—¿En segundo no? —bromeé.

—En segundo no daban esos premios —contestó.

—A lo mejor te llevas alguno este año —dije.

—Solo si dan algún premio al alumno que tenga más aprobados raspados —repuso entre risas.

—¡Tomad asiento! —gritó la señora Rubin, como si le molestase que nadie le hiciese caso—. Tenemos que repasar muchas cosas, así que haced el favor de sentaros. No olvidéis sentaros en orden alfabético. De la A a la G, en la primera fila. De la H a la N, en la segunda; de la O a la Q, en la tercera; de la R a la Z, en la última fila. Vamos, vamos.

—Deberíamos sentarnos —dijo Summer, echando a andar hacia la primera fila.

—Espero que vengáis a casa después de la ceremonia —grité.

—¡Pues claro! —dijo, sentándose al lado de Ximena Chin.

—¿Desde cuándo es Summer tan guapa? —me dijo Jack al oído.

—Cállate, tío —contesté riéndome mientras íbamos hacia la tercera fila.

—Te lo digo en serio. ¿Desde cuándo? —susurró, sentándose a mi lado.

—¡Señor Will! —gritó la señora Rubin—. Que yo sepa, la W está entre la R y la Z, ¿no?

Jack la miró como si no la entendiese.

—¡Tío, te has equivocado de fila! —dije.

—Ah, ¿sí? —La cara que puso mientras se levantaba para cambiar de sitio, una mezcla de confusión y de chiste, me hizo partirme de risa.

Algo sencillo

Una hora después ya estábamos todos sentados en el gigantesco auditorio esperando el discurso del señor Traseronian. El auditorio era aún más grande de lo que pensaba… más grande todavía que el del instituto de Via. Miré a mi alrededor y debía de haber como un millón de personas entre el público. Vale, a lo mejor un millón no, pero un montón sí.

—Gracias, director Jansen, por sus amables palabras —dijo ante el micrófono el señor Traseronian, tras el podio que había sobre el escenario—. Bienvenidos, compañeros profesores y miembros del cuerpo docente… Bienvenidos, padres y abuelos, amigos e invitados y, sobre todo, bienvenidos, alumnos de quinto y sexto grado… ¡Bienvenidos todos a la ceremonia de graduación del colegio de secundaria Beecher!

Todos aplaudieron.

—Cada año —prosiguió el señor Traseronian leyendo sus notas con sus gafas de leer casi en la punta de la nariz— me encargan escribir dos discursos de apertura: uno para la ceremonia de graduación de quinto y sexto, y otro para la ceremonia de séptimo y octavo que se celebrará mañana. Y cada año me digo que tengo que trabajar menos y escribir solo un discurso que pueda usar los dos días. No parece difícil, ¿verdad? Pero cada año acabo escribiendo dos discursos diferentes, sean cuales sean mis intenciones, y este curso por fin he averiguado por qué. No es, como se podría suponer, porque mañana vaya a dirigirme a un público con mucha más experiencia en secundaria, mientras que a vosotros os queda casi todo el camino por delante. No, creo que tiene más que ver con la edad que tenéis ahora, este momento de vuestras vidas que, a pesar de llevar veinte años rodeado de alumnos de vuestra edad, sigue conmoviéndome. Porque estáis en la cúspide, chicos. Estáis en el límite entre la infancia y todo lo que viene después. Os encontráis en un momento de transición.

»Aquí estamos todos reunidos —continuó el señor Traseronian, quitándose las gafas y usándolas para señalar al público—, vuestras familias, amigos y profesores, para celebrar no solo vuestros logros de este último curso, alumnos de secundaria de Beecher, sino vuestras infinitas posibilidades.

»Cuando penséis en este último curso, quiero que miréis dónde estáis ahora y dónde estabais. Todos habéis crecido un poco, os habéis hecho un poco más fuertes, un poco más listos... o eso espero.

Algunas personas de entre el público se rieron.

—Pero el mejor modo de medir lo que habéis crecido no es por centímetros ni por el número de vueltas que podéis correr alrededor del circuito, ni siquiera por vuestra nota media..., aunque son cosas importantes, claro está. Se mide por lo que habéis hecho con vuestro tiempo, por cómo habéis elegido pasar vuestros días y con quién os habéis juntado este año. Para mí, esa es la mejor manera de medir el éxito.

—Hay una frase maravillosa en un libro de J.M. Barrie (y no, no es *Peter Pan*, y no voy a pediros que aplaudáis si creéis en las hadas…). —Todo el mundo se rió—. En otro libro de J. M. Barrie titulado *El pajarito blanco* dice… —Se puso a pasar páginas de un librito hasta que encontró la que buscaba, y volvió a ponerse las gafas—: «¿Podríamos hacer una nueva regla: intentar siempre ser más amables de lo necesario?».

El señor Traseronian miró al público.

—«Más amables de lo necesario» —repitió—. Qué frase tan maravillosa, ¿verdad? Más amables de lo *necesario*. Porque no basta con ser amables. Uno debería ser más amable de lo necesario. Les diré por qué me encanta esa frase, esa idea: es porque me recuerda que, como seres humanos, llevamos dentro no solo la capacidad para ser amables, sino la elección de poder ser amables. ¿Y qué significa eso? ¿Cómo se mide? No se puede usar una regla. Es lo que iba a decir antes: no es como medir cuánto habéis crecido en un año. No es exactamente cuantificable, ¿verdad? ¿Cómo sabemos que hemos sido amables? ¿En qué consiste ser amables?

Volvió a ponerse las gafas y comenzó a hojear otro librito.

—Hay otro pasaje de otro libro que me gustaría compartir con ustedes —dijo—. Tengan paciencia mientras lo busco… Ah, aquí está. En *Bajo la mirada del reloj*, de Christopher Nolan, el protagonista es un joven que se enfrenta a desafíos extraordinarios. Hay una parte donde alguien le ayuda: un chico de su clase. En apariencia, es un pequeño gesto, pero para este jovencito, que se llama Joseph, es… Si me permiten…

Carraspeó y se puso a leer del libro.

—«En momentos así, Joseph reconocía la cara de Dios con forma humana. Brillaba en su amabilidad hacia él, refulgía en su entusiasmo, daba pistas de su preocupación. Es más, acariciaba su mirada».

Hizo una pausa y volvió a quitarse las gafas.

—«Brillaba en su amabilidad hacia él —repitió Traseronian, sonriente—. Qué cosa tan sencilla, la amabilidad. Qué cosa tan sencilla… Una bonita palabra de ánimo que alguien te ofrece cuando la necesitas. Un acto de amistad. Una sonrisa pasajera.

Cerró el libro, lo apartó y se inclinó hacia delante en el podio.

—Chicos, lo que quiero transmitiros hoy es que intentéis comprender el valor de esa cosa tan sencilla llamada amabilidad. Esa es la idea que quiero dejaros hoy. Ya sé que soy famoso por mi… verborrea…

Todos volvieron a reírse. Supongo que él era consciente de que era famoso por sus largos discursos.

—… pero lo que quiero que vosotros, mis alumnos, saquéis de vuestra experiencia en secundaria —prosiguió— es la certeza de que en el futuro que ahora os estáis labrando todo es posible. Si cada uno de los presentes convirtiese en norma que dondequiera que estéis, siempre que podáis, intentaréis ser un poco más amables de lo necesario… el mundo sería un lugar mejor. Y si lo hacéis, si os comportáis con un poco más de amabilidad de lo necesario, alguien, en alguna parte, algún día, quizá reconozca en vosotros, en cada uno de vosotros, la cara de Dios.

Hizo una pausa y se encogió de hombros.

—O cualquier otra representación de la bondad universal políticamente correcta en la que creáis —se apresuró a añadir, sonriendo, y con eso se ganó un montón de risas y de aplausos, sobre todo de la parte de atrás del auditorio, donde estaban sentados los padres.

Premios

Me gustó el discurso del señor Traseronian, pero tengo que reconocer que desconecté un poco durante los discursos que prosiguieron.

Volví a conectar cuando la señora Rubin comenzó a leer los nombres de los alumnos que habíamos sacado matrículas de honor, porque teníamos que ponernos en pie cuando dijese nuestros nombres. Esperé a que dijese el mío mientras avanzaba por la lista en orden alfabético. Reid Kingsley. Maya Markowitz. August Pullman. Me puse en pie. Cuando acabó de leer los nombres, nos pidió que mirásemos al público e hiciésemos una reverencia, y todo el mundo aplaudió.

Entre tanta gente no tenía ni idea de dónde estarían sentados mis padres. Lo único que alcanzaba a ver eran los flashes de la gente que estaba haciendo fotos y los padres que saludaban a sus hijos. Me imaginé a mamá saludándome desde algún sitio, aunque no podía verla.

Luego, el señor Traseronian volvió al podio para presentar las medallas a la excelencia académica, y Jack tenía razón: Ximena Chin ganó la medalla de oro a la «excelencia académica general en quinto grado». Charlotte ganó la de plata. Charlotte también ganó una medalla de oro en música. Amos ganó la medalla por la excelencia en deportes, lo cual me puso muy contento porque, desde las colonias, consideraba a Amos uno de mis mejores amigos en el colegio. Pero lo que sí me encantó fue cuando el señor Traseronian pronunció el nombre de Summer para entregarle la medalla de oro en escritura creativa. Vi que Summer se ponía la mano sobre la boca cuando dijeron su nombre, y cuando fue andando al escenario, grité: «¡Viva, Summer!» lo más alto que pude, aunque creo que no me oyó.

Cuando dijeron el último nombre, todos los alumnos que habían ganado algún premio se pusieron juntos en el escenario y el señor Traseronian le dijo al público:

—Señoras y señores, para mí es un honor presentarles a los alumnos que este curso han obtenido los mejores resultados académicos en Beecher. ¡Enhorabuena a todos!

Aplaudí mientras los alumnos hacían una reverencia sobre el escenario. Me alegré un montón por Summer.

—Y el último premio de la mañana —dijo el señor Traseronian cuando los alumnos volvieron a sus asientos— es la medalla Henry Ward Beecher para honrar a los alumnos que han sido notables o ejemplares en ciertas áreas durante el curso. Esta medalla siempre ha sido nuestra manera de reconocer el voluntariado o el servicio al colegio.

Enseguida me imaginé que se la darían a Charlotte, porque este curso había organizado la recogida de abrigos con fines benéficos, así que volví a desconectar un poco. Me miré el reloj: las 10.56. Ya me estaba entrando hambre.

—… Henry Ward Beecher era, claro está, el abolicionista del siglo XIX y apasionado defensor de los derechos humanos que dio nombre a este colegio —dijo el señor Traseronian cuando volví a prestar atención.

»Mientras leía cosas sobre su vida para preparar este premio, di con un pasaje que escribió y que me parecía especialmente coherente con los temas que he tocado antes, temas a los que he estado dándoles vueltas durante todo el curso. No solo la naturaleza de la amabilidad, sino la naturaleza de la amabilidad de uno mismo. El poder de la amistad de uno mismo. La prueba del carácter de uno mismo. La fuerza del valor de uno mismo...

Entonces pasó algo muy raro: al señor Traseronian se le quebró un poco la voz, como si se hubiera atragantado con algo. Carraspeó y bebió un buen trago de agua. Ahora sí que le estaba escuchando atentamente.

—La fuerza del valor de uno mismo —repitió en voz baja, asintiendo y sonriendo. Levantó la mano derecha como si estuviese contando—. Valor. Amabilidad. Amistad. Carácter. Estas son las cualidades que nos definen como seres humanos y nos llevan, a veces, a la grandeza. Y esto es lo que hace la medalla Henry Ward Beecher: reconoce la grandeza.

»Pero ¿cómo lo hacemos? ¿Cómo medimos algo como la grandeza? De nuevo, no hay regla para medir una cosa así. ¿Cómo la definimos? Pues bien, Beecher tenía una respuesta para eso.

Volvió a ponerse las gafas, hojeó un libro y se puso a leer:

—«La grandeza», escribió Beecher, «no está en ser fuerte, sino en el buen uso de la fuerza. El más grande es aquel cuya fuerza conquista más corazones...».

De nuevo se le quebró la voz. Se puso los dos índices sobre la boca durante un segundo antes de proseguir.

—«El más grande es aquel cuya fuerza conquista más corazones con la atracción del suyo propio.» Y ahora, sin más
dilación, este curso es para mí un gran honor concederle la
medalla Henry Ward Beecher al alumno cuya fuerza silencio-
sa ha conquistado más corazones. August Pullman, ¿quieres
hacer el favor de subir para recibir este premio?

Flotando

La gente empezó a aplaudir antes de que pudiese asimilar las palabras del señor Traseronian. Maya, que estaba sentada a mi lado, dio un gritito de alegría al oír mi nombre, y Miles, que estaba al otro lado, me dio una palmadita en la espalda. «¡Arriba, levanta!», decían mis compañeros a mi alrededor, y noté que un montón de manos me empujaban para levantarme del asiento, me guiaban hasta el pasillo, me daban palmaditas en la espalda y entrechocaban sus palmas con las mías. «¡Así se hace, Auggie!», «¡Buen trabajo, Auggie!». Si hasta empezaron a corear mi nombre: «¡Aug-gie! ¡Aug-gie! ¡Aug-gie!». Miré hacia atrás y vi a Jack dirigiendo a la gente, con el puño en alto, sonriendo y haciendo una señal para que no me parase, y a Amos gritando: «¡Viva, pequeñín!».

Entonces me fijé en que Summer estaba sonriendo al pasar por delante de su fila, y cuando vio que la miraba, levantó los pulgares en señal de aprobación y dijo: «Guay» en voz muy baja, solo para que le leyese los labios. Me reí y negué con la cabeza, como si no me lo pudiese creer. Realmente, no podía creérmelo.

Creo que yo iba sonriendo. A lo mejor hasta tenía una sonrisa de oreja a oreja, no sé. Mientras avanzaba por el pasillo hacia el escenario, lo único que veía era un borrón de caras alegres que me miraban y de manos que me aplaudían. Y oí que me gritaban cosas como: «¡Te lo mereces, Auggie!», «¡Enhorabuena, Auggie!». Vi a todos mis profesores en los asientos del pasillo: al señor Browne, a la señora Petosa, al señor Roche, a la señora Atanabi, a la enfermera Molly y a todos los demás: todos estaban aclamándome, vitoreándome y silbando.

Me sentía como si flotara. Era muy raro. Como si el sol estuviese brillando con fuerza sobre mi cara y soplase el viento. Al acercarme más al escenario, vi que la señora Rubin me saludaba con la mano desde la primera fila, y a su lado estaba la señora G, que lloraba como loca, pero de contenta, y no paraba de sonreír y de aplaudir. Mientras subía los escalones hasta el escenario, sucedió una cosa increíble: todos empezaron a ponerse en pie. No solo las primeras filas, todo el público se puso en pie de repente, gritando, chillando y aplaudiendo como locos. Se habían puesto en pie para ovacionarme. A mí.

Fui hasta donde estaba el señor Traseronian, que me estrechó la mano con sus dos manos y me susurró al oído: «Enhorabuena, Auggie». Luego me puso la medalla al cuello, igual que hacen en los Juegos Olímpicos, y me hizo que me girase para mirar al público. Era como si me estuviera viendo a mí mismo en una película, como si fuera otra persona. Era como en la última escena de *La guerra de las galaxias. Episodio IV: Una nueva esperanza,* cuando todo el mundo aplaude a Luke Skywalker, Han Solo y Chewbacca por haber destruido la Estrella de la Muerte. Mientras estaba allí de pie en el escenario casi podía oír la música de *La guerra de las galaxias* en mi cabeza.

Ni siquiera estaba seguro de por qué me daban aquella medalla.

No, eso no es verdad. Claro que lo sabía.

Es como cuando ves a otra gente y no eres capaz de imaginarte cómo sería ser esa persona, ya sea alguien en una silla de ruedas o alguien que no puede hablar. Solo que yo sé que para otra gente —puede que para todos los presentes en el auditorio— esa persona soy yo.

Pero para mí yo soy yo, nada más. Un chico normal.

Pero oye, si quieren darme una medalla por ser yo, no me importa. La acepto. No he destruido una Estrella de la Muerte ni nada por el estilo, pero sí he sobrevivido a quinto curso. Y eso no es fácil, ni para mí ni para nadie.

Fotos

Después se celebró una recepción para los alumnos de quinto y sexto bajo una enorme carpa blanca en la parte de atrás del colegio. Todos los alumnos se reunieron con sus padres y a mí no me importó en absoluto que mamá y papá me abrazaran como locos, ni que Via me abrazase y me zarandease a izquierda y derecha unas veinte veces. Luego me abrazaron el abuelito y la abuelita, y la tía Kate y el tío Po, y el tío Ben... todos con los ojos llorosos y las mejillas húmedas. Pero Miranda era la más graciosa: era quien más lloraba y me abrazó tan fuerte que Via tuvo que quitármela de encima y eso hizo que las dos se partiesen de risa.

Todos empezaron a hacerme fotos y a sacar las cámaras de vídeo, y luego papá nos reunió a Summer, a Jack y a mí para una foto de grupo. Nos pasamos los brazos por encima de los hombros y por primera vez, que yo recuerde, ni siquiera pensé en mi cara. Estaba sonriendo de oreja a oreja para todas las cámaras que me estaban haciendo fotos. Flash, flash, clic, clic: sonreía mientras los padres de Jack y la madre de Summer nos hacían fotos. Luego llegaron Reid y Maya. Flash, flash, clic, clic. Y luego llegó Charlotte y preguntó si podía hacerse una foto con nosotros. «¡Claro, faltaría más!», dijimos. Y los padres de Charlotte se pusieron a hacernos fotos al mismo tiempo que los otros padres.

Y casi sin darme cuenta, allí estaban los dos Max, y Henry y Miles, y Savanna. Luego llegaron Amos y Ximena. Allí estábamos todos apiñados mientras los padres nos hacían fotos como si estuviésemos en la alfombra roja. Luca. Isaiah. Nino. Pablo. Tristan. Ellie. Perdí la cuenta de todos los que se unían al grupo. Todos, prácticamente. Lo único que sabía era que estábamos todos riéndonos y apretándonos los unos contra los otros, y que a nadie parecía importarle si era mi cara la que estaba junto a la suya. De hecho, y no lo digo para fardar, me parecía que todos querían ponerse a mi lado.

El paseo de vuelta a casa

Después de la recepción fuimos andando a casa para tomar pastel y helado. Iban Jack, sus padres y su hermano pequeño, Jamie. Summer y su madre. El tío Po y la tía Kate. El tío Ben. La abuelita y el abuelito. Justin, Via y Miranda. Y mamá y papá.

Era uno de esos estupendos días de junio en que todo el cielo está azul y brilla el sol, pero no hace tanto calor como para desear estar en la playa. Hacía un día perfecto. Todos estábamos contentos. Yo aún tenía la sensación de estar flotando con la música de *La guerra de las galaxias* sonando en mi cabeza.

Yo caminaba al lado de Summer y Jack, y no podíamos parar de reír. Todo nos hacía partirnos de risa. Estábamos con la risa tonta: solo hacía falta que alguien te mirase para echarte a reír.

Oí la voz de papá por delante de mí y levanté la vista. Estaba contando una historia graciosa mientras bajábamos por la avenida Amesfort. Los adultos también se morían de risa. Mamá siempre decía que papá podría ganarse la vida de cómico.

Vi que mamá no iba con los demás adultos, así que miré hacia atrás. Se estaba quedando un poco descolgada, pero sonreía para sus adentros, como si estuviese pensando en algo dulce. Parecía feliz.

Retrocedí unos cuantos pasos y la sorprendí abrazándola mientras caminaba. Me pasó un brazo por encima de los hombros y me dio un apretón.

—Gracias por hacerme ir al colegio —dije en voz baja.

Me abrazó con más fuerza, se agachó y me dio un beso en lo alto de la cabeza.

—Gracias a ti, Auggie —contestó casi en un susurro.

—¿Por qué?

—Por todo lo que nos has dado —dijo—. Por entrar en nuestras vidas. Por ser tú. —Se agachó y me susurró al oído—. Eres maravilloso, Auggie. Eres maravilloso.

Apéndice

LOS PRECEPTOS DEL SEÑOR BROWNE

SEPTIEMBRE
«Cuando puedas elegir entre tener razón o ser amable, elige ser amable.» Dr. WAYNE W. DYER

OCTUBRE
«Tus actos son tus monumentos.» Inscripción en una tumba egipcia

NOVIEMBRE
«No tengas amigos que no sean iguales a ti.» CONFUCIO

DICIEMBRE
«Audentes fortuna iuvat.» (La fortuna sonríe a los audaces.) VIRGILIO

ENERO

«Ningún hombre es una isla, completo por sí mismo.» JOHN DONNE

FEBRERO

«Es mejor conocer algunas preguntas que todas las respuestas.» JAMES THURBER

MARZO

«Las palabras amables no cuestan mucho, pero consiguen muchas cosas.» BLAISE PASCAL

ABRIL

«Lo que es hermoso es bueno, y quien es bueno pronto será hermoso.» SAFO

MAYO

«Haz todo el bien que puedas,
por todos los medios que puedas,
de todos los modos que puedas,
en todos los lugares que puedas,
todas las veces que puedas,
a toda la gente que puedas
y mientras puedas.»
La norma de JOHN WESLEY

JUNIO

«¡Sigue el día e intenta tocar el sol!» The Polyphonic Spree, «Light and Day»

PRECEPTOS DE LAS POSTALES

EL PRECEPTO DE CHARLOTTE CODY
«No basta con ser amigable. Tienes que ser un amigo.»

EL PRECEPTO DE REID KINGSLEY
«¡Salva los océanos, salva el mundo!» ¡Yo!

EL PRECEPTO DE TRISTAN FIEDLEHOLTZEN
«Si de verdad quieres algo en esta vida, tienes que trabajar.
Y ahora, calla, que van a anunciar los números de la lotería.»

EL PRECEPTO DE SAVANNA WITTENBERG
«Las flores son estupendas, pero el amor es mejor.» JUSTIN
BIEBER

EL PRECEPTO DE HENRY JOPLIN
«No te hagas amigo de imbéciles.» HENRY JOPLIN

EL PRECEPTO DE MAYA MARKOWITZ
«Lo que necesitas es amor.» THE BEATLES

EL PRECEPTO DE AMOS CONTI
«No intentes ser guay. Siempre se nota, y eso no es guay.»
AMOS CONTI

EL PRECEPTO DE XIMENA CHIN
«Sé fiel a ti mismo.» SHAKESPEARE, *Hamlet*

EL PRECEPTO DE JULIAN ALBANS

«A veces es bueno empezar de nuevo.» JULIAN ALBANS

EL PRECEPTO DE SUMMER DAWSON

«Si puedes acabar secundaria sin haberle hecho daño a nadie, ¡guay!» SUMMER DAWSON

EL PRECEPTO DE JACK WILL

«¡Tranquilo y sigue adelante!» Un dicho de la Segunda Guerra Mundial

EL PRECEPTO DE AUGUST PULLMAN

«Todo el mundo debería recibir una ovación del público puesto en pie al menos una vez en su vida, porque todos vencemos al mundo.» AUGGIE

Agradecimientos

Estoy enormemente agradecida a mi increíble agente, Alyssa Eisner Henkin, por enamorarse de este manuscrito ya en sus primeros borradores y por ser una firme defensora de Jill Aramor, R. J. Palacio o cualquier otro nombre que decidiese ponerme. Gracias a Joan Slattery, cuyo alegre entusiasmo me llevó a Knopf. Y, sobre todo, gracias a Erin Clarke, editora extraordinaria, que hizo que este libro fuese todo lo bueno que podía ser y por cuidar tan bien de Auggie y compañía: sabía que estábamos todos en buenas manos.

Gracias al maravilloso equipo que ha trabajado en *El mundo de August.* Iris Broudy, es un honor tenerte de correctora. Kate Gartner y Tad Carpenter, gracias por la estupenda cubierta. Mucho antes de escribir este libro tuve la suerte de trabajar codo con codo con correctores de pruebas, diseñadores, directores editoriales, encargados de marketing, publicitarios y todos los hombres y mujeres que trabajan en silencio al otro lado del telón para hacer realidad los libros… ¡Si lo sabré yo que no es por dinero! Es por amor. Gracias a los comerciales, a los compradores de libros y a los libreros que están en una industria imposible, pero hermosa.

Gracias a mis increíbles hijos, Caleb y Joseph, por lo feliz que me hacéis, por la comprensión que demostrasteis todas esas veces que mamá necesitaba escribir y por elegir siempre ser amables. Sois maravillosos.

Y, sobre todo, gracias a mi increíble marido, Russell, por tus opiniones inspiradoras, tu instinto y tu apoyo inquebrantable —no solo en este proyecto sino en todos, año tras año— y por ser mi primer lector, mi primer amor, y por serlo todo para mí. Como dijo María: «En algún momento de mi juventud o de mi infancia debí de hacer algo bueno». ¿Cómo si no se explica esta vida que hemos construido juntos? Doy gracias todos los días.

Y por último, y no por ello menos importante, me gustaría darle las gracias a la niña pequeña que vi frente a la heladería y a todos los otros «Auggies» cuyas historias me han inspirado para escribir este libro.

R. J.

Permisos